C000141433

François Beaune

Un homme louche

Gallimard

Cet ouvrage a été précédemment publié
aux Éditions Verticales

François Beaune est né en 1978. Il vit actuellement à Lyon. Il a fondé plusieurs revues, dont *Louche* et le feuilleton numérique www.jacquesdauphin.blogspot.com. *Un homme louche* est son premier roman.

À Delphine

Les deux cahiers ici reproduits appartenaient à Jean-Daniel Dugommier, mort le 18 novembre 2008, à l'hôpital Saint-Jean-de-Dieu (Lyon), d'une rupture d'anévrisme.

Le premier cahier a été commencé en octobre 1982, le second au cours de l'été 2008, jusqu'aux derniers jours de sa vie.

Cahier I

(octobre 1982 – avril 1983)

> «Au loin, le clair de terre.»
>
> (Citation grandiose. Elle est tirée d'un
> film de Méliès que je n'ai pas encore vu.)

Mardi 5 octobre 1982

Mon nom est Jean-Daniel Dugommier. J'ai treize ans et sept mois. Je vis en lotissement dans les Chalets près de Bezas. L'épicerie de mes parents est au rez-de-chaussée, nous habitons l'étage.

Depuis quelques mois j'ai pris conscience de mes pouvoirs et décidé de les mettre à profit en vue d'élargir ma connaissance des êtres humains. La tâche est à la mesure de mes forces : gigantesque.

Ce carnet recueillera les notes de mes observations au jour le jour. Je me servais jusqu'à présent de papiers volants, ce qui a beaucoup dispersé mes travaux. Je veux m'astreindre cette année à plus de méthode.

Vous serez certainement surpris de découvrir que mes parents, mes professeurs, les autres élèves me prennent pour un imbécile. Je dois dire dès maintenant que je l'ai bien voulu. Je parle le moins possible, je ne commente jamais ce que les autres disent. Mes résultats scolaires sont affligeants. Quand je suis dans une pièce, personne ne fait attention à moi. Les gens pensent, quand ils me voient : tiens, c'est le Glaviot (mon surnom) qui traîne encore par ici. Ils ne cherchent pas plus loin.

Je me lave peu, mes choix vestimentaires sont déplorables et je suis maladroit avec un naturel déconcertant. Je fume, je bois, je me drogue. En apparence, je suis un être rebutant.

Cette existence, qu'on peut envisager comme un sacrifice, même si je n'en souffre pas tant que cela, est de toute façon un mal nécessaire. Pour découvrir les secrets de son entourage, il est bien connu qu'il faut vivre caché. Il me fallait une enveloppe, un masque.

Avertissement : Si par malheur ces pages tombaient entre des mains étrangères, merci de tout détruire. Les propos qui vont suivre ne sont pas prêts pour la lumière. Vous apprendriez à travers mon expérience des choses cachées au fond de votre psyché, dont le puissant effet miroir pourrait vous perdre. Les phéno-mènes que j'observe chaque jour, grâce à certains dons de naissance, sont capables de vous ouvrir la voie vers une nouvelle compréhension de la «nature humaine». N'en faites rien, ce serait trop dangereux, pour vous et pour vos proches. Mon néo-savoir est redoutable. Ne tentez pas le diable, et méfiez-vous de ceux qui ne ressemblent à rien.

Jeudi 7 octobre, 17 heures
La chambre d'Emma est tapissée de mer. Emma est ma grande sœur. C'est la grande fille de la famille,

elle lit des livres énormes. En ce moment, on trouve à lire devant ses yeux, comme par réverbération, une phrase d'Aristote qui dit qu'« une légère erreur dans les Principes engendre une conclusion gravement erronée ».

Appréciez la profondeur. Aristote pourra nous être utile plus tard. Le mettre dans un coin de tête.

Emma s'arrête de lire et regarde fixement son poisson rouge. Un caramel pend à ses cheveux.

Il faudrait pouvoir choisir son Principe. On pourrait en tester plusieurs, et à la fin partir avec celui qui nous convient le mieux, pense-t-elle.

Je peux lire dans le crâne de ma sœur comme dans un livre ouvert. Un de mes superpouvoirs. Et sans même me transformer. Je le dis dès maintenant : je suis un être surpuissant.

Il faudrait que les Principes soient bien mis en évidence et accessibles à tous, dans des rayons spéciaux, se dit-elle.

Emma repose la tête. Elle détache soigneusement le caramel de sa tignasse. Les caramels durs comme celui-là lui servent de marque-page. À la trace on peut suivre l'avancée terrifiante de ses lectures.

Sur le mur, posés sur des tablettes en verre, de nombreux petits échantillons de flacons de parfum s'éparpillent bien en ordre. Un mélange dans un sac, près du lit, projette dans l'air un autre genre de pot-pourri : mimosa, culotte, colle à bois en spray, eau For Men, gélifiant de cuisine, encens en petites pyramides, trognon de pomme. Sa petite collection. C'est une fille sale et grossière. Une odeur de port de pêche remonte de l'aquarium à bulles régulières, se faufile entre les algues, le faux château, s'amarre à un parapluie de Playmobil, lévite un moment, et acculé, une bulle enflant plus que les autres, dérive en bloc pour s'épanouir comme un crachat dans l'air.

Lundi 11 octobre

Emma est en fugue. Je pense que ça ne sera que temporaire, malheureusement.

Au fond de la cuisine, notre mère Marise prépare les sandwichs pour le goûter. Je reviens de l'Abattoir. Un bien mauvais élève.

Depuis le temps que j'observe le fonctionnement de mes établissements scolaires, je me rends compte qu'ils s'inspirent tous directement de la grande salle d'équarrissage. Le collège est une machine à transformer des vertébrés en steaks obéissants. À réduire les élèves en un petit tas de viande à bourguignon, plaqués à des chaises en cellophane, coincés derrière un bureau en carton. Les professeurs évaluent au poids la valeur du cheptel, et goutte à goutte la sueur de nos esprits critiques. Ils ne voient pas que je suis une bombe à retardement. Toutes les armes bientôt à portée de main, mes disques bien rangés.

La musique résiste à la Machine. Je parle de vraie musique : Mother is a puppet, Frayor, j'en passe.

Frayor a un message simple et direct : ce n'est pas parce que vous n'avez encore rien subi de grave, que vous ne devez pas déjà être prêt à vous venger. Il faut *décapsuler le monde*, dit une chanson. *Faire sauter les vannes. Reprendre le pouvoir.*

Vous allez bien voir ce que vous allez voir. Je n'ai encore prévenu personne.

Ma mère Marise n'est pas totalement rassurée par mes goûts musicaux. Mais je ne pose pas de problème. Je suis un être calme et absent. Pas un méchant. Si elle savait que je souhaite que la planète implose et se détériore et que le monde redevienne une cage de bruits, elle me verrait différemment.

Pour elle, ce n'est qu'une mode, une période de ma vie. Elle ne sait rien. Si ça peut te défouler avant d'aller en cours, m'a-t-elle dit un jour. Après tu pourras mieux te concentrer.

Elle ne se rend pas compte que justement, je suis quelqu'un de très concentré. D'extrêmement attentif. Il y a tout à brûler, il faut être méthodique. Organisé.

Mardi

Je le regarde s'agiter dans l'épicerie.

Mon père Jérôme est un petit commerçant. Il collectionne les encyclopédies distribuées avec les journaux. Il apprend des articles par cœur, comme on gobe du foin. Il travaille ses références. C'est un instit en blouse bleue. Il aurait bien aimé vendre du savoir plutôt que des courgettes. Alors il sert ses boniments le mieux qu'il peut.

Les copines de ma mère le trouvent trop maigre. Chaque fois qu'il y en a une à la maison, elle demande s'il mange bien à sa faim. C'est un homme sec, un sac d'os rangés sur la hauteur, une tige sans fibre.

Mardi toujours

Nous sommes une petite communauté de quatorze chalets de type jurassien. Un minuscule préau verni sert de refuge et de centre sportif et culturel aux enfants des chalets, comme on nous appelle en ville. Une table de ping-pong en béton éraflé. Comme nous sommes trop nombreux pour jouer à un contre un, nous organisons des tournantes. Le jeu est un prétexte pour courir autour de la table et se rentrer dedans. À la fin, les deux meilleurs ont droit à un échange en bugne à bugne.

Bien sûr je dis «nous», mais ça fait un bail que je ne participe plus à ces réjouissances. De ma fenêtre, je vise les jambes, avec ma carabine.

Personne ne s'est plaint à mes parents. On n'a jamais rien pu prouver. Mais les enfants eux savent que le Glaviot peut à tout moment frapper. La carabine à plomb est planquée entre deux lattes de parquet verni. Toujours chargée.

J'ai aussi la réputation de mordre jusqu'à l'os. Personne ne veut se frotter à moi, malgré ma petite taille. Ils sentent bien dans mes yeux que je suis prêt à tout. J'ai la flamme sacrée. Une boule de nerfs dans le ventre que je transforme en force positive et créatrice, pour mieux déjouer les complots et faire régner une saine terreur dans mon périmètre de compétence.

La voisine Svetlana, de son balcon, explique à ma mère qu'elle aussi en a marre du vernis, qu'elle voudrait déménager. Foutre le camp. Changer de vie. S'installer en ville et donner ses enfants à sa mère. Elle est slave. Elle est venue s'installer il y a longtemps, d'aussi loin que je me souvienne bien avant ma naissance. Elle a suivi son mari, un marchand de disques, un gros. Ils avaient une Alfa Romeo. Il était riche à l'époque. On dit que c'est lui qui a introduit le turbopunk dans la région. Il fumait des Dunhill, et puis il a changé d'endroit, mais a laissé Svetlana, la voisine, où elle est. Depuis elle s'est remariée avec un réparateur de mange-disques. J'exagère à peine. Elle est affreusement malheureuse.

Mercredi soir

Retour de fugue d'Emma. Son copain l'a quittée à mi-chemin, alors elle est revenue sur ses pas.

Elle nous a rejoints à table, les bras ballants. Bien sûr elle n'a pas faim, tout à sa peine. De la salive dégouline de ses larmes, et des larmes de ses yeux. Une fugue particulièrement épuisante niveau sommeil et coïts, si l'on suit les rides de son faciès cerné. Elle est crevée, et les parents qui tournent autour. Le père Jérôme récure un œil en coin. La mère réchauffe. Ils lui tournent le dos, mais c'est comme s'ils étaient penchés sur elle.

C'était avec André, hein? demande la mère.

Un fameux bâtard. Un chien, explique Emma.

Elle admet qu'en fin de compte ils auraient divorcé. Ce sale enfant de sa mère. Il m'a menée en bateau, il m'a prise pour une conne.

Toute la famille sauf moi soupire quand même d'aise qu'elle soit encore entière. La mère s'est fait des caillots de sang plein les veines.

Pour un flirt! Tu te rends compte, Jérôme!

Ma mère dit encore flirt. Elle met de l'eau de Cologne. Je jure dans ma tête que, dès ce jour, personne ne m'enduira plus d'eau de Cologne de toute ma vie. Car l'eau de Cologne me fait maintenant penser à ce mot : flirt, à ce vernis puant de mot.

Le repas en arrive à la salade, plat que, contrairement aux autres familles des Chalets, nous mangeons après le plat principal, comme un dessert, parce que mon père aime son fromage avec salade.

Emma se tord sur sa chaise, explique qu'elle a mal au dos. Elle se jure en elle-même, je le vois, de ne plus faire l'amour dans une Fuego. Elle se jure de ne plus se laisser embobiner par ce sale fils de taupe. Elle veut sortir de table et disparaître.

Tu avais raison, dit Marise. Tu avais dit qu'elle reviendrait.

Elle n'aurait quand même pas raté la Saint-Glaviot, sourit mon père, baissant les yeux pour me surplomber et dévisager. Depuis que j'ai trois mois, toute la famille et les amis m'appellent comme ça. D'aucuns disent que j'étais un bébé particulièrement cracheur et baveur. Nous sommes donc à nouveau réunis, tous les quatre, quel bonheur.

Bientôt une bougie de plus, dit ma mère.

Emma sursaute : Quoi ! Quelles bougies ?

Je note dans ma tête : Encore une piste : qu'a-t-il pu se passer pour qu'elle réagisse ainsi au mot bougie ? J'essaye de lire dans ses pensées, mais seule une lueur brûlante éclaire le cortex de ma sœur.

Les chalets sont cachés par les nuages, bloqués au-dessus de notre rivière, la Capricieuse. Un nuage, face à l'incendie, est toujours le bienvenu. Surtout s'il apporte la pluie. Les nuages prennent une place immense ce matin. Ils sont si près qu'ils n'ont plus de contours.

Ton petit frère grandit. C'est tout, lui explique ma mère. Toute la famille Dugommier grandit.

Chaque année le même bilan d'avenir.

Jeudi, rien à signaler

Derrière les vagues de sa chambre, Emma observe la vitre sale de sa fenêtre. Elle est mélancolique. Un bateau, perdu si loin dans l'horizon qu'on pourrait croire un arbre, siffle vers elle sa sirène. Elle devine à peine les poissons dans la mer invisible.

Des enfants jouent ou barbotent dans la vase, s'ouvrant les uns les autres comme des moules à pleine marée.

Le petit château en plastique, écaillé, se tient stable au fond de l'aquarium. Les bulles de miasmes pètent au bout du tuyau.

Lundi soir

Marise range la cuisine. Je suis aux toilettes. Emma est furieuse. Le soleil est couché depuis longtemps et demain j'ai Abattoir. C'est l'heure des brosses à dents furieuses. Ma mère n'a plus de gencives tellement elle frotte fort. Je l'ai surprise un matin à se mettre de la colle entre les dents, pour les faire tenir.

Ensuite elle se badigeonne de crème antiflétrissante. Cela provoque chez moi des haut-le-cœur. Grâce à mes superpouvoirs, je peux voir de près les doigts qui roulent sur la chair enduite, comme d'immenses navires fendant le carrelage de la peau âgée. De profonds lacs entre les rivières de rides.

La porte des parents se ferme enfin, la nuit peut commencer. Le mur bleu mer de la chambre d'Emma est réfléchi par la lueur du lampadaire qui prend le vent. Elle est couchée sur son matelas d'eau. Ma sœur est un être aquatique.

Je préfère mes ressorts et ma couette noire à l'extérieur et blanche à l'intérieur. Je voudrais un futong japonais.

Ma mère Marise ferme les yeux. Ses paupières parfaites portent encore d'infimes traces de maquillage. Les cils entrecroisés tels les cils d'une plante carnivore après la capture. Ses souvenirs remontent. La nuit un long souvenir pour elle. Elle s'endort car demain elle sait qu'il y a tant de choses à faire, et si peu de temps pour regarder à l'envers.

Mardi

Je débarque dans la cuisine. Les dents armées. Je fais une razzia. Pas d'autre mot pour décrire ma sauvage attitude. La pizza. La bouteille de lait fruité, deux packs de gâteaux au chocolat. Deux bananes.

La porte western claque. Un vol à l'arraché, car Emma n'est jamais loin. Je me sauve. J'ai mon coin près de la Capricieuse, où j'aime manger tranquille.

Parenthèse : L'amour est un cercle vicieux. Ceux qui font le plus l'amour sont les professionnels du sexe. Des gens qui aiment se dépenser physiquement.

Des sportifs. Plus ils font l'amour, plus ils se musclent et s'améliorent. Ce qui laisse les autres à la traîne. Tous ceux comme moi qui n'aiment pas le sport. D'où la nécessité d'avoir recours, dans nos cas, à certains artifices. Je ne rentre pas dans les détails pour l'instant.

Jeudi matin

Comme ma mère aime battre les tapis, j'aime battre les murs de gros son avec mes enceintes de 80 watts chacune. J'aime faire donner les basses à fond et hurler dans ma chambre. Ma sœur Emma n'apprécie pas la grande musique. Elle se rassemble sur elle-même et explose de sa chambre.

Sa porte bâille sur ses culottes. Elle porte un tee-shirt dont le bas censé tomber au nombril lui couvre à peine le haut du cou. Plutôt un collier qu'autre chose. Elle se jette sur ma porte et tambourine comme une sourde, ajoutant à la complexité de la ligne rythmique. La musique est partout. Elle se cogne dans l'air saturé du couloir.

Emma tient un livre à la main : *La Société de luxure*. Typique d'elle. Un gros livre. Tout d'un coup redescendant de l'âme vers la matière, elle branche la prise du micro-ondes et peste contre moi et cette clé qui assure la défense de mon royaume étroit. Je l'entends qui rejoint la cuisine, où les aigus sont plus étouffés qu'ailleurs. Elle met le livre au micro-ondes, le règle à trois minutes et démarre la cuisson. Je peux voir toute la scène grâce à une caméra spéciale qui me relie à son cerveau et à l'ensemble de la cuisine.

Le micro-ondes sonne. Elle sort le livre qui a cuit tout son temps. La page de couverture, telle une entrecôte sauce roquefort, luit d'une lueur surnaturelle. Rien n'est changé. Toujours la même société pourrie de luxure. La même couverture. Le micro-ondes lit sans corner les pages. Ma sœur retourne dans sa chambre et note dans son journal : *Il n'a certainement rien compris, mais il a eu l'air d'apprécier.*

La vérité est plus crue encore : ma sœur donne des cours de lecture au micro-ondes. Elle est persuadée qu'il enregistre tout et qu'un jour il pourra communiquer avec elle sur ce qu'il a lu.

L'année dernière, un de ses livres a pris feu. Nous habitons un chalet traditionnel et le feu, loin de s'éteindre, menaçait dangereusement la maison. C'était *Le Père Goriot*. On a mis longtemps à l'étouffer et plusieurs semaines à refaire le vernis. Après ça mon père ne pouvait plus s'empêcher de bâiller.

Ma mère lui hurlait : Tu ne fais que bâiller, bâiller ! Tu ne fais que ça, bon dieu ! Tes enfants font brûler la maison et toi tu bâilles !

C'était devenu une véritable maladie. Le docteur de la commune, un voisin, émit l'hypothèse qu'une fumée provenant de l'incendie, inhalée trop fort, aurait peut-être pour propriété de déclencher le bâillement sur certains sujets. Puisant dans ses ressources logiques, il se demanda ce qui pourrait faire passer les bâillements, et prescrivit une forte dose de somnifères, qui tint l'intéressé une semaine au lit. Tout ce temps Emma et moi le remplaçâmes à l'épicerie. Quand on nous demandait, je disais : Il dort. C'est ça, madame, il souffre de bâillements.

Personne ne voulait me croire, c'était grandiose. Je n'avais jamais eu d'aussi bonnes discussions.

Ma mère était circonspecte : C'est incroyable, disait-elle, il bâille même en dormant.

Puis un jour, sans qu'on sache comment, il se réveilla.

Un dimanche comme un autre

Je pense qu'il est temps de dessiner la carte postale de mon Monde.

La famille Dugommier occupe le Chalet 9, dit «Chez Irène». La communauté chalésienne est répartie en quatorze chalets. La population est de quatre-vingt-trois habitants, dont trois paires de jumeaux et jumelles, une bossue, cinq alzheimers, vingt et un cancers du sein, cinquante-huit fausses couches environ, trois héroïnomanes (et woman), quinze alcooliques (dont six femmes), sept épileptiques et deux agoraphobes (dont moi). Ce que les journaux appellent une population métissée, proche de la moyenne nationale.

Le bois est le dénominateur commun de notre écosystème. Notre zone d'habitation est construite à plus de 90 % dans ce matériau (sapin, chêne, châtaignier). Les réparations sont quotidiennes, vernissage et teintement permanents. Tous les hommes de la communauté sont menuisiers avant d'être hommes. Les caves regorgent de sciure. Les établis sont encombrés de pièces récupérées, de volets à repeindre, de bacs à fleurs rongés par les vers. Les meubles et tout l'aménagement en général sont eux aussi en bois. L'incendie est un danger permanent. Autour des chalets, une zone défrichée doit être maintenue en cas de feu de forêt. Le Chalésien vit dans la peur des flammes.

Autre inconvénient : les sons oppressants et sinistres du bois qui travaille. Les grincements de tempête quand une rafale vient se coller à une paroi ou s'enfiler par un velux mal fermé.

Nous habitons une vallée ventée au doux climat. Rarement de neige à Noël par ici.

Un groupuscule d'habitants des Chalets 7 et 8 (trois couples sur quatre) proposa lors d'une réunion de syndic de faire venir cet hiver de la neige artificielle pour en mettre sur les toits, après avoir assisté lors d'un dîner arrosé (ce que m'a confirmé l'un des fils du Chalet 7) à une discussion sur les vertus isolantes de la neige sur les toitures jurassiennes.

Les chalets sont fréquemment arrosés. Les cours aménagées en herbe entre les chalets sont aujourd'hui en terre battue. Quelques chenils, quelques étendages, quelques enfants après leur balle.

Le premier étage des chalets est de style victorien, voire Empire, tout dépend des rajouts, avec moulures grossières préraphaélites et barrières ajourées. Le balcon est spacieux et court autour des trois faces du chalet. Des rocking-chairs d'époque, rafistolés, ont été conservés, ainsi que quelques meubles en osier. Certaines balustrades ont aujourd'hui été aménagées de verre brisé et clous dissuasifs afin de rendre l'accès au premier étage moins aisé et en même temps dissuader les enfants de se jeter par la fenêtre.

Les greniers sont pratiquement tous habités, étant

donné la crise du logement des dernières années. Ils servaient auparavant à loger les poules à lait, célèbres dans notre région.

Précision : Les poules à l'époque savaient voler et logeaient l'hiver dans les greniers en échange de leur lait. D'excellentes coupures de journaux consultables à la bibliothèque municipale traitent du lait de poule et de la relation de troc qui existait entre cet animal et l'homme du XIXᵉ siècle. Bien sûr, vous aurez compris que depuis l'homme a abusé de la confiance des gallinacés. Enfermées dans les poulaillères, elles payent encore leur innocence.

Une poule cheftaine aurait voulu passer récemment un accord avec un syndicat paysan : nous vous livrons dix milliards d'œufs, et vous délivrez nos filles. Mais le syndicat n'a même pas pris la peine de la raccompagner jusqu'à la porte. Elle a fini dans le potage.

Les Tamares, Chalet 12, sont une famille du Sud, beaucoup plus grasse que nous. Le père est petit comme sa mère. Ils se tapent dessus, tous à quatre pattes. Les enfants vont à l'école toucher les allocations. Ils s'assoient tout au fond, tout âge mélangé, et ils dessinent des cartes postales qu'ils vendent après aux touristes. Malgré un léger regain, le coin n'est pas touristique. Il n'y a aucune caverne, aucun point de baignade, aucune vieille église, aucune montagne assez haute pour ressembler ne serait-ce qu'à une colline.

Le plus grand des Tamares est parti chercher du

travail en Corse. Pour dire comme ils sont au courant des bassins d'embauche. Bizarrement il n'est pas revenu. Bon débarras à vrai dire, le grand Tamares était une vraie terreur. Le second est allé travailler chez son oncle ferrailleur à Montélimar. Lui revient parfois les week-ends. Les mains toutes rouillées. Il pisse rouge, paraît-il.

On l'entend de loin arriver avec sa moto qu'il monte sur le balcon pour ne pas se la faire piquer. Une Honda 125. Il s'est fait une copine au pays du nougat. La petite moto a du mal à supporter. L'amour est souvent un problème de suspension quand on n'a pas le permis. Les roues disparaissent sous ses jupes. Encore une magicienne.

Mercredi 27 octobre, 14 heures
Dans son sac à main une pomme. Des noisettes dans un bocal. Elle en casse une poignée. Coquilles fendues et noisettes écrasées se mélangent à la chair de sa paume. Je regarde le spectacle par la fenêtre. Elle me fait signe d'entrer. Moi, dans sa chambre. Pour elle je suis son petit frère le Glaviot. Elle ne sait pas qui je suis.

Elle tend la main au fond de laquelle se trouvent les noisettes. Je m'approche, je la regarde, souris, tourne ma langue devant moi. Je m'approche encore et je lèche cette main couverte de noisettes. Comme un chat, avec ma langue impressionnante. Comme un chien en fait. Une langue à traîner les squares, à faire les lampadaires.

Ma langue se jette entre ses doigts, suit les vallées

de plis, les collines. Et puis le dernier éclat. La main d'Emma luit comme un gâteau aux œufs. Elle se laisse faire, ce n'est pas la première fois. Nous avons commencé ces jeux il y a longtemps. Je suis gourmand. Pas une de ces têtes de nœud qu'elle fréquente au lycée ne pourrait se permettre une chose pareille avec ma sœur. Elle garde les pires cochonneries pour moi. Je suis son petit porc à elle. Son animal de compagnie. Elle me fait faire ce qu'elle veut et j'obéis. Elle me ferait lécher des vertèbres de cadavre, avec un peu de confiture dessus. Je suis l'animal de la famille. Emma aime me regarder avec mes façons de chien, ça réchauffe ses œstrogènes, elle rougit, ses hormones sur les pommettes. Elle imagine que tout son corps est couvert de noisettes, dans les rondeurs, les endroits creux, et que je lèche son corps avec ma grande langue. Mais je suis laid, avec mon tee-shirt trop grand. C'est même ce qui l'excite. Faire ça avec le Glaviot ! Avec un enfant sale qui porte des baskets trouées et une banane à la ceinture pour ranger ses collections, un jean bleu clair délavé et qui a les cheveux gras et humides. Un animal sans pudeur. Tous les petits frères sont un peu ça.

C'est assez ! me dit-elle. Elle respire fort, à hautes bouffées. Elle ingurgite et dégurgite ce qui lui reste de salive. Elle veut de l'air. Je cours à la porte et disparais.

Le goût des noisettes après me rend malade, la langue me brûle. Le pauvre Glaviot titube dans le couloir, saute dans sa chambre en une tension féline des membres inférieurs et bascule dans son lit, yeux fermés, en position fœtale. Il a besoin de réfléchir.

Il grelotte sous sa couette et des ruisseaux de sueur coulent de haut en bas sur sa peau.

J'ai un problème : je suis soit chaud soit froid. Mon corps a été conçu sans thermostat.

Jeudi 19 heures 30

Un craquement de chaise. La famille marche au ralenti, immobile autour des fruits posés au milieu de la table. Emma rentre les épaules. Je sors de ma poche revolver la photo d'un intérieur de dinde et la lui montre.

Tu es vraiment le pire dégueulasse ! dit-elle, pas du tout choquée. Qu'est-ce que c'est ?

Un intérieur de dinde.

Tu es loin, vraiment loin, répète-t-elle. Elle se met à mimer la pitié qu'elle ressent pour moi.

Monsieur Jérôme Dugommier se lève et part se cacher dans son atelier de bricolage, à la cave. Madame Dugommier allume la radio, ce qui indique qu'elle va repasser. L'émission délétère qui grésille sur les ondes est dédiée aux petites annonces du cœur.

Avant la pause, explique la voix du speaker, nous avons donc Gérard, un jeune homme strict, tendre, ingénieur, avec une Passion pour le voilier. Croit en la famille, aux vacances. 1 mètre 70, 77 kilos, 47 ans. Numérologie le 7. Il rêve de partager son cœur avec une auditrice. Sa femme idéale serait coquette, coquine, frisée, blonde, et pas forcément maigre. Qu'on se le tienne pour dit, mesdames ! Et en plus il adore les enfants !!

Emma s'est trissée dans sa chambre. Elle essaye ses derniers vols, une jupe-culotte et une paire de mi-bas. Elle fait un trou dans son pattes d'éléphant, au cutter. Sur une des fesses. Puis elle en fait un autre au genou. Se relève, ouvre la porte de sa chambre, traverse le couloir brillant de soleil réverbéré par le vernis sélectif sur le sapin des murs, et se retrouve devant le frigo ouvert, un œuf en poche. Elle retourne dans sa chambre et le casse au-dessus de l'eau de l'aquarium. Le blanc suit le jaune, plus lourd. La pieuvre suit de l'œil la trajectoire de l'ovaire mort-né.

La pieuvre s'approche, tâte d'un tentacule. Elle rampe sur les pointes, flottante. Elle dîne toujours avant nous.

J'ai déjà dit qu'Emma est fascinée par le monde aquatique. En observant les fonds marins, elle cherche à s'affranchir de la gravité. Elle considère la gravité comme une force qui nous tient en esclavage. Comme un boulet qui nous colle à la surface.

Lentement la pieuvre recouvre l'œuf et aspire son dîner puis, rassasiée, se ventouse à la paroi et s'endort.

Emma est inquiète. La pieuvre recrache d'épaisses bulles d'air.

Emma lorgne la vitre. De nouvelles gouttes d'air. L'air dans l'eau a l'air de l'eau dans l'air, se dit-elle. Il pleut dehors et sur le rebord du balcon. Elle regarde monter les bulles. La gravité va dans l'eau à l'envers. Le monde se déforme.

Grâce à mes superpouvoirs, j'entre à nouveau dans le cerveau de ma sœur et m'installe au fond d'un œil. Soudain Emma voit la terre entière. De loin. Elle est dans l'espace inconnu. Elle regarde la Terre, éclairée. Que peut-elle bien faire là ? se dit-elle. La pieuvre est là aussi, qui lui cache la vue, ventousée à son œil. La bouche de la pieuvre lui pince la pupille.

Elle se demande comment le tout-puissant a pu lui choisir pareil bled, sous quel prétexte il a décrété que ce serait ce chalet, pas un autre, et qu'il lui faudrait partager son espace vital avec cette famille de cons ! Elle se sent défaillir sous le poids de son sort.

Dehors la pluie, les autres chalets. La joue plaquée sur la vitre froide de l'aquarium, elle regarde dans le vide. Ou bien plutôt nulle part, vers un endroit parfaitement sans terre et vague. Et enfin elle s'endort.

Il est 14 heures 13 et ce voyage dans l'univers détraqué de ma sœur m'a épuisé. Je décide d'entamer moi aussi une petite sieste digestive que j'accompagne de joyeux riffs sataniques de hard rock autrichien.

Lundi 15 heures

Jérôme Dugommier, mon père, fait comme le mouvement de se lever pour aller faire les commissions mais se rassoit. Le mouvement « commissions » peut être réalisé parfaitement si l'on possède une table de cuisine devant soi : appuyer de tout son poids sur ses deux mains et se redresser lentement en grinçant des dents, puis adresser un regard à la fois de reproche et de déception à sa femme et dire : je vais y aller cette fois.

J'ai conçu il y a peu un tableau complexe et détaillé permettant d'établir des rapprochements entre les individus de notre espèce, et j'ai classé

34

mon père dans la catégorie des *Ruminants* : je veux dire par là qu'il est de ceux dont le cerveau broute l'intérieur du crâne. Il mâche soigneusement car il lui faut longtemps, par exemple, pour digérer une liste complète de courses.

Maintenant pour aller plus loin, il faut bien dire que nous sommes une famille artificiellement protéinée par des fournisseurs généralistes de grande taille, tels Mammouth ou Intermarché. Il nous faut du sucre, des céréales, la lotion à la pêche pour les cheveux secs, de la tourbe verdâtre en pot pour replanter des hêtres, des petits pains séchés, des biftecks surgelés. Du fromage râpeux. De la cellophane.

Mon père a rédigé proprement la liste sous la dictée de sa moitié, dans son petit carnet bristol. Il manque pourtant un détail essentiel. Je n'ose rien dire, de peur de me démasquer une fois de plus, de me remettre sur la sellette en étalant mon étonnante présence d'esprit. Mon père lui aussi sent le danger. Que manque-t-il à cette liste ? interroge sa psyché. Le Picon bière Teisseire ? Les crustacés d'Emma ? Il s'emmêle dans ses souvenirs de listes passées.

Les moules ! s'exclame-t-il enfin.

Mais non, pas cette semaine ! intervient ma mère avant qu'il n'ait noté. Nous sommes une semaine paire.

Ma mère croit que les moules provoquent des indigestions une semaine sur deux, puisqu'elles suivent les marées (un exemple d'obscurantisme parmi d'autres).

Fin de la pub à la télévision. Je me suis renfermé dans mes miettes de biscuit. Marise suçote un bonbon au napalm soi-disant miel de sapin. Elle a mal à la gorge depuis hier. Elle a vu une émission sur les skieurs pris dans les avalanches.

Emma lit *L'Éducation sentimentale* de Flaubert. Du fait de la tension narrative, elle se tire les cheveux plus que d'habitude. Des caramels de haut en bas, de la mèche à la couette.

La télé annonce le début du débat : des hommes politiques sont réunis pour discuter de l'utilité du droit de vote.

Les électeurs, aujourd'hui, ont-ils réellement l'impression d'influer sur le sens du monde ? demande l'homme à la cravate rouge. *Est-ce que cette mascarade a encore un sens ?*

Le droit de vote n'est pas l'arbre qui cache la forêt ! répond un autre. Comme des bernard-l'ermite ! s'énerve un troisième. Regardez-les ! Cela fait des siècles qu'ils se font leur petite cour entre eux, et des milliers d'années que les mêmes s'assoient dans les mêmes fauteuils réservés, la face garnie de persil, l'œil humide, le menton triple, à observer le peuple médusé tanguer sur son radeau !

Tu sais, maman, dit Emma, Frédéric Moreau est un pauvre type. Un nul. Je ne l'aime plus. La mère Arnoux a juste besoin de sexe. Au lieu de ça il traîne.

De quoi tu parles ? demande ma mère.

De mon livre. La mère Arnoux, si tu veux, explique-t-elle, c'est tout ce qu'elle cherchait.

Ma mère ne semble pas particulièrement intéressée. Elle pense à autre chose, à la liste des courses peut-être, ou bien à un cheval. Ma mère adore les films d'aventures.

Lui Frédéric, il ne fait qu'hésiter, reprend Emma. Il est gnangnan, petite nouille, coincé. Il est mal dans sa peau.

Je sais ce qu'il manque, déclare mon père : les œufs en gelée. On pourrait mettre des œufs en gelée dans la salade ce week-end.

Grâce à cette remarque, j'entre dans la tête de mon père et je vois un champ, une vallée, un troupeau de moutons couverts d'œufs en gelée brillant au soleil couchant. Son esprit, qui regarde de sa hauteur la scène, jubile intérieurement. Drôle d'homme.

Vous ne suivez pas le programme politique ? s'étonne-t-il. Il faut prendre au sérieux la politique.

Puis, telle une ardoise magique, son esprit efface les œufs en gelée et fait jaillir les malheurs de la terre.

En tant que père de famille, dit-il en s'adressant à Emma et à moi, je me dois de vous donner une éducation politique, pour plus tard, quand vous pourrez voter.

Marise a une aiguille dans la main gauche, un jean à moi dans l'autre. Elle a l'air épuisée. Raccommoder mes habits la jette dans un grand désarroi.

Le problème de la politique, continue mon père, tient aux choix à faire, et par conséquent au potentiel de chaque individu ou plutôt citoyen à choisir sa destinée. Écoute bien ça Emma, et toi aussi Glaviot : vous avez le choix de faire de ce monde un monde meilleur. Je compte sur vous !

Je vais me coucher, dit ma mère.

Emma et moi la suivons dans le couloir comme deux ombres de jour. Jérôme Dugommier reste seul, debout devant l'horizon de la fenêtre à petits carreaux contour sapin moulé, le destin de l'humanité à perte de vue. Quelle armée assez grande attend-il ? Quelle nouvelle révolution ? Mon père a sorti ses jumelles internes et, le cœur serré, espère en un miracle.

Mercredi matin

Je m'allume une cigarette subtilisée le matin même à une jeune femme. J'ai commencé à fumer à sept ans, l'âge de raison. En crapotant d'abord, puis dès huit ans de façon compulsive. Comme si j'avais le geste du fumeur dessiné dans mes gènes. À mes sept ans aussi, j'ai brûlé mes cassettes de rock régressif (Beatles, Doors, Clash, Ramones…) pour me consacrer au hard rock. Surtout le heavy metal européen, si je compte l'Islande. Bien qu'il y ait aussi de bonnes choses aux States, je ne le nie pas.

Cette cigarette est la meilleure de la journée. Je dois faire attention : mes cheveux longs et gras prennent feu facilement. La graisse naturelle est un excellent combustible. Les Esquimaux et les Neandertal s'éclairaient à la graisse.

J'aime écouter la cigarette se consumer au creux de ma main. Le foyer de chaleur près des ongles. Les bouffées respirées se mêlent à l'index et au médius. Les craquements inégaux de cette blonde me chavirent.

Lundi soir

La guerre est déclarée. Je suis démasqué. Tout est de la faute d'Emma. Tout à l'heure elle propose de nous faire un test qu'elle a lu dans un de ses magazines. Nous sommes encore à table.

Première question, dit Emma, Michel de M., dans ses *Essais*, écrit que ses mots préférés sont *À l'aventure, Aucunement, Quelque, On dit, Je pense*. Et vous ?

Attends voir… dit ma mère. J'aime bien *Sphère*.

Otarie, dit Emma. Tu n'aimes pas *Otarie* mon Glaviot ? ironise-t-elle vers moi.

Mon père Jérôme demande qu'on lui répète les mots préférés de Michel : *À l'aventure, Aucunement, Quelque, On dit, Je pense*.

Un drôle de choix, soupire-t-il.

Ma mère réfléchit : *Pamplemousse, Mastodonte, Coquelicot*…

Le père sursaute. Le père Jérôme sursaute souvent, beaucoup même. Emma et moi avons un père qui sursaute pour un rien. Il a comme des spasmes quand une pensée le traverse.

Et puis non, c'était un saut de plus dans le vide, l'idée s'est envolée, a rejoint le plafond et s'est fondue dans le vernis qui s'effrite. Il a l'air déçu.

Mais le Glaviot est là, vivant, attentif. Et il sait que son heure est venue, à bientôt quatorze ans. Il a réfléchi à la question « C'est quoi ton mot préféré ? » à tout hasard depuis de longs mois, et détient une réponse particulièrement puissante qui remportera aisément la bataille. Le monde comme d'habitude a les yeux braqués sur lui : va-t-il être à la hauteur de la tâche ?

Moi mon mot préféré c'est *Password*, dis-je lentement en détachant bien chaque syllabe et avec l'accent, pour que tout le monde comprenne du premier coup.

Le père qui a tout entendu se retourne vers moi. Comment ça?

Password est le mot de passe le plus utilisé, expliqué-je. Il est la clé de voûte de tout notre univers, jusqu'à la CIA.

Je les regarde. Les réactions visuelles ne tardent pas. Eh oui, père, tu n'es pas au bout de tes surprises. Le Glaviot a plus d'un tour dans son sac! Mère non plus n'en revient pas. Ma sœur est sous le choc. J'ai terrassé leur fondement.

Mais quel fils a-t-il fait? se demande Jérôme, car je peux à présent lire en lui. Sa psyché sidérée est comme désintégrée par ce rayon lumineux venu des profondeurs. Je reconnais mes propres ondes, ma propre voix. Un nombre incalculable de colonnes de mémoire s'effondrent dans son crâne. Tout est à repenser. Le petit salopiaud a dit *Password*! se dit-il. Il est bien plus intelligent qu'on le croit! Il va falloir se méfier!

C'est à ce moment-là que je réalise. N'ai-je pas avancé mes pions un peu trop tôt? N'aurais-je pas dû attendre ma majorité pour proposer une première ébauche de phrase sensée? Dorénavant il faut me rendre à l'évidence : je suis démasqué, ils ont trouvé la brèche, la guerre d'usure est déclenchée. Une guerre de tranchées, peuplées de rats et de corbeaux. Une sale guerre, faite de coups bas et d'embuscades.

Mardi retour de classe

Pourquoi nous on n'a pas de papier peint? lance violemment Emma, qui vient de jaillir par la porte.

Ma mère abasourdie regarde aux murs.

Je n'en peux plus de tout ce bois verni! hurle-t-elle. Je craque maman! Je vais tout brûler! Il me faut du papier peint comme elle!

Comme réaction à ça, Marise éteint le téléviseur. C'est vrai, se dit-elle. Je n'avais jamais remarqué. Nous n'avons pas de papier peint (ces réflexions chez elle prennent un temps difficile à retranscrire en mots).

Et puis, s'adressant brusquement à ma sœur: Écoute, ma cocotte, si tu n'es pas contente, on peut te mettre en pension chez les sœurs.

Mercredi 10 novembre, le soir

Chute de vélo. Je suis allé à l'hôpital aujourd'hui me faire recoudre la tête. Marise est venue me chercher.

Ma mère approche les cinquante ans. Ronde, le galbe haut, bien faite, un peu sèche seulement, les hanches déjà trop larges, les mollets tavelés par la chair juste assez déformée. Une belle femme tout de même, sauf les cheveux usés comme du crin, noirs sous la fausse blonde. Mais attirante, faite de pièces soudées. Un alliage.

Ce qui la révèle, ce sont les mots. Sans les mots, elle aurait pu se caser avec beaucoup mieux qu'un petit épicier. Mais voilà. À force d'entendre sa mère, elle s'est laissé prendre au piège. Elle parle mal.

41

De retour de l'hôpital avec un beau bandage autour du crâne, je franchis la Capricieuse comme un être neuf, revenu d'une retraite de dix ans dans la montagne. Ils m'ont rasé à l'endroit de la plaie, et sans le bandage, je vais faire l'effet d'un monstre.

Le médecin a dit à ma mère que j'avais été bien courageux, bien brave, bien docile. Un vrai petit toutou. S'il savait ce que je pense de lui.

Mon père Jérôme est en train de ranger les courgettes par taille dans l'épicerie. Il n'y a personne Chez Irène. Irène est le nom de l'ancienne propriétaire. Dans la région tout le monde connaît l'épicerie sous ce nom-là. Un commerce de bien avant guerre.

C'est un peu creux aujourd'hui, dit mon père. Il faudra recommander des tielles, elles sont presque toutes parties. D'ailleurs Madeleine a appelé pour en recommander. Elle exagère quand même !

Madeleine est ma tante, peut-être la seule personne qui m'aime bien. Elle est gentille, ça me gêne. Elle ne fait pas comme si je n'existais pas, c'est assez troublant. Soit elle a tout compris, soit elle est tellement loin que plus rien n'importe. Je pense que c'est plutôt ça. De fait, elle boit sec, et se gave de tielles à crédit, ce qui n'arrange pas nos affaires.

Le Glaviot va très bien, explique ma mère. Il a été très courageux, si tu veux savoir.

Oh, il ne sent pas grand-chose, cet enfant, dit mon père. Avec sa musique. Il est anesthésié.

Je n'aime pas bien le médecin qu'ils ont aux urgences, dit ma mère. Il prend les gens de haut.

C'est tout ce qu'on a, dit mon père, il faut s'en contenter.

Une cliente, qui a tout entendu et vient de passer la porte, se mêle à la conversation.

Vous savez les médecins ça se croit intelligent, dit-elle, mais ça n'a jamais de très bons résultats. Au Jeu des mille francs, il y en a pas beaucoup qui gagnent. Les meilleurs ce sont les profs d'histoire. Eux sont vraiment imbattables. Ils aiment ça la culture. C'est toute la différence. Les médecins la culture, c'est juste pour faire bien.

Ma mère dit qu'elle a parfaitement raison. Mon père aussi acquiesce. Il règne à nouveau un silence Chez Irène, comme si on venait d'inventer la nourriture pour chiens.

Je voudrais du poisson je crois, dit la femme. C'est excellent pour moi.

Nous n'avons qu'en surgelé, madame, explique mon père d'une voix docte. Mais ce n'est que mieux. Aujourd'hui pour le poisson le surgelé est meilleur que le frais.

Ensuite mon père explique en quelques phrases que la pêche est réalisée en grande majorité par d'énormes chalutiers, qui mettent toujours quelques jours à rentrer au port. Le poisson frais n'est donc pas frais. Tandis que le poisson surgelé, lui, est conditionné, préparé, empaqueté et surgelé à même le bateau. Quand vous le réchauffez, c'est comme s'il venait juste d'être pêché. Etc. (Mille fois que je l'entends…)

D'ailleurs je tiens l'information d'un grand chef de la région, ment-il pour enfoncer le clou. Il vient spécialement Chez Irène pour certains légumes, et il m'a assuré ne plus se servir qu'en poissons surgelés car le goût est meilleur.

Vous m'apprenez là quelque chose de bien intéressant, monsieur l'épicier, dit la dame. Moi qui avais une aversion naturelle pour tout le surgelé, voilà que vous semez le doute dans mes certitudes.

Pour le poisson seulement, madame ! s'exclame le petit épicier. Les légumes surgelés n'ont aucun goût. D'ailleurs c'est simple, nous n'en avons pas.

Au final, la cliente part, bien contente de cette conversation instructive. Le prince des Encyclopédies a encore fait mouche.

Jeudi

Emma ne retrouve pas ses vieilles baskets. Il y a un concert ce soir auquel elle aimerait assister, mais Marise lui a interdit. Sa technique pour emporter la décision dans ce cas de force majeure : s'habiller et se maquiller pour aller au concert, manger avec tout son accoutrement alors que tout le monde est déjà en pyjama, dire : « Je ne me suis tout de même pas faite belle pour rien » afin d'alimenter la discussion à table et fuir sur un coup de tête en pleurant quand ma mère commence à se mettre à crier.

Nous passons donc à table et arrivés au dessert :

Maman ! Tu sais le temps que ça m'a pris ?

J'envisage, dit ma mère.

Le concert dure une heure et il n'y a aucun drogué de mon âge qui y va. C'est mon groupe préféré et j'ai promis à Virginie et Rose de les accompagner. Je les suis depuis leur premier 45 tours !

Arrête d'insister, dit ma mère, j'ai dit non !

C'est injuste !

Tais-toi !

Je prévois donc qu'elle va devoir passer par la fenêtre, et que mon père ne va pas l'emmener, ce qui va lui faire rater la moitié de son concert de merde. Mais comme on dit, la privation crée l'envie.

Il semble que ma sœur écoute la musique par tous les orifices sauf les oreilles. Ses goûts sont le parfait reflet de sa psyché mort-née. Une seule chose la sauve pourtant de son propre marasme personnel : son penchant naturel, quasi intuitif, à la désobéissance. Ainsi bien qu'elle écoute une musique d'abrutis, elle fait le mur pour l'écouter, ce qui la relève un peu à mes yeux. Légèrement. Car, si on y réfléchit, qu'y a-t-il de pire que de désobéir à l'autorité afin de se tourner fanatiquement vers une autorité pire (comme Johnny Halliday) ?

Emma a claqué la porte sans finir sa tartine d'époisse, pourtant un de ses fromages préférés, et court maintenant à travers champs. Marise est sortie prendre l'air sur le balcon. Elle fume pour se calmer les nerfs.

Vendredi 15 heures

Eh Zéb ! Tu t'appelles vraiment Zébulon ? dit la demi-portion.

Autour de la table de ping-pong en béton armé, les enfants chalésiens font l'analyse critique des dessins animés du matin. Ils s'échangent les répliques qui tuent et s'envoient des coups de pied de démonstration. Sur le terrain pelé qui sert de parc à chiens, une partie de football est en cours. Toute une civilisation de l'image en miniature s'active devant moi. La plupart ne savent même pas qui est Joe Strummer.

Zéb est la tête de Turc du petit groupe qui tient les murs du préau. Un joli nom pourtant. Malgré mes bientôt quatorze ans, j'ai un peu lu la Bible, par distraction (et vingt pompes, ah ah).

Zéb n'est pas baptisé. Sa famille n'est ni catholique ni rien. Ce sont des gens simples qui ne demandent qu'à vivre tranquilles.

Si j'étais con au point d'avoir une religion, je prendrais musulman. Ce sont les seuls qui ont l'air d'encore un peu y croire. Et puis l'habit : j'aime les toges.

Zéb, s'ils se moquent de toi, tu les niques, je lui ai dit un jour. Ne réponds pas quand ils te parlent et, quand ils ne s'y attendent pas, frappe n'importe où.

Mais Zéb n'est pas méchant. Il est du type dominé. Peut-être à cause de son nom. Un drôle de nom pour chercher du travail plus tard : Zébulon conducteur d'autobus, Zébulon kiné, Zébulon boucher. Les aventures de Zébulon sur Radio Bleue plutôt.

C'est doux le printemps, dit une petite Africaine que je n'avais pas remarquée. C'est très doux.

L'hiver est dur, l'hiver arrive, dit Zéb.

Elle est venue avec sa famille il y a quelques mois. Ils logent dans le grenier des Pelletier, Chalet 11.

Zébulon doit avoir huit ou neuf ans, et elle est encore plus petite. Il lui demande comment elle s'appelle. Il est tout rouge. Il ne sait pas ce qu'il ressent pour elle. Elle non plus. Et je suis là à ma fenêtre, à voir naître cette peut-être histoire d'amour.

Un jour j'écrirai un mélo. Il n'y a que les mélos qui payent.

Samedi matin

Le lino se soulève à chaque glissade. Je l'attrape par la taille et lui fouette ses cuisses nues. Une latte du plafond me frappe à l'arcade. Elle me mord le biceps. J'arrache deux touffes de cheveux. Emma relève la tête et m'enfonce un peu plus le nez, déjà cassé trois fois. Je lui choppe les seins et presse les tétons. Elle se les réservait pour ce soir, ses beaux œillets de lait. Pour le Georges.

Elle me met une grande gifle qui me renvoie au-delà du canapé. Je feinte une droite, puis une gauche, et place ma béquille fatale sur l'arête de la cuisse. Elle hurle. Mais tu es fou! Elle se tord de douleur. Je baisse un instant ma garde. Elle en profite pour me chopper les couilles à pleine main.

Alors? me dit-elle. Alors?

Elle tient bon.

D'accord.

Cette semaine, tu me remplaces à l'épicerie, et tu fais la vaisselle.

D'accord.

Je te préviens. Si tu ne tiens pas parole, la prochaine fois je te les coupe.

OK.

Elle me lâche et ses yeux jettent des éclairs de défi. Je ne vais pas la tuer aujourd'hui, pensé-je. Tout cela est juste pour rire. Quand l'heure viendra, je la mettrai en pièces et la donnerai à manger aux cochons.

Emma recule, sa tête cogne sur le poêle, et s'ouvre en deux. Une grosse pelote de ses cheveux prend feu. Il a fait frais et humide depuis hier, et Marise a rallumé le poêle à bois. J'avais presque oublié. Je me saisis du drap qui couvre habituellement le canapé et lui en couvre la tête. Le feu s'éteint. La coupe de cheveux est très hard rock. De la cendre lui couvre le visage. Elle est très belle comme ça. La plaie n'a pas l'air profonde. Notre père Jérôme, qui a entendu des bruits, monte l'escalier. Nous filons vite nous cacher dans nos chambres.

Barricadé, je réfléchis. C'est comme ça que plus tard, en grandissant, j'aimerais envisager l'acte sexuel.

Dimanche 14

Chalet 5, deux célibataires se partagent le premier étage et le grenier. L'un comme l'autre s'est séparé à cause de problèmes d'adultère, ce qui a fini par créer une certaine complicité entre eux. Ils aiment boire, alors ils se retrouvent devant la télé ou au garage, et ils ouvrent des bières. Je ne sais plus lequel adore le ski nautique. Sa femme et ses enfants lui manquent beaucoup parce qu'il y avait un lac juste à côté de chez elle. L'autre n'est pas sportif : c'est lui qui se charge de griller la viande sur le barbecue le week-end. Tous deux aiment la viande rouge, saignante. Ils veulent s'acheter une friteuse. Ils en ont marre des chips de Chez Irène. Marise ma mère croit que l'un des deux a un job important. Elle croit qu'il fait semblant de vivre chichement, pour avoir de la compagnie. Elle dit qu'il a peur d'être seul et qu'il préfère vivre aux Chalets, avec nous, plutôt que dans la solitude d'un château. Je ne sais pas où elle va chercher tous ces renseignements. Des voisines peut-être. Il court des bruits comme quoi l'un des deux tourne un peu trop autour du Chalet 8, où habite notre beauté locale, Virginie Mayol, la mère de Vanessa (la belle, pas la moche du C3) et épouse de Jacques Mayol, maître nageur à la piscine municipale de Saint-Orges, à une quinzaine de kilomètres. Certaines racontent que Jacques fait semblant d'avoir la grippe – le pauvre, en slip de bain toute l'année – pour surveiller sa femme. Virginie est une bombe atomique à retardement pour la communauté. Les infidélités entre chalets sont monnaie courante, mais tant qu'elles s'équilibrent, tout va bien. À partir du moment où tous les chemins de terre s'usent plus en profondeur vers le même chalet, il y a soucis. Et les chemins de terre se creusent dramatiquement aux abords du chalet de Virginie.

Donc Jacques n'est pas tranquille. Il fait des insomnies et a déjà laissé se noyer deux vieilles et un cardiaque depuis le mois de septembre. Son regard, du haut de sa chaise blanche, se perd dans les remous de l'eau.

Le directeur de la piscine n'est pas content. Une autre noyade et je vous vire, a-t-il prévenu. Jacques sent son château de vie s'effondrer à ses pieds. Le flic-flac des pas sur le carrelage mouillé le met à bout de nerfs.

Pauvre Jacques, tout nu toute l'année. Rien pour se protéger. Depuis deux jours, j'ai remarqué, il dort dans sa voiture.

Lundi soir

Plus tard j'aurai des tas de femmes. Tout cela est prévu. Pour l'instant rien ne presse. Je préfère me préparer. Comprendre leur psychologie. Ensuite agir. Je commencerai ma collection quand j'aurai décidé du thème. Je vais sur mes quatorze ans, je ne suis pas pressé. Je veux me concentrer d'abord sur l'important. Maîtriser les complexités de l'existence. Ensuite je pourrai m'accorder du temps pour m'agiter sur tous les culs qui s'offriront à moi.

Jouir dans quelqu'un n'a rien de sorcier. Bien sûr une fellation pour Noël, ce serait mieux qu'un atlas. Mais il faut prendre patience.

Le chenil des Colimarts, Chalet 6, abrite deux chiens mâles à tendance homosexuelle, malgré ce que dit leur maître. Un petit bulldog de Normandie et un setter hollandais. Le setter est celui qui aime se faire mettre. Mais le bulldog ne dit pas non de temps en temps. Les chiens n'ont pas de complexes, pas d'objectifs. Tout à fait fascinant. Ils se conservent en vie sans motif réel. Ils tournent en rond. Ils attendent qu'on les délivre, qu'on leur jette un bâton. Je les conçois comme une étape, un creux dans l'évolution canine. Si seulement le vent pouvait les arracher à leur cage, je me dis quelquefois. Les catapulter sur une autre planète. Le setter et le bulldog pourraient fonder une race de chiens pédés sur Mars.

Mardi

Le tamtam de Tanya me fait fermer la fenêtre. Elle a bientôt quatorze ans elle aussi, et vit dans le Chalet 7 avec sa mère et ses deux frères.

Libidolibidolibido, boup, libidolibidolibido, gron...

J'ai toujours détesté le djembé. Même avant de naître. La frange de population qui joue de cet instrument m'est totalement alien.

Tanya maintient le rythme.

Libidolibidolibidolibidolibidolibido...

La fenêtre fermée n'empêche rien. Je me lève et m'approche de ma chaîne hi-fi. Je sors un 33 tours de sa pochette : *Chaos in the mayhem*. Voilà un bon bruit de fond. Le volume à 300. Amplifie ton djembé ma cocotte, si tu veux que je t'entende.

Au premier son d'infrabasse plusieurs armoires s'ouvrent en grand. Les lattes en chêne du grenier sautillent comme des touches de vibraphone. Les chats sautent dans les nids des pies et se lacèrent les tympans avec des branches de ronces. Les tomates de l'épicerie se jettent sur les boulettes de viande et font une bolognaise.

Le sapin a la fibre dressée. Le lino de la cuisine est en train de fondre. Le hard rock est l'énergie de l'autre monde.

Libidolibidolibidolibidolibidolibido... fait le djembé.

Kouaaaaaaaaaaahhaaaoooooooooohhhhhooohoho-hohohoho fait le vinyle.

Tanya, je te le dis une dernière fois : ne te mesure jamais plus aux forces supérieures. Raccroche le djembé et va-t'en faire les courses. Tu seras plus heureuse.

Mercredi midi

Elle s'approche de mon volet mi-clos. Elle cueille des fleurs en chantonnant. Je pose un baffle sur le rebord de ma fenêtre et attends que la jeune fille en survêtement soit encore plus près. Quand elle est bien dans la cible, j'appuie sur le bouton Play qui déclenche les guitares furieuses de Frayor. Elle se prend les oreilles à deux mains et s'enfuit à toutes jambes. Bouleversée, elle manque de se jeter dans la Capricieuse, mais se rattrape à un bambou qui plie d'abord sous son poids puis se redresse et la propulse au loin. Pendant son trajet en l'air, malmenée par le vent, le bouquet de fleurs s'est éparpillé et le survêtement fuchsia déchiré découvre une petite culotte sale, jaune, et puante. Trois merles, passant par là, s'approchent attirés par la couleur et tombent raides morts, sur une pelouse d'ornement, foudroyés par l'odeur.

Mauvais signe, soupire le paysan qui a tout vu, et qui se précipite pour rappeler son chien avant qu'il ne s'empoisonne avec les merles. L'année va être mauvaise pour les choux-fleurs et les carottes. Mais les navets vont encore s'en tirer. C'est toujours pareil.

Sa femme, dans la cuisine, est déçue. Elle n'aime pas les navets. Pourquoi pas le chou-fleur pour une fois ? se dit-elle.

Qu'est-ce que tu veux que je te dise, dit son mari

voyant sa mine renfrognée, trois merles ont chu, trois merles ont chu.

Et avec un moule-frites? dit la femme. Tu crois que ça peut y faire?

Peut-être, dit-il, conciliant. Peut-être que le moule-frites peut contrebalancer l'effet des merles. Mais ce n'est pas sûr. Ce n'est pour l'instant que pure supposition.

Pendant ce temps, la jeune catapultée s'est enfin écrasée dans une pile de linge.

Vous gênez, dit une femme entre deux âges.

Elle profite de l'aubaine pour jeter la culotte et enfiler un nouveau survêtement, puis se recoiffe dans l'étang. Mais elle n'est plus tranquille. Je vois ses neurones tels de minuscules têtards courir dans tous les sens, pris de panique.

Il n'est plus temps de cueillir des fleurs, petite. Nous avons d'autres choses plus importantes à faire.

Vendredi soir

Il faut bien que le jour se lève. Il faut bien qu'il se couche. C'est la pure vérité.

En général, je ne trouve pas la vérité charmante. Elle nous entraîne dans la machine collective. Le cerveau qui marche au vrai est une armée de carton. Moi je n'ai personne à enrôler dans mon désert. Tous mes sens en éveil m'indiquent la marche à suivre. Si je suis seul au bout du compte, ce sera ma vérité. Au moins j'aurai laissé se produire le voyage.

Emma! hurle ma mère, viens m'aider avec les haricots, comme ça je finis les poireaux.

Tu fais une tarte aux poireaux ? demande Jérôme.

Désolée maman, explique Emma, il faut absolument que je me fasse belle avant de passer à table, je n'aurai donc pas le temps de t'aider pour les haricots.

Mais tu es folle ou quoi ? Tu es déjà toute habillée ! hurle Marise.

Ce soir j'aimerais sortir un peu. C'est vendredi.

Eh bien si tu n'aides pas, tu ne sors pas.

Mais si j'aide, explique Emma en couinant, je ne pourrai pas sortir dans cet état. Regarde-moi, là je suis juste habillée cool pour traîner dans le quartier. Si je sors, il me faut des habits pour traîner en ville.

Au lieu de parler, dit ma mère, tu ferais mieux d'écosser.

Mais maman !

Tu t'habilleras après manger.

Mais je ne peux pas. Après manger, ça me boudine !

Parenthèse (théorie de la trentenaire) : Si je pose Emma + Marise = 69 ans, le tout divisé par 2, j'obtiens la trentenaire type, véritable clé de voûte de la société des années 80. La trentenaire est l'arme fatale que toute armée convoite. Elle fabrique ses propres hydrocarbures et possède un système de vidange tout à fait adapté aux nouvelles technologies de combat. Son autonomie est quasi totale et son champ d'action démesuré depuis qu'elle sait conduire. Les trentenaires sont les têtes chercheuses du grand commerce. Elles savent lire un plan et consulter l'annuaire. Elles vivent branchées sur le réseau mondial, à l'affût d'occasions périphériques. Et surtout : elles se contentent d'être ce qu'elles sont, même si elles le vivent mal. Les plus hautes autorités, et même le Pentagone, le reconnaissent : la trentenaire est l'avenir balistique. Le secteur qui dégage les plus gros capitaux liés à la recherche.

La trentenaire est d'autant plus fascinante pour moi qu'elle est le grand inconnu : tous les jours j'étudie l'adolescente et la mère, mais je n'ai pas d'exemple de trentenaire sous la main. Coucher avec une trentenaire est le fantasme absolu. Pour le moment. On verra si à trente ans je dis toujours ça.

Mercredi à l'aube

Le vieux Noûs fait couiner ses mains. Le minuscule bandonéon disparaît dans ses paumes. Deux petites font de l'élastique, près du réverbère. Lui continue de savonner ses phalanges avec la musique, des notes entre les doigts qui apparaissent en halo. Le son transpire de son corps. Noûs est une corde tendue qui vibre dans le matin. Les enfants s'installent près du vieil homme, pour l'écouter parler.

Vous avez vu, fillettes, le jeune homme au teint mat, qui porte le nom de Beshir ? Il vient tous les matins décrocher une fleur à cette lumière-là, pour l'offrir aux femmes des chalets. Beshir est grand et musclé, il travaille la pierre, il travaille le fer, il a des mains noueuses, vêtues de corne. Quand il porte une rose il soulève le ciel. Ses bijoux d'or brillent autour de ses poignets, autour de son cou. La fleur du réverbère scintille à son approche, tôt le matin.

Non, on ne l'a jamais vu, ce Beshir, soupirent les petites filles. Elles sont émues. À quelle heure vient-il ? Avant l'école ?

Bien avant l'école, il marche en pensant aux femmes. Il vient de la nuit. Il s'arrête devant les chalets quand il fait presque jour. Vous le verrez si vous vous réveillez à temps. Sauf le dimanche. Le dimanche il dort, il se repose.

Il est vraiment musclé ? demande l'une des fillettes. Ils sont comment ses yeux ? Ses cheveux ?

Beshir a les yeux noirs et brillants. Ses cheveux sont gominés, humides comme ses yeux, et reflètent son âme. Ils n'ont jamais d'épi.

Comment ça se fait ? demande une autre.

C'est le vent qui les peigne.

Le vieux Noûs fait couiner le minuscule bandonéon. Les petites filles le regardent drôlement. Ses doigts font le travail. Il souffle en direction d'un arbre, et tout son corps musical répond aux frottements du vent.

Dis, Noûs, tu as eu des enfants ?

Bien sûr. J'ai eu beaucoup d'enfants. Un jour une petite fille s'est posée sur mes genoux et elle a dit : Papa. Elle a ouvert ses mains. À l'intérieur j'ai mis une moitié de croissant. Elle était jeune et essayait de les maintenir ouvertes pour ne pas faire tomber les miettes. Elle a mangé le croissant. Son manteau constellé de miettes. Elle riait. Je lui ai chanté une chanson d'amour. Mais sa mère a disparu, et elle avec.

Le premier rayon de soleil apparaît derrière la cinquième infime colline. Noûs et les petites filles, éblouis, se mettent à rire en agitant les bras en l'air.

Quand vous serez plus grandes, dit Noûs, vous verrez le grand et beau Beshir. Vous le reconnaîtrez, car il viendra pour vous. Il viendra avec sa BMW. Avec ses lunettes noires. Le son du claquement de la portière vous réveillera. Un son mat. Beshir marchera vers vous, les bras pleins de fleurs. Ce matin-là, vous deviendrez des femmes.

Noûs réajuste son manteau, défait les boutons du haut, sort un coussin de son sac et s'allonge sur le banc. Les petites s'en vont tranquillement par le chemin qui mène à la Capricieuse. Lui s'est déjà endormi.

Le vieux Noûs habite le grenier du Chalet 1. De mémoire, il a toujours été là. Le vernis c'était lui. Il faisait tous les chalets un par un. Au rouleau. Maintenant il est à la retraite. Les vapeurs du vernis, inhalées depuis toutes ces années, le maintiennent dans un état surnaturel, presque en lévitation. Son esprit plane au-dessus de notre communauté.

Un samedi

Maman, dit Emma, sortant de sa chambre comme une furie, en soutien-gorge et culotte, les mains chargées d'habits, je ne vais quand même pas rester nue toute ma vie ?

Qu'est-ce que tu dis ? demande Marise.

Je n'ai plus rien à me mettre ! explique Emma. Je vais péter un câble !

Il m'a fallu du temps pour comprendre. Ma sœur se sert de ses habits comme de fétiches protecteurs. À mesure qu'ils sont lavés, les vêtements perdent leur pouvoir magique. Leur aura s'use. Depuis bientôt dix jours elle ne s'est rien acheté de neuf, et elle sent sa magie faiblir. Il faut qu'elle trouve un moyen de se faire financer une nouvelle jupe au plus vite, sinon elle va se faire marabouter.

Elle téléphone à Pierre, son copain du moment, mais elle tombe sur sa mère qui lui explique que Pierre est injoignable.

Ça y est, je deviens folle! pense-t-elle.

Les femmes en général ont besoin de perpétuellement renouveler leurs fétiches, flux et transferts d'énergie. Besoin de réguler le désir et la peur. Cette manie, avant l'âge de dix ans, me semblait bien obscure à décrypter. Je n'étais pas encore sensible aux sortilèges, à la magie noire dans l'air.

Il va falloir que je pique! Il me faut de la marque! pense-t-elle.

Emma s'est déjà fait attraper plusieurs fois dans le grand magasin. Avec trois jupes et sept culottes sur elle. Un vrai arbre de Noël, avait dit la vendeuse. Juste le vent de la gifle qu'elle avait prise par ma mère lui avait refilé une otite. Mais elle est prête à tout pour rester branchée.

«Rester branché.» Cette expression m'a mis la puce à l'oreille. Pour ma sœur il est vital de ne pas perdre le contact avec ce que j'appellerai un système d'échanges électriques complexes qui procurent à l'individu les stimuli nécessaires à son fonctionnement social. Ma sœur va voler une ceinture de telle marque qui l'aiguillera telle une boussole à la rencontre des autres.

Note : J'espère arriver à une description plus précise de ces interactions dans les années à venir, quand mon âge me permettra de m'aventurer plus au fond de la machine à broyer les êtres que la société a mise en place. Mon peu d'expérience de la vie implique quelques erreurs d'appréciation.

Emma entre dans le magasin de fripes. Elle porte des chaussures blanches et basses, un pantalon pour enfant gris souris selon elle, en popeline. Elle lui a rajouté des coutures en relief, des deux côtés. Au-dessus un tee-shirt est coincé entre le débardeur et le gilet, décolleté en V, à rayures orange, violet, mauve, avec des fils argentés. La découpe est arrondie en bas du tee-shirt.

Ça souligne bien ta taille. Ah oui ça te dégage les hanches, lui dit Jeanne, qui l'accompagne. Elles font leurs coups à deux.

Emma la regarde : Les hanches t'as dit ? Tu me trouves grosse ? Tu as l'impression que j'ai pris ?

Non non, ça va.

Tu me trouves grosse ?

Mais non arrête.

Depuis déjà deux ans, Emma a les cheveux mi-longs, un carré sans frange, qu'elle agrémente parfois, comme aujourd'hui, d'un foulard indien à motifs d'animaux sauvages. Elle fume des roulées. C'est la seule fille de toute la région à aller jusque-là dans le chic. La grande classe parisienne.

Elle croise une autre copine.

Tu trouves que j'ai grossi ?

Elle attend la réponse.

Tu es sûre ? C'est Jeanne qui trouve que je suis grosse, dit-elle.

Jeanne à côté : Je n'ai jamais dit ça.

Jeanne s'est fait faire des frisettes par sa mère. Dans ses yeux on peut lire : Je suis laide. Je peux bien faire tout ce que je veux. La base est naze.

Jeanne a un petit copain. Ils sont ensemble depuis le CE 1.

Moi aussi je suis laid, je comprends bien pauvre Jeanne. C'est une laideur provisoire. Mais la laideur peut être un talisman.

Emma et Jeanne se retrouvent place Maurice-Berliet, avec leurs paquets.

Des groupes de garçons attendent les filles sur des bancs.

Alors miss Bouclette, tu as un homme en ce moment ?

Lâche ma copine tu veux !

Dans le sac d'Emma, un petit slip, un soutien-gorge. Un polo à gouttière. Un chapeau à rabats qui tombe sur le côté de la tête. Une boîte d'aspirine, une jupe écossaise blanc cassé, une chemise de bûcheron fendue sur les côtés, à scratchs.

Avec Jeanne elles trottinent. Les frisettes rebondissent dans l'air, tout au long du canal. Un groupe de garçons suit, un peu en retrait. Emma dit qu'il va pleuvoir. Jeanne est terrorisée. Elle voudrait s'arrêter de boucler.

Elles suivent le faux lac, les sables endormis. Les

garçons ont rebroussé chemin. Le chemin colle aux maïs. Emma a fait l'amour la première fois dans les maïs. Je l'ai vue. Ça doit lui faire quelque chose de frôler ce champ. Elles passent le pont de pierre, au-dessus de la Capricieuse. Une couleuvre s'enfuit dans l'eau. Les chalets brillent, posés sur l'herbe humide.

> « Les hommes ne se goûtent
> qu'à peine les uns les autres. »

(Celle-là je l'adore : du père La Bruyère.)

Jeudi 25 novembre, 18 heures

Une jeune secrétaire aux mains musclées lève les
yeux au ciel. Les boucles d'oreilles créoles plaqué or
se balancent tranquillement. Elle porte une jupe noire
échancrée qui fait ressortir le blanc de la peau. Assise
dans la télé, bien vivante. J'ai un faible pour les secré-
taires américaines manucurées. Elles sont tellement
artificielles qu'elles en deviennent excitantes.

Quand j'aurai épousé le patron, se dit-elle tout
haut, *les choses vont changer dans cet établisse-
ment !*

Marise regarde son feuilleton en écossant les haricots invendus. L'épicerie tourne au ralenti. Midi et
soir, c'est légumes et pain en ce moment. Ma mère a
refusé de faire des bocaux. Elle s'est brûlée l'année
dernière.

Autre séquence : Le patron sort et rajuste sa
cravate. Il a l'air satisfait. Il passe l'entrée et dit à la
secrétaire :

Bonjour Viviane, surtout ne pas me déranger. Et il
traverse la moquette avec assurance.

Marise se lève et verse les haricots écossés dans l'eau bouillante.

Je suis un solitaire. Je n'ai pas d'ami. Ma mère est très préoccupée par cet état de fait. Je reste tout mon temps libre à la maison, ou à me promener seul dans la campagne. Elle pense que j'ai un problème et qu'il faudrait peut-être m'examiner.

En cours, les autres élèves me laissent en paix. Dans mon dos, ils ne se gênent pas bien sûr. Je peux lire dans leurs têtes. Mais ils ont peur de moi. Bientôt l'acné et je serai encore plus écœurant. Je n'ai pas trop envie de me mêler à leurs jeux. Trop de temps perdu en vides discussions.

Je suis un cancre prodigieux. Pour cela aussi j'en impose. Les profs me considèrent comme un débile gênant. D'un accord tacite, nous avons décidé eux et moi que je serais peu présent aux cours, et que je ne leur parlerais qu'en toute dernière extrémité. Bien sûr je suis régulièrement collé pour mes absences, je dois tricher et contrefaire des signatures, mais je ne m'en sors pas trop mal. La preuve : le collège ne m'a toujours pas renvoyé. Eux aussi ont peur et préfèrent éviter mon sujet. Je suis l'éminence noire de ce monde de poulets en batterie. Celui qui ne sait pas même souffler dans une flûte à bec en plastique sans la casser. Mes superpouvoirs m'ont propulsé à des sphères telles que je ne peux décemment rien partager avec mes camarades. Je les observe comme le savant regarde des bactéries au microscope. Ils ne me font ni chaud ni froid. Ils sont une base de réflexion pour mes recherches. Rien de plus.

Par contre j'essaye de sanctionner les professeurs vraiment nuisibles, dans un souci d'améliorer leur quotidien, d'en faire des gens meilleurs. L'Histoire-Géographie depuis deux ans est enseignée par une jeune connasse qui a réussi à m'agacer à un point tel, de par ses multiples approximations et ses affirmations biaisées, que j'ai dû recourir à la force pour la museler. Elle a démissionné la semaine dernière, pour dépression nerveuse. Tous les jours, pendant plusieurs mois, j'ai tracé une croix à la craie sur son dos. Elle n'a jamais pu savoir qui c'était et elle est devenue folle.

L'Histoire est une matière trop importante pour qu'on permette aux profs de dire n'importe quoi. Comme dans toutes les guerres, il y a quelques dégâts. Mais des centaines d'élèves ont été sauvés grâce à moi de sa logorrhée abêtissante. J'œuvre à mon petit niveau.

Demain je vais en cours. Encore un autre jour. Bien sûr je n'apprends rien. J'observe les élèves, leurs manières, attitudes. Il y a toujours quelque chose d'intéressant à découvrir si l'on sait regarder. Mais demain j'ai maths, et je ne peux m'empêcher de penser que mon professeur de maths est quelqu'un de très bien. Cela me peine beaucoup d'avoir à répondre tout faux à des problèmes d'algèbre pour CP, et de passer pour un nul à ses yeux. Mais que faire ? Me dévoiler ? Il est encore trop tôt. Je ne veux pas faire tout rater par attachement pour un prof. S'ils découvrent la supercherie, qu'en fait je ne suis pas un attardé mental, tout s'écroule. Ils ne me lâcheront plus. Méfiance. Prudence. Ma vie est une construction si ambitieuse que je dois mettre toutes les chances de mon côté.

Vendredi

Retour de boulangerie, mâchant, j'évalue une bouchée de pain. À cinq bouchées la tartine, et six ou huit tartines la baguette. Disons sept. Donc trente-cinq bouchées de pain la baguette. Une baguette = 70 centimes. 70 divisé par 35 = le prix d'une bouchée de pain, c'est-à-dire 2 centimes.

Il suffirait donc de vendre au détail seulement 10 centimes la bouchée de pain pour multiplier par cinq ses bénéfices. Je le note dans un coin de ma tête, pour plus tard.

Parenthèse historique : Au XVIIIe siècle, les ouvriers de la métallurgie portaient des perruques poudrées. Le charbon de bois servant de combustible était l'ennemi des perruques, et il fallut bientôt inventer la mode des cheveux gris, qui prendra tout son essor au XIXe siècle. Ainsi finit le temps béni des perruques, quand l'ouvrier travaillait dans une saine ambiance préindustrielle :

Alors mon brave ! disait le maître forgeron. On vous traite bien ici ? Votre perruque est immaculée ! Félicitations !

Oui, disait l'ouvrier. C'est ma mère qui la lave.

Et vous gagnez combien ? demandait le maître.

17 bouchées de pain par jour.

Ah mais c'est excellent.

À Paris ils gagnent vingt bouchées, expliquait l'ouvrier. Mais les loyers sont plus chers.

Lundi 29 novembre

Ça y est, l'hiver s'annonce. Il faut que je me prévoie une bonne pneumonie. C'est la saison des dons de nourriture et si je peux éviter d'aider ma mère à amener nos fonds de cagettes à ces crève-la-faim, ce sera toujours ça de gagné. Je tiens à me concentrer au maximum sur mes recherches. J'ai décidé de ne pas trop me montrer en cours, pour ne pas éveiller les soupçons. Certains de mes camarades me surveillent du coin de l'œil. Ils se demandent qui je suis. J'ai dû faire quelques erreurs qui ont semé le doute. Mon orgueil toujours. Laisser passer un peu de temps.

Mardi 19 heures

Ahmed squatte un banc de la place Mantourle. Je le rejoins trois bancs plus loin. Ahmed est un être tactile. Il faut bien trois bancs d'écart pour qu'il ne se sente pas obligé de te peloter pour t'expliquer ce qu'il raconte. Je déteste les gens qui me touchent. D'ailleurs dès que j'arrive il se rapproche :

T'es le Glaviot, dit-il, le fils de l'épicier, non? Celui qui écoute de la musique de nazes?

Je le regarde, surpris.

Non je dis pas ça contre toi. C'est pas de ta faute, t'es encore jeune et tes parents t'apprennent rien, hein? Tu fumes?

Je fais signe que non.

Psartek les pompes ! Mais tu t'habilles à la décharge ma parole ! Tu fumes ?

Je fais signe que oui.

Alors tiens.

Il me passe le joint et jette sa tête en arrière.

Quel temps mortel ! Prête-moi les clés de ton Aston Martin et je t'emmène à la mer ! Je rigole !

Je ne dis rien. Le cannabis m'envahit le cerveau.

Je vais te dire, me dit Ahmed, c'est pas bien ce que tu fais. T'es trop trop jeune pour fumer ! Tu vas te détruire ! T'as quel âge ?

Je lui dis : Quatorze.

Il me dit : Ah quand même. Alors ça va. Tiens, finis.

Du balcon Marise hurle : Rentre tout de suite.

J'aimerais lui obéir, mais mon corps défoncé est en miettes sur le banc.

Je vais descendre, menace-t-elle.

Je me lève sans savoir comment, fais signe à Ahmed de m'oublier et monte me faire engueuler.

Mercredi

Tu baises avec ta pieuvre, dit Georges.

Toi t'as pas les moyens, dit Emma. Tu baises avec les chiens des rues.

Et des connes dans ton genre, dit Georges.

Il est 11 heures 35 au radio-réveil de ma chambre. Nos parents sont tous deux à l'épicerie. Ils roulent des feuilles de vigne pour la Sainte-Geneviève. Une tradition de chez nous.

Emma se jette sur Georges et lui projette la tête dans les lattes vernies du mur. Le choc est brutal et sonore. Georges balance Emma de toutes ses forces sur un coin de table qu'elle évite, mais sa poitrine racle sur le pot de crayons de couleur taillés. Une quinzaine de gouttes de sang giclent hors de la chair blanche au-dessus de la côte droite. Georges se défend bien. Il la tient fermement appuyée à un fer à repasser qu'il menace de brancher si elle ne se tient pas calme.

Bientôt Emma est domptée et il glisse sa main dans le soutien-gorge. Emma le mordille gentiment. Elle guide la main de Georges. Défait son lambeau de chemise et se cambre.

Il fait un beau soleil. Quand ils en ont fini, Emma sort un transat sur le balcon. Elle porte des lunettes noires, un bikini vert brillant et s'est fait une natte. Georges s'est endormi.

Jeudi 22 heures

Stéphanie travaille à l'usine de poisson. Elle habite Chalet 13, au grenier, avec son père. Sur la chaîne les filles en blanc plastifié attendent les bêtes mortes, coupent ce qui dépasse : la tête, les nageoires et la queue. Les bêtes continuent leur chemin, dans la machine à brandade ou dans celle à portions sauce vin blanc.

C'est pas ici la mer !

Elle travaille au lavage.

Les gens toute l'année qui rêvent à la mer, murmure-t-elle. Ils ne se rendent pas compte. Ah non c'est sûr que la mer, elle n'est pas toujours belle. Nous on a ses cadavres.

Parenthèse : Je viens de finir le *Kama-sutra*. Je ne suis pas impressionné. Je pense que l'amour n'a rien à voir avec la position. L'important c'est l'odeur. À mon avis l'amour est lié au nez. Après si elle préfère nous faire sentir son cul en faisant le cochon pendu, pourquoi pas. Mais les hormones d'abord, et après le spectacle. On ne s'embrasse que pour mieux se sentir. Quand j'ai besoin de mieux saisir un parfum, je mouille un peu l'endroit qui le propage. Comme mouiller du bois.

La nuit le temps est noir et laisse entendre le craquement des plaques tectoniques. Il faut dresser l'oreille. Comme elles se frottent entre elles. L'amazonienne et l'indienne, l'européenne et l'eurasienne. J'imagine une boule d'eau bleu intense, sur laquelle flotteraient des cartons éventrés. Une goutte d'eau sans pointe, sans sommet. Sans direction. Arrêtée au milieu du temps noir et incalculable. Rattachée au hasard des courants d'air du large noir, à ses spirales de nuages autour des points de chaleur. Des milliards de soleils qui attirent des gouttes d'eau rondes vers eux. Comment est-il possible de contempler le temps avec un si mauvais point de vue ? Le garde-barrière tout là-haut, sa petite maison aux vents, dans le vide, sur la plaine noire, nous voit mieux que personne. Il chronomètre les allées et venues des trains de lumière. Il note dans un cahier les aléas mécaniques. Il mesure le hasard.

Vendredi

Emma regarde un film avec son Georges. Les parents de Georges enregistrent tous les films chaudement conseillés par *Télérama* sur cassettes VHS de quatre heures, soigneusement étiquetées. Ils découpent ensuite la critique et la collent sur le boîtier en carton. Leur collection a dépassé les mille cassettes il y a quelques mois. Répertoriées dans une armoire.

Au cours de la projection, Emma prend plaisir à commenter l'action en direct :

Ils sont dans une voiture ! Le cocher est trempé. C'est plutôt une carriole. On dirait une carriole !

Georges voit bien que c'est une carriole et pas un coupé Mercedes, mais il n'ose pas la fâcher. Georges est une brave bête sans avenir, au regard lénifiant, soluble.

Ils sont dans une carriole ! Tu ne veux pas savoir la suite ?

C'est un vieux film ! dit Georges. Ne t'inquiète pas. Il ne peut rien arriver de grave.

Ils vont se faire tuer ! hurle ma sœur.

Mais non, dit Georges.

Mon petit chou, dit-elle. S'ils meurent on va manger en ville ?

Elle lui caresse les cheveux. Georges est gêné que je sois là. Emma aussi voudrait que j'aille dans ma chambre. Mais j'aime les regarder respirer tous les deux. Ils me donnent des idées. Même leurs dialogues sont de petits chefs-d'œuvre de ponctuation.

Tu as faim ? dit Emma

Oui un peu. Et toi Emma t'as faim? demande Georges. Tu voudrais manger quoi?

Je ne sais pas, dit Emma. Regarde! Ils descendent de carriole. Ils entrent par l'entrée principale. Les lustres brillent de mille lumières. Écoute la musique! C'est une valse je crois!

J'ai envie d'un poulet-frites, dit Georges. Pas toi?

Emma prend sa respiration.

Parenthèse : Ce que c'est que la «psychologie féminine»? A priori une invention des hommes pour ne pas dire la «connerie des femmes». Il n'y a rien à chercher dans cet abîme, si ce n'est que la «psychologie féminine» est devenue une croyance répandue et vendeuse. La femme a des nichons alors elle est tenace. Elle n'a pas de pénis donc aucun sens de l'orientation. Elle peut avoir des enfants ce qui la rend angoissée, lunatique et frigide.

L'invention de la «psychologie féminine» semble légitimer des comportements catastrophiques et souvent obscènes, comme l'hystérie ou la désinvolture.

Emma, par exemple, est une éponge poreuse. Elle ingurgite ce qu'elle entend, puis elle se souvient qu'en tant que femme elle est un peu tête en l'air. Alors elle se force inconsciemment à oublier tout ce qu'elle vient d'apprendre. Ce qui la ramène perpétuellement à son degré zéro et la maintient dans cet état d'aliénation affligeant qui lui permet d'être un bon coup, une fille pas trop chiante. *Fin de la parenthèse.*

C'est certainement bientôt fini, dit Emma. Regarde, ils s'embrassent !

The end, dit Georges.

T'as vu ! J'avais raison. Ça sentait la fin.

On en est à combien alors ?

Cassette 58.

Ma sœur a décidé qu'ils verraient tous les films dans l'ordre de l'étagère.

C'était bien celui-là, dit-elle. On a de la chance que tes parents aient tous ces films. Tu te rends compte ?

Je me rends compte.

C'est comme un héritage en mieux. On en profite déjà. Et un jour si tu ne sais pas quoi faire, tu ouvres un magasin de location de films.

Pourquoi pas. On verra. On va manger ?

Allez.

Emma range soigneusement la cassette dans son étui et se laisse tomber sur un coussin qui éclate et répand sa mousse dans l'air.

Ah ah, hurle-t-elle, ce soir je sors au restaurant. J'ai bien envie de me suicider. Tu resteras avec moi jusqu'au bout Georges ?

Il y a toujours quelque chose de touchant et d'humain chez elle. Qui remonte en surface quand on le croit noyé. Le coussin n'est plus qu'une taie vide.

Samedi midi, week-end à la con

Parfois, il est vraiment nécessaire de prendre la voiture. En cas de guerre par exemple, ou bien quand la police est à nos trousses.

La famille Dugommier, dont je suis, n'a pas ce genre de problème. Quand elle prend la voiture, c'est pour aller faire un tour dans un coin dégueulasse de touristes.

Emma et mon père préparent les sandwichs. Elle travaille aux thon-mayonnaise, et lui aux saucisson. Comme à son habitude, Emma commente son activité en direct :

Voilà tu ramasses, tu empiles, tu fais des miettes. Tu jettes un coup d'œil. Là tu ajoutes la mayonnaise. Ça cimente, tu soulèves. Tu étales d'un côté, tu couvres... hin, hin... voilà un sandwich de plus. Félicitation ma belle, tu te débrouilles comme une chef.

Il vaut mieux s'appliquer et que le sandwich soit bon, propose mon père.

Passe voir le papier alu, papa, s'il te plaît, dit Emma.

Mon père Jérôme balaye la table des yeux.

Il est où ? dit-il.

Avant même de s'approcher, avant même de s'asseoir dedans, avant dis-je, la GS sent déjà le jambon-beurre. Elle transpire le pique-nique puant. L'huile de sardines renversée.

Selon les ingénieurs de l'époque, l'idée derrière la GS était à la fois de remplacer la traction et de donner à moindre prix des sensations de DS. J'ai lu d'excellents articles sur la GS dans *Vroum*, un magazine particulièrement pointu en ce qui concerne les Citroën modèle familial.

Notre GS est une essence bleu marine standard cinq portes. Un confort sommaire. Les légendaires suspensions hydrauliques assurent une parfaite adhérence à la route.

Je sais déjà conduire. La nuit j'emprunte la 2 CV de la mère Auchard et je me fais une virée juste pour rire. Elle la laisse toujours ouverte. Je me mets deux annuaires et je conduis à moitié debout, car je ne fais encore que 1 mètre 42. Ils disent que c'est grand pour treize ans, mais ce ne sont que des sottises. Il n'y a pas de petits ni de grands. Il n'y a que des moyennes et des normes, des manières de nous juger les uns les autres pour mieux nous mettre dans des catégories. Les gens dégueulent de généralités.

Aujourd'hui nous prenons l'autoroute, ce qui signifie au moins une heure aller et une heure retour. Destination fumeuse : un village médiéval. Je n'aime pas les voyages en famille. Le concept même de famille me donne la nausée. Détail important : notre GS possède un autoradio. Mon père a fait des cassettes de chansons qu'il nous passe pour que l'on chante sur la route. Ma sœur chante trop fort, ce qui couvre un peu le fait que je ne chante pas.

Passer deux heures dans trois mètres cubes à chanter du Brassens me sidère au sens médical du terme. Je compte bien en temps et heure organiser des championnats de solitude.

Après toute une journée d'ennui total, irracontable, le soleil tombe enfin.

Ce n'est pas un peu tôt pour partir ? demande Marise.

Personne ne relève. Mon père a envie de rentrer.

Je peux lire dans les plis de son crâne. Il a envie de s'enfermer dans la cave et de découper ses magazines de bricolage.

Je me cale dans le coin gauche, Emma dans le coin droit. Jérôme met une cassette et Marise fredonne par-dessus la musique, que l'autoroute recouvre à mesure que la voiture prend de la vitesse.

Le choc me réveille soudain. Comme moi mon père s'est endormi, mais lui était au volant. La GS a grimpé toute seule sur le rond-point et renversé une œuvre d'art moderne. Une sculpture métaphore de femme enfant soudée à l'arc. Les traces des pneus dans l'herbe humide sont impressionnantes. Miracle, la GS n'a rien ou presque.

Bon. Que faire ? dit mon père.

Fais marche arrière et on repart, dit Marise. Les jardiniers répareront tout ça demain.

La GS se gare enfin, sale, froissée, devant notre chalet. Mon père efface au jet et au marteau les preuves, mais l'aile emboutie ne se redresse pas facilement.

Emma émerge. Elle a dormi tout du long. Parfois elle fait penser à une peluche de plage arrière.

Dimanche midi

La Tige est venu manger à la maison. Il mange avec nous quand sa mère travaille au péage le week-end. Il a toujours du shit sur lui. Marise ne s'entend plus trop bien avec sa mère, mais elle fait ça pour lui. C'est un gentil garçon. Il ne mange pas beaucoup.

Mon père a toujours peur de manquer. «Et s'il

n'y avait pas assez de nouilles ?» Voilà ce qu'il se dit avant chaque repas. Sa mère était comme ça, paraît-il.

La Tige est un timide. Depuis qu'il vient, nous ne nous sommes jamais parlé. La Tige ne m'est pas nécessaire. Il pourrait faire un bon cobaye, mais je ne l'ai pas assez longtemps sous la main pour en tirer quelque chose. Je fume son shit avec lui.

La mère de la Tige est du genre à acheter six pots de moutarde à la fois au lieu d'acheter des verres. Elle a calculé que si, pendant dix ans, elle mange un verre à moutarde par mois, elle finira par avoir cent vingt verres à la fin. De la haute mathématique. Mais son fils n'aime pas la moutarde.

La Tige boit des ricards en cachette de sa mère. Il sent l'anis, même au collège. Il s'est fait des amis grâce au shit et, quand il sera grand, il deviendra dealer et il aura plein de potes. Et il fera la collection des assiettes Esso avec ses points essence, en souvenir de sa mère.

Vendredi après
Ma sœur explique qu'elle a noté un numéro de téléphone dans la poussière de la table basse. Elle n'avait pas de stylo. Mais Marise a passé le plumeau depuis, et le numéro a disparu.

Il faut bien que je nettoie ! dit ma mère.

Une maniaque du ménage ! dit Emma. Voilà ce que tu es !

Toi ! voilà ce que tu es ! dit ma mère.

Non ! Toi ! voilà ce que tu es ! dit Emma.

Tu avais qu'à prendre un stylo ! dit ma mère. Ce n'est tout de même pas sorcier d'écrire avec un stylo sur une feuille !

La prochaine fois j'irai chercher un opinel, et je le graverai sur la table, le numéro. Tu auras un peu plus de mal à l'effacer.

Ça ne va pas bien dans ta tête ma fille ! Tu aimerais que je grave des numéros sur ton bureau ?

Ma pieuvre ne te laissera pas faire !

Tu délires, ma pauvre fille.

Je préfère délirer que faire la poussière !

Le fonctionnement des nerfs de ma sœur est un de mes sujets d'étude le moins avancé. Les hypothèses émises ont toutes l'air de se contredire. Les observations sont toujours biaisées. Comme le bouton d'acné qui, bien que lacéré au réveil par les ongles de l'adolescente furieuse, lui rappelle encore sa présence par de légers picotements. Quelle est la part du bouton, quelle est la part du numéro disparu dans cette soudaine attaque nerveuse ? Impossible de juger.

L'idéal : un milieu clos, fermé aux stimuli extérieurs, une peau intacte, un intérieur sain (dénué de soucis de digestion ou d'écoulements sanguins tardifs), de quoi se distraire (des magazines, par exemple), une température ambiante agréable et stable, un endroit neutre où l'on met ses soucis de côté.

En même temps que j'écris cela, je vois se dessiner la parfaite éprouvette. Une entité à la fois concrète et abstraite, protégée du monde et à la fois au cœur de son fonctionnement intime : la salle d'attente.

PROTOCOLE EXPÉRIMENTAL SIMPLIFIÉ
DE SALLE D'ATTENTE EN VUE D'ANALYSES
DU SYSTÈME NERVEUX D'EMMA DUGOMMIER

Mettre ma sœur dans une salle d'attente (elle renouvelle sa pilule tous les deux mois). Émettre en direction du subconscient d'Emma de discrets stimuli tels que : Vais-je redoubler ? Est-ce que Georges est attiré par les hommes ? Je suis grosse, qu'est-ce que je vais devenir quand je serai vieille ? Laisser agir un temps déterminé. Observer à l'aide de cathodes placées sur la chaise et reliées à un ampèremètre à sinusoïde (qui fait aussi voltmètre) les fluctuations nerveuses. À partir des premières observations, définir des catégories et des seuils. Augmenter le temps d'émission, relever les similitudes ou au contraire les variables. Acheter du papier millimétré et reporter ces mesures sur des diagrammes à bâton ou bien à camembert, selon les résultats.

Vendredi plus tard
Emma est maintenant enfermée dans sa chambre. Marise est à l'épicerie, en renfort. Un car de Japonais est garé devant Chez Irène et réclame de la bière et des cakes aux œufs. La guide traduit tout en espagnol, car elle vient de se réveiller d'un somme et croit qu'ils ont déjà passé la frontière. Elle explique que le car se rend en Tanzanie. Ils doivent être arrivés dans cinq jours. Prendre le bateau à Valencia demain matin. Ils sont en retard et les arrêts-pipi ont été divisés par deux.

On a soif! On a soif! hurlent les Japonais.

Va chercher le Glaviot, dit mon père à Marise, et ramenez tout ce que vous pouvez trouver dans la réserve.

Le bus se remplit de cannettes de Kronenbourg. Les paquets de chips et les cakes rangés sous les sièges. La guide s'approche :

Cuanto es ?

Bueno, senorita, dit mon père, ça fera 1 000 francs tout rond. Je n'ai pas compté les deux derniers packs.

Caro, no ? dit-elle

Es la Francia, dit mon père. El vino pas cher, la cerveza hors de prix.

Bueno.

Elle revient avec une pile de billets.

Ça sera tout ?

Si, répond-elle.

Le car reprend la route de l'Afrique, et avec Emma nous observons un moment la mousse des cannettes, secouées à l'avance par mes soins, asperger les vitres du car.

Lundi

Noûs éteint son clope et soupire à l'air libre. L'herbe est humide et scintille. Les chalets craquent d'aise, comme de vieux rebouteux remettant leur cyphose en place. Il est tôt.

Le vieux Noûs dégage sa main d'une poche et en sort le minuscule bandonéon. On dirait qu'il prie. Les paumes malaxent une pâte noire et musicale. Les sons montent par son manteau. Presque inaudibles.

79

La salle est son vêtement, ses mains pressent l'orchestre, et les oreilles applaudissent. Le minuscule bandonéon souffle des notes pluvieuses, de mauvais temps. Les mains survolent ses genoux tel un papillon gris-jaune.

Deux voitures s'enfuient vers la ville déposer les travailleurs à leurs bureaux. Noûs est encore dans le sommeil. Il éternue.

C'est le jour à présent. Je l'observe depuis un moment du balcon, j'ai un peu froid. Le soleil apparaît et la pelouse prend un ton tiède. Noûs relève la tête et dit à un des gosses :

Tu sais, aujourd'hui il va faire chaud. La Vénus de Brocatelle est venue me voir.

Par où elle est arrivée ? demande l'enfant.

Par la rosée. Si tu regardes un peu, tu la verras toi aussi. Juste la rosée le matin sur la pelouse. Elle se lève et comme toi elle se réveille en se secouant. Elle tire sur ses bras comme une chatte. Son rêve alors se termine dans les pendiculations. Et elle s'apprête.

Montre-moi demain, Noûs !

La Vénus, quand elle apparaît, il faut être seul. Je ne peux pas t'aider. Il faut que tu te réveilles tôt et que tu regardes bien.

Noûs approche ses mains de son front, en signe de prière, puis il se couche sur le banc et s'endort aussitôt.

Mardi

Mon père s'est enfermé depuis plus de six heures. Ma mère est inquiète. Dans la cave il sue sur une nouvelle invention, et c'est toujours dangereux. Quand il descend à la cave et s'enferme à double tour, sa bouteille de gaz pour souder à la main, on se demande s'il va revenir. Il manipule des produits toxiques. Il améliore des solvants. Les voisins n'ont pas confiance non plus.

Il va nous foutre le feu un jour, dit Marise.

Un jour il y aura un beau trou à la place de votre chalet, et on n'en parlera plus, disent les voisins.

Je crois que mon père, dans ses rêves les plus fous, aurait voulu être inventeur de gadgets pour James Bond. Il est persuadé que les femmes tombent toutes raides dingues de 007 juste à cause de sa montre nucléaire.

Heureusement, cette fois encore, Jérôme remonte à la surface ordinaire de sa vie d'aventurier de la technique et retrouve sa famille sain et sauf. Depuis des années il mène cette double vie, insoupçonné des médias. Un goupillon chromé, sorte d'interrupteur pour néon, dépasse de sa poche de veste.

J'ai découvert un nouveau gaz, explique-t-il.

À table ! hurle ma mère. Ça fait une heure qu'on t'attend.

Je crois qu'avec un peu plus de litière pour chat, le mélange sera parfaitement pâteux. Je n'ai pas besoin de m'embêter avec la grosse artillerie. Non vraiment, ce n'est pas nécessaire. La lotion est stabilisée, le reste devrait suivre.

On fait des crêpes, explique Marise.

Très bien, dit-il. J'adore les crêpes.

Qu'est-ce que tu veux sur les tiennes ?

La même chose que tout le monde. Quand je pense

que des gens sont payés des fortunes à imaginer comment faire sauter la planète.

Les scientifiques vont là où on leur dit que le fric est rangé, dit Marise. Ils ne sont pas plus bêtes que les autres.

Le gouvernement ferait mieux de donner un coup de pouce aux petits inventeurs passionnés comme moi plutôt qu'aux gros laboratoires.

Toute la famille se compose ses crêpes sur l'appareil à fondue adaptable. Il y a six petits emplacements, et des spatules en bois pour les changer de face.

J'ai bien pensé construire un prototype de zeppelin à base de lainages, explique mon père, ce qui rendrait l'engin à la fois ininflammable et ultraléger, mais la matière première pousse en Nouvelle-Zélande. Les enfants ne comprendraient sûrement pas si nous allions nous implanter là-bas.

Des champignons ? demande ma mère.

Emma acquiesce.

Tant qu'il y aura des champignons, dit mon père, il y aura de l'espoir.

À ce moment-là, une odeur d'œuf pourri et de soufre se répand dans la pièce.

Qu'est-ce que c'est ? dit Marise.

Ça vient de la cave, je crois, dit Emma.

Mince, dit Jérôme, mon alliage !

Et il se précipite dans l'escalier.

Il réapparaît une demi-heure plus tard, puant et sale.

Ne craignez rien. Il n'y a pas de danger. J'ai juste fait un test qui s'est avéré concluant. Il fallait prendre ce risque.

Va te laver, dit Marise.

Ah, je suis bien content.

Mercredi

ESSAI SUR LA VÉRITABLE ORIGINE
DU GROUPEMENT DES CHALETS

Piero della Strada, un Italien du Piémont qui avait fait fortune en fabriquant et commercialisant une pâte à tartiner à la noisette et au chocolat du nom de Choconut, ancêtre du Nutella, décida un jour de faire construire avec les meilleurs bois de Suède de grands chalets pour fonder près de chez lui une communauté montagnarde utopique.

Des règles strictes d'amour libre, une école avec un traducteur en braille dans chaque classe, des monte-charge pour les handicapés, des volets automatiques régulant la lumière contrôlés par des chenilles-lucioles photosynthétiques et une étuve. Piero et son architecte avaient voulu réunir dans ces chalets les dernières innovations technologiques. Ils se projetaient dans le futur. Une vie nouvelle attendait les ouvriers des usines Choconut. Les femmes pouvaient même choisir quel jour et dans quelle position elles coucheraient ce mois-ci avec Piero. C'était un jeu entre elles, qui renforçait la bonne humeur.

Piero organisa un grand banquet pour annoncer que les chalets seraient livrés sous peu et placés à San Fiore, un lieu-dit perché au bord d'une falaise. La fête dura trois semaines. Le chocolat coula à flots.

Mais les chalets n'arrivaient pas. La flotte hollandaise qui se chargeait du transport Suède-Italie ne donnait pas de nouvelles. Von Starb, le directeur, restait injoignable. Si bien qu'à la fin la communauté italienne Choconut se résigna. Les navires hollandais avaient été bloqués par une avarie du bateau de tête sur le Rhône. Ne pouvant freiner, les autres bateaux vinrent percuter la coque et projetèrent un chalet à l'eau. Un journal marseillais raconte qu'un jeudi de septembre 1824 un chalet apparut dans le Vieux-Port. Arraisonné, il servit de baraque à frites aux pêcheurs du coin. Le capitaine hollandais n'avait de choix que de débarquer son précieux contenu de chalets de pointe. Il les installa en attendant de pouvoir réparer les bateaux sur les berges d'un affluent du Rhône qui s'appelait déjà à l'époque la Capricieuse. Depuis ce jour, les chalets n'ont plus bougé. Les marins hollandais remportèrent ce qu'ils purent avec eux, les cuisines équipées, les salles de bains en marbre, les roues de moulins individuels destinés à alimenter les chalets en eau douce, la plomberie, les tonneaux-lave-linge. Mais ils laissèrent les murs et la charpente.

Le village le plus proche à l'époque s'appelait Chaugrenu, et notre Hollandais alla demander à qui appartenait ce terrain marécageux sur lequel il avait entreposé les chalets. On lui dit de se rendre au château du comte. Le comte prit très mal l'incident, il décida de brûler les chalets mais se ravisa quand son intendant lui fit entrevoir qu'on pourrait y loger des paysans sans terre et des anciens soldats bonapartistes indésirables, moyennant un loyer.

Les premiers Chalésiens furent donc des éclopés des guerres napoléoniennes qui traînaient encore leurs guêtres sur la route éponyme, et quelques miséreux. Toute une organisation se mit en place, dirigée par d'anciens sous-officiers décorés de Iéna. Ils possédaient des armes, et le comte n'osait pas trop s'aventurer dans ces marais.

La première tâche votée le 7 juin 1824 par le conseil chalésien fut d'entreprendre l'assèchement des marais. D'énormes fossés furent creusés par les hommes les moins diminués. Ceux qui avaient plus d'un membre en moins étaient dispensés des travaux de force…

(à suivre)

Mercredi après-midi

J'attends à l'abribus. Emma est là aussi, en train de se rouler une cigarette. Elle a des choses à faire en ville. Les sœurs Bouchita attendent avec nous. Je les connais, elles habitent les chalets et elles sont dans ma classe. Elles piétinent le bitume, prêtes à bondir dans le bus, excitées comme des puces endormies depuis six mois, venant de croiser l'odeur d'un mammifère. Emma allume sa cigarette, s'appuie les omoplates sur une réclame de sauce pour spaghettis.

J'ai pris peur, je te jure, dit Alice, la première sœur, à Virginie.

Elles vont au centre commercial. Elles se sont apprêtées comme des putes.

Alors tu la connaissais ? dit Alice.

C'était un guet-apens, explique Virginie.

Il y avait aussi cet homme tout bizarre, dit Alice.

Le bus se gare. Les portes s'ouvrent, Emma suit les sœurs Bouchita à l'arrière.

Le bus relâche de la pression dans son système hydraulique et se remet en marche. Je m'assieds sur la roue arrière gauche. Emma joue avec les poignées d'ouverture d'urgence dégondées. La vitre ne ferme plus et vibre dangereusement.

L'odeur de parfum des deux sœurs sature l'arrière du bus. Le tintement des boucles d'oreilles est agaçant. Virginie a une marque rouge sur le mollet. Elle a dû s'épiler avec le couteau de chasse de son père. Alice s'est couvert le visage d'une épaisse couche de fond de teint mat à base de gras de cétacé afin de cacher son acné, ce qui donne l'impression de grumeaux dans de la pâte à crêpes. Ce sont toutes les deux de petites jeunes filles menues, avec un grand nez similaire tombant jusqu'à la bouche. Elles ne parlent qu'en hurlant.

Tu le connais, t'l'as déjà vu? hurle Virginie. C'est un acteur, tu vois, en plus il est trop beau. Il passe souvent à la télé. Pour un film il a dû prendre vingt kilos pour jouer un personnage de gros et il l'a fait. Tu te rends compte! C'est un vrai métier!

Il est payé pour bouffer alors? dit Alice, qui n'a pas bien compris.

Si y faut qu'il engraisse pour le rôle, il engraisse, si tu veux, explique Virginie.

Et si y joue un maigre?

Y maigrit. Et si y joue un gros…

… y grossit, dit Alice.

Un jour ton mec il revient du boulot, et il a pris vingt kilos, dit Virginie.

Tu le largues.

Mais non, parce qu'il est trop beau, c'est un acteur.

Alice est perplexe. Elle qui pensait que vivre avec un acteur, c'était le rêve.

Moi si fallait grossir, dit-elle, même pour le boulot… je le ferais pas, je crois… Je leur dirais que ce n'est pas dans mes cordes. Qu'il faut qu'ils réécrivent toute l'histoire parce que je ne veux pas passer pour une vilaine au cinéma. J'irai le voir le producteur, j'y dirais : vous voulez que les gens qui regardent vos programmes voient de belles femmes bien jolies et tout, bien faites, ou bien des grosses ? Je lui ferai changer d'avis.

Alors t'es pas une actrice, dit Virginie. Les vraies actrices peuvent jouer tous les rôles qu'on leur demande.

Sauf grosse à mon avis, dit Alice.

Jeudi soir

Nous sommes encore plongés dans le noir, par ma divine volonté. Je fais le jour et la nuit. Je fais sauter les plombs du monde.

Emma ouvre et ferme ses tiroirs de commode. Elle cherche quelque chose.

Il fait un beau vrai noir sans ces infâmes lampadaires. Marise ronfle déjà. Elle a l'habitude de s'endormir dès qu'elle éteint sa lampe de chevet.

Mon père a trouvé les bougies et se rend dans

nos chambres. Il nous donne à chacun une boîte d'allumettes.

Ça va revenir, dit-il.

Et ma pieuvre? demande Emma. La pompe à bulles de l'aquarium ne fonctionne pas sans courant et elle va s'asphyxier.

Un jour j'avais acheté un lot de poulpes à un pêcheur, explique mon père à Emma. Les poulpes avaient fait deux jours de bateau dans la cale, sur la glace. Eh bien la plupart n'étaient pas morts arrivés à l'épicerie. Ce sont des bêtes coriaces, crois-moi. Une nuit sans bulle ne leur fait pas peur.

Oui mais moi c'est une pieuvre d'appartement, papa! dit Emma. Elle est habituée à son confort. Même si elle ne meurt pas, elle va le vivre très mal. Les poulpes sauvages, c'est différent. Ils sont plus résistants car ils vivent dans des conditions difficiles.

J'ai allumé mes bougies et je regarde par la fenêtre. Il fait tout à fait nuit. Les voisins eux aussi ont allumé leurs bougies. Un maigre croissant de lune. Ce nouvel éclairage me remplit de paix. La douceur, l'intimité d'une flamme près du bois. Un moment de repos, de bien-être. Emma a cessé de geindre. Les gens attendent, couchés, les yeux au plafond. Ils observent les ombres. Je me dis que je devrais faire sauter les plombs plus souvent. Et pas seulement quand je n'en peux plus de sentir le monde s'agiter autour de moi, gesticuler dans le vide, vendre, acheter, se nourrir, se loger. Tout le monde devrait avoir droit à une pause, de temps en temps. S'allonger sur son lit et regarder les ombres de la bougie.

Ma mère dit : Il y a toujours quelque chose à faire à la maison. Mon père dit : Je n'ai pas une minute à moi. Mais ils sentent bien que le mouvement perpétuel qu'ils se sont inventé n'est qu'un leurre. Une supercherie pour se persuader qu'ils sont là pour quelque chose. « Pour les enfants ! » Mais les enfants n'ont rien demandé. Pendant neuf mois en communication avec ma mère alors que j'étais dans son ventre, pas un moment je n'ai demandé à sortir. Alors que font-ils là à s'agiter en se croyant utiles parce qu'ils ramènent des céréales pour le petit déjeuner ?

Les ombres de cerveaux au plafond envisagent mal ce que l'avenir leur réserve.

Le jour et la nuit. La lumière électrique a faussé l'alternance. Ne plus jamais disparaître. Même endormi refléter sa propre image quelque part. Vivre cette vie d'esclave du temps omniprésent.

J'entends Emma ronger sa couette. Elle n'est pas bien. Elle pagaye elle aussi dans la sève du monde. Une mer rouge harissa.

> « L'univers est une vache sphérique. »
>
> (Un astronome plutôt connu,
> dont j'ai mangé le nom.)

Aujourd'hui, Monday
La vie est un jeu. Brahma a fait le monde en
dansant. Toute la musique est sur Brahma FM...

Emma éteint la radio. Elle se roule en boule sur son matelas et attend la marée. Elle fait le galet.

L'été elle se met nue dans une coquille Saint-Jacques géante en plastique bleu qui servait de baignoire aux gamins, et elle se teint en blonde. Elle aime à méditer dans sa petite mare. Cent grammes de sel de cuisine, vingt litres d'eau dans le fond, et son esprit s'égaille sur la mer, la coquille frôle les vagues, tirée par trois puissants alezans aux pieds palmés que Neptune a mis à sa disposition pour l'après-midi. Ma sœur raffole de ce genre de ski nautique antique. Sa méduse et sa pieuvre la suivent de près. Les cheveux ondulés au vent, elle papote avec un banc d'exocets. Et puis tannée, elle plonge hors de la coquille.

Une fois au fond de l'océan, ses jambes se changent en une queue d'espadon vermeil, aux écailles scintillantes. Elle se dirige vers les coraux, s'assied dans un fauteuil d'éponge. Un poisson-barman en costume lui apporte un cocktail. De minuscules perches roses la couvrent de baisers. Un crabe lui caresse d'une pince le clitoris et deux dorades lui massent la plante des pieds en se frottant contre elle.

Les fantasmes de ma sœur sont toujours à peu de chose près identiques. Les éponges, les poissons, la queue de sirène. Pas de place pour Georges ou aucun autre bipède. Pour elle le meilleur sexe est au fond de la mer.

Mardi 13 heures

J'ai fini les sept yaourts nature de la table de la cantine que les filles avaient laissés, avec leurs estomacs de naines.

On me regarde avec crainte et respect. Je continue à prendre du poids. Mes cheveux sont longs et gras.

Jean-Daniel, qu'est-ce que tu voudrais faire plus tard ? m'a demandé ce matin la conseillère d'orientation. Elle m'a coincé. J'attendais tranquillement que la cloche sonne et que mes camarades aient fini de s'ébattre dans la cour. Assis sur mon cartable. Je ne l'ai pas vue venir. Ce qui m'a énervé après coup. Je devrais être plus sur mes gardes.

Boxeur, j'ai dit.

Boxeur ?

Ouais, j'aime me battre.

Mais Jean-Daniel, ce n'est pas un métier ça.

Mais ça rapporte, madame.

Elle m'a regardé avec pitié.

Tu es encore bien jeune, a-t-elle conclu.

J'aurais voulu lui demander son âge à elle.

Mercredi matin

Une femme monte dans un tramway en marche. Une femme, au cul de laquelle passe une main. Un poignard. Une baignoire. Le blanc de l'émail. Une main frappe à la porte. Il fait encore jour.

Puis l'alarme déclenche la radio et je me réveille avec l'impression d'étouffer :

C'est le quart d'heure spécial dédicaces : Régis, tu es trop bath au lit ! (Odile.) À mon choubidou à moi que j'ai, mille baisers passionnés. (Jeanne.) Il se reconnaîtra. Je te veux pour t'aimer des journées entières, des années, l'éternité. (Ton Phil.) Et puis aussi B. qui lui dit : Ma pouliche chérie, je t'aime. (Ton bel étalon noir.) À Sonya, la productrice de mes rêves. À la productrice de notre enfant. À la productrice de mes bonheurs. À la productrice de nos plaisirs. Je t'aime. (Ton producteur qui ne cesse de penser à toi.) Ma choupinette, je t'aime, je t'aime, je...

Ce qui m'arrache du lit de colère. Je pose le radio-réveil par terre et m'apprête à le piétiner. Mais je me reprends : la machine n'y est pour rien. L'ennemi se cache par-delà l'électroaimant. Je dois canaliser mon énergie destructrice vers la source. Je repose le radio-réveil sur ma table de chevet et me concentre pour mieux visualiser quel individu malade a pu faire passer à l'antenne :*... je t'aime, je t'aime, je t'aime, je t'aime, je t'aime, je t'aime. Ton choupinet.*

Quand enfin debout je le discerne par la fenêtre, Alain est en train de rincer des barquettes de frites.

Il s'en sert de mangeoire pour ses trois chiens. Alain est quasi totalement chauve et tous les jours lui, sa femme et les clébards déjeunent de trois quarts de quatre-quarts Prisunic (ceux tout en longueur). Il marche les pieds en canard dans des baskets Le Coq Sportif. Il a du ventre. Il passe sa vie en survêtement. Il est moniteur d'auto-école.

Le dimanche, pour changer, ils déjeunent de Cruelos, mon encas préféré, un genre de pétale de maïs chocolaté de seconde zone, porté sur l'iconographie macabre. Au dos de la boîte, un château, une tête de mort verte inquiétante avec entre ses dents les pétales, dans le château des fantômes fluorescents, à collectionner sur des cartes. Mélangé à du lait, un porridge morbide. Puis toute la famille va au parc.

Ma mère est à la cuisine, elle se ressert un énième café. Son cœur va finir par exploser. Je peux voir circuler le sang dans ses yeux. Les drogués à la caféine sont têtus. Si j'étais vieux, je dirais toujours : « Ce n'est pas en poussant le moteur qu'on sait quelle direction prendre. »

Je me rends compte que je vis hors de mon âge.

Marise attrape sa tasse posée sur le rebord de la table, l'anime dans sa main qui la lâche, comme effrayée par l'anse. La tasse explose par terre et répand son liquide noir encore bouillant.

Je me suis brûlée, dit-elle, et je sais qu'elle pense déjà à la prochaine tasse. Les accros ont toujours la drogue en point de mire.

Ma mère se penche et essuie.

Et merde ! gueule-t-elle enfin, comme si elle venait de comprendre qu'elle a fait une connerie.

Je ne dis rien mais je n'en pense pas moins (encore un truc de vieux).

Bon ben, se dit-elle encore à elle-même, maintenant c'est cassé. Et elle jette les bouts de tasse dans la poubelle.

Emma est dans sa chambre. Elle s'examine :

J'ai un drôle de petit cul quand même, se dit-elle. Pas mal. J'ai un drôle de petit cul.

Mercredi soir

L'horizon patiente à se fendre. Marise sort les poubelles. C'est bientôt l'heure de son match de tennis. Jimmy Connors joue Mac Enroe avec un décalage horaire.

Personnellement, pour faire venir l'apocalypse à l'heure du crépuscule, rien de tel qu'une bonne demi-heure de pur hard rock. Après je peux passer à table en paix. Avec l'impression d'être le seul rescapé d'une guerre atomique. L'heure où les poissons se touchent une dernière fois la queue. Et moi devant ma purée. J'adore le crépuscule.

16 h 54 en classe de 4e G

Et que serions-nous sans l'édit de Villers-Cotterêts ? dit la nouvelle prof d'histoire-géographie. Des Latins, fils de Latins, qui parleraient latin à travers les générations.

La cloche sonne. Je repense à cette histoire de chien de chasse pour la pêche.

Maintenant vous pouvez y aller, dit-elle.

Elle est gentille. Ça fait au moins une heure qu'en esprit je ne suis plus là.

Mes collègues de travail rassemblent leurs jouets dans leurs immenses trousses et s'habillent en hâte. Ils aiment courir dans l'escalier et se pousser du coude et faire des mimiques. Ils ont tout du pilier de bistrot, sauf le pilier et le recul. Le collégien est un alcoolique en puissance. Au bon moment, il suffira de lui verser quelques verres, et il foutra la paix jusqu'à sa mort.

Les filles m'évitent en passant la porte. Elles se tiennent à distance. Tout mon être les effraie. Mon aspect repoussant n'attire que les conseillères d'orientation. De toute manière je n'ai pas hâte de fonder une famille. Il faut d'abord tout mettre à plat. Descartes. Tout détruire pour reconstruire à la base. Tout interroger, tout repenser. En attendant d'être plus sûr, se fondre dans la masse, passer inaperçu, prendre la langue et la religion du pays, traverser dans les clous. J'ai adopté sa Morale Provisoire. Descartes est un philosophe hardcore.

Les couloirs sont incurvés, comme si l'architecte de l'école avait voulu s'exercer à faire une construction sans coins. Le son agaçant des cartables, des fermetures éclair est partout où l'on traîne. Les élèves insouciants, inconscients, se chevauchent les uns les autres. On ne leur a rien dit de la fin du monde. Du grand séisme à venir. C'est un collège pilote. Le professeur d'EMT me dépasse, pressé, sa caisse de maçon en bandoulière. Petit, cambré, une veste trop grande, noire et fuyante. Un pantalon en velours bleu clair, des chaussures plates en cuir beige. Il habite les chalets. Il collectionne les œuvres de Léon Bloy, se dit amateur de whisky, vit la nuit. Il est sculpteur à ses heures, le bois flotté l'inspire. Son talent lui brûle l'intérieur et sort difficilement. En même temps qu'il est, il réfléchit à ce qu'il devrait être, et ça l'emmêle.

Samedi avant midi

Hier j'ai acheté du brain-gum chez le disquaire qui me fournit en hard rock. Le brain-gum stimule les neurones.

Nouveau rêve : J'entre dans un couloir sombre après une poursuite en bateau. Dans le couloir, une ombre d'ours. L'ours se rapproche. Je ne fuis pas. Je découvre que c'est un tigre. Il se rend dans l'antichambre d'un cirque. Le tigre approche et je me mets en boule, près du mur. Le tigre m'effleure, comme un chat. Et me lèche l'oreille. Puis disparaît. Je m'approche d'un groupe de femmes émerveillées et je leur crie, moi-même émerveillé :

C'est un miracle ! Un tigre m'a léché l'oreille ! Cette oreille est sacrée ! Venez embrasser cette oreille, et vous serez sauvées !

Alors chacune à tour de rôle respectueusement vient m'embrasser l'oreille.

Maintenant il est 11 heures 9 et j'attends que ça fasse 11 h 11 sur le cadran digital du réveil, comme l'a prophétisé un jour l'Israélien Uri Geller, puis j'allume la télé. Marise est dans la cuisine. Uri lui était tordeur de cuillère. Il a eu un succès planétaire.

La voix dans le poste explique qu'un passager d'avion de trente-six ans a provoqué des remous. Un des stewards, alerté par des gens, le prie de cesser de consulter des revues pornographiques. L'homme, fortement charpenté, entre en colère et s'en prend au steward. Deux dentistes parviennent finalement à le maîtriser. Des ceintures de sécurité sont utilisées pour l'attacher. À l'atterrissage, la police prévenue l'incarcère. Condamnation : trois ans dont deux avec sursis.

Tu entends ça? hurle ma mère en direction de Jérôme, qui est dans l'escalier.

Moi je ne comprends pas où ils trouvent toutes ces filles pour faire les photos, dit mon père. Ou bien ce sont toujours les mêmes, mais trafiquées.

Peut-être qu'elles changent de perruque, propose-t-elle.

Elles changent peut-être de poils aussi tant que tu y es, dit mon père.

Ce sont de pauvres filles qui ont besoin de vivre, dit Marise.

La télé se crypte. Les Chalets sont réputés pour être une zone à ondes troubles. Toutes les fréquences sont décalées.

Ma mère range ensuite le ramasse-miettes dans le tiroir du buffet, passe sa main fine-calleuse, ménagère, sur la nappe et réajuste son mi-bas. Le jean en peau de vache brille à la lumière du lustre. Elle entretient son cuir avec du lait de toilette pour bébé. Ses cuisses sentent l'amande douce et le nouveau-né.

Jeudi, 18 heures
Végétaliens et panspermistes tenaient ce matin un meeting «spécial Soldat inconnu» au Champ-de-Mars! dit le présentateur. *Selon la police et les manifestants, les moutons n'ont rien compris. Des bactéries martiennes tenaient le haut du pavé. Le débat finit dans la confusion et même les prolifé se rallièrent aux gros bras de la CGT* (j'invente à peine).

En même temps, des images d'écologistes mani-festards plein l'écran. De quoi vomir.

Marise prépare un goulasch. Mon père a acheté soixante kilos de merlan au rabais à son ami pois-sonnier. Il ne sait pas dire non, et les merlans vont provoquer une rude dispute conjugale. L'épicerie n'a évidemment pas assez de frigidaires pour stoc-ker autant de merlans d'un coup. Ma mère est donc énervée.

Elle éponge la table. Elle inspecte les vitres. Elle observe l'armoire. Un gros tas de poissons prend toute la place dans sa tête. Mon père, tenant une belle pelle rouge en plastique, est assis sur un seau à glace renversé. Il sourit, fier et content de sa bêtise. Ma mère imagine ensuite comment, avec une autre pelle, telle une golfeuse, elle le catapulte contre un beau mur carrelé. Puis, à l'aide d'un couteau, prépare un tartare de thon de ses entrailles.

J'aime quand elle s'énerve. On peut lire dans ses yeux comme dans une bande dessinée.

Lundi

Les chalets ont été arrosés ce matin. Il a fait beau depuis trois jours. Le jardinier a peur que le bois craque. Parfois il se promène en regardant le ciel et il prédit le temps qu'il va faire. Mais pour ne pas se tromper il regarde la météo avant.

Ma sœur s'est enfermée dans l'armoire. Elles discutent toutes les deux. Ma sœur lui confie ses secrets.

C'est une belle armoire de campagne en noyer, à l'allure sobre. Patine distinguée. Le bois comme fossilisé, pris dans la cire, épais et stable. Elle dégage une sensation de paix et de continuité dans le temps. Ma mère en a hérité quand elle s'est mariée. C'est le coffre-fort de la famille.

Quand Emma s'enferme dans l'armoire, le temps pour elle est suspendu. Elle chuchote. Elle pose des questions dans le noir, tassée en boule dans son coin à elle, près du trousseau. La tête calée sur un drap.

Mais Emma ne fait pas que se confier à l'armoire. Elle l'écoute. Elle écoute son vécu d'armoire. Cette vieille dame qui en a tant vu.

Ma sœur a une relation privilégiée avec les objets. Dernièrement le micro-ondes a fait d'énormes progrès en lecture. Et l'armoire est sa vraie grand-mère.

Tu travaillais dans des salons de riches ? lui demande-t-elle. Les buffets étaient propres ? Allez raconte encore une fois quand tu étais jeune.

Et l'armoire, à voix basse, raconte de nouvelles histoires du temps passé, coulées dans la sève du bois.

Tu t'entends bien avec les tiroirs ? dit Emma. Ils te vont bien ? Tu ne veux pas que je les tire un peu ?

Mardi

Samantha est la fille des voisins du Chalet 10. Elle déteste sa mère, qui est une vieille obsédée du ménage, mais qui n'est pas bien costaud. Samantha en profite pour passer ses nerfs sur elle. Elle crache beaucoup. Elle joue compulsivement avec le zip de son haut de survêtement Le Coq Sportif. Elle se fait des cernes exprès au crayon noir sous les yeux. Elle a l'âge d'Emma. C'est une anxieuse, une révoltée. Mais sa révolte n'est pas tellement exploitable. Son mal-être n'est pas une critique de son environnement mais plutôt une angoisse intérieure qui la ronge.

Sous le survêtement elle est jolie, mais elle se cache. Elle voudrait être un homme. Elle est dans le côté obscur de la force. Elle fait des fugues, disparaît. Sa mère pleure. Son père est ingénieur dans un bureau en ville. Ils ont choisi il y a quelques années de s'installer ici, à la campagne. Pour Samantha, il n'y a rien à faire, tout est con et tout est mieux ailleurs. Son énergie est tournée vers le rejet permanent, brutal, irréfléchi, de ce qui l'entoure. Elle maudit l'herbe, par exemple.

Samantha a apporté un vrai plus à mes recherches sur l'adolescence, compte tenu des résultats déjà obtenus sur ma sœur. Ces deux visions de jeunes femmes de quinze ans se complètent et s'affrontent. Si Emma est la mer, Samantha est le bitume. L'une rêve, l'autre râle.

Parenthèse : Dans l'avenir, je vois de grandes étendues de goudron ornées de villes et bordées de mer. Des billes de goudron dans tout l'univers, qui tournent autour d'une infinité de soleils.

Samedi : commissions

Le boucher et la femme du boucher de la Boucherie Marcuse, Chalet 3, aiment construire des vitrines incroyables. Toutes les promotions (et tout est promotion chez eux) sont inscrites sur des cartons fluorescents en forme d'étoiles filantes et attachés aux différents faisans, saucisses, abats qui pendent à la devanture. Le soleil n'a même plus la place d'entrer. Un cochon est allongé dans un transat en plastique, persil au groin. Boucherie-charcuterie-volaillerie-triperie Marcuse. De loin on croirait un magasin de farces et attrapes.

La femme du boucher porte des pulls roses en alpaga à motifs argentés, scintillants. Lui est en costume de boucher. Elle n'a pas le droit de toucher la viande. Elle fait la caisse, il coupe. C'est elle la reine des stabiloboss. Le boucher adore l'écriture de sa femme, tout en arrondis. Parfois elle fait des pâquerettes sur ses *i*.

L'atmosphère fluorescente laisse le temps à la viande de rassir proprement. L'aloyau a des couleurs de cirque, les poulets font l'orchestre, et un chevreuil la levée de rideau. *Prix exceptionnels !* Surligné deux fois de deux couleurs différentes ! *Qualité garantie !*

Un jour le boucher a trouvé dans sa boîte aux lettres une planche de tickets qui disaient : *Pour un cheeseburger acheté, un cheeseburger offert.* Depuis, les tickets sont accrochés près du calendrier, et souvent il dit à ses clients : Vous voyez les cheeseburgers en photo là ? Un jour j'irai en ville et je nous en ramènerai.

Le boucher et sa femme n'ont pas d'enfant. Ils logent une famille de Tunisiens au grenier, qui en ont deux.

Lundi 18 heures
Pendant que nous pourrirons dans notre Ergastule, commandant, les autres nous voleront nos femmes !
C'est pour ça qu'il faut qu'on s'en sorte, Jeff !...
Mais comment ?...
Par la force de nos deux volontés, grâce à l'envie de revoir nos femmes !
Est-ce que ce sera suffisant ?
Peut-être.
Et sinon ?
Il n'y a pas de sinon.
À vos ordres, commandant.

Depuis qu'ils ont remplacé le scénariste de *Star Trek*, on n'y comprend plus rien. Je soupçonne un professeur de français à la retraite d'être derrière tout ça.

Quand j'étais petit, régulièrement la télé implosait. Mon père s'était lancé dans une série d'expériences qui avaient la particularité de faire fondre la cathode. À Noël chaque année on avait un seul cadeau, une télé pour tout le monde, et je croyais sincèrement que c'était le cours normal des choses.

Mon père est à la cave. Il travaille à un mélange anticalvitie qu'il expérimente sur des fœtus imberbes de souris.

Emma lit sur sa mer. Un gros livre bleu. La pieuvre tourne les pages.

La sonnette de l'épicerie signale un client. Ma mère va voir. C'est un jeune homme d'une vingtaine d'années, déguisé en costume gris clair, chaussures à semelles en caoutchouc, chemise jaune en soie synthétique, gourmette plaquée argent au poignet marquée SYLVAIN, qui piétine derrière le comptoir.

Bonjour madame. Je suis gestionnaire de business pour les petites et moyennes entreprises. Mon seul but : améliorer votre Chiffre d'Affaires, travailler sur vos marges aléatoires, réévaluer vos prix, enfin dans la globalité repenser vos manières d'envisager votre commerce et avoir une approche marketing de la clientèle. En gros, je peux vous aider à mieux gérer vos affaires et votre stock. Est-ce que vous êtes intéressée ?

Marise esquisse un grand sourire. C'est la première fois qu'on lui parle comme ça.

Vous savez, dit-elle, ici c'est un tout petit commerce. Il aurait bien besoin de conseils, mais nous n'avons pas de budget pour vous payer.

Vous n'avez pas à payer tout de suite. Un de nos conseillers prendra rendez-vous et viendra faire une expertise quand cela vous arrange.

Non, je suis désolée, nous ne sommes pas inté-
ressés.

Sylvain Gourmette a l'air d'un brave gars, et il
n'insiste pas. Il laisse sa carte et dit que, s'ils changent d'avis, ils peuvent toujours l'appeler. Un très
beau spécimen de VRP.

Il repart seul entre les chalets. Il a dû faire la
boucherie avant nous. Je l'observe par la fenêtre.
La tête pend en avant, il regarde ses chaussures. La
journée n'a peut-être pas été bonne. Il doit avoir les
pieds gonflés. Il s'assied sur le banc de la placette
Mantourle et allume une cigarette en attendant le
prochain bus. Il fait le va-et-vient le long du trottoir.
Le soleil va se coucher. Il s'apprête certainement à
rejoindre son hôtel.

TENTATIVE DE DÉFINITION SUCCINCTE
DE NOTRE OBJET D'ÉTUDE : LE VRP

Première caractéristique : le loup prédateur
Le VRP est solitaire, mais il fonctionne en meute.
Des brigades de jeunes mâles partent à la conquête de
territoires étrangers. L'objectif : piller le maximum
de richesses.

Deuxième caractéristique : le marin
Un VRP reste pendant de nombreuses semaines,
voire des mois, loin de chez lui, en mission. Sa femme
l'attend dans le lotissement acheté à crédit, incapable
de dire au fond d'elle-même s'il rentrera, pourquoi il
rentre et si elle en a vraiment envie.

Troisième caractéristique : le macho
Grand adepte des boîtes de nuit et d'imitation des

derniers modèles de lunettes de soleil, le VRP est à la fois coureur, frimeur, beau parleur. Il fréquente des hôtels différents chaque soir, fait des rencontres. Le VRP prend soin de son apparence : cheveux gominés, grosse montre au poignet, crèmes pour la peau.

Quatrième caractéristique : le consommateur jouisseur

Une meute de VRP lâchée dans une petite ville est assoiffée de tout ce qui est bon à prendre, femmes en premier. Propres sur eux durant la journée, la nuit est faite de débauches. Cette libération provient du fait qu'ils se retrouvent entre hommes, dans des territoires étrangers où ils n'ont de compte à rendre à personne, sauf à leur chef de meute, souvent le plus débauché de tous. Si mobiles, itinérants, que leurs méfaits les poursuivent sans jamais les rattraper.

Conclusion provisoire :

Cela dit, le VRP éprouve de longs moments de solitude et de doute, qu'il tente vainement de combler en se convainquant une énième fois de la qualité du produit qu'il défend en même temps qu'il essaye de convaincre les autres. Le soir il se retrouve souvent à manger seul sa pizza à emporter, et malgré quelques soirées d'euphories quand il rejoint la meute, il passe la plupart de ses nuits seul dans des cercueils transitoires, à la 108, douche sur le palier. Son assurance est fragile, et le moindre doute peut mettre par terre son château de cartes psychologique, qui n'est construit que sur l'illusion d'un acte marchand dont l'absurdité est en effet déprimante.

Je note qu'il serait intéressant, à ma majorité, de m'engager dans une de ces brigades mobiles, pour affiner ces quelques observations.

Samedi matin

Le vieux Noûs descend du bus. Il était parti prier à la mine de sel de Wieliczka en Silésie, une région de Pologne.

Là-bas, il y a une mine vieille et profonde, nous raconte Noûs, où tous les ans les anciens déportés se rassemblent. Ses escaliers mènent au centre de la terre. Les murs sont gris de sel. Des sculptures du christ et des apôtres, et des scènes de la mine sculptées dans les blocs de sel gris par les mineurs. Un tailleur, un artificier, des hommes musclés par le style soviétique. La Sainte-Barbe. Un terrain de basket en parquet sert de salle de bal et de réception pour les mariages.

Une église est creusée dans le cristal tout au fond de la mine, haute et large. À plus de trois cents mètres sous la croûte terrestre on peut prier pour tous les morts. Des miracles ont eu lieu dans cette grotte. Le ciel s'est ouvert et s'est mis à saigner.

Dans le chœur de l'église, la vierge Marie, taillée dans le sel pur, transparente. On voudrait lui lécher les lèvres, dit Noûs, lui embrasser la robe. Je me mets à ses pieds, sur le faux dallage. La voûte immense est éclairée d'un lustre. Dieu est assis dans son trône, à ma droite.

Noûs raconte en agitant ses doigts, ses phalanges piquant l'air. Wieliczka, Auschwitz. Les mains s'ouvrent puis les poings se crispent.

Lundi soir

Emma lèche la languette métallique de sa crème au caramel et la remet sur le dessus du pot vide, qu'elle replace au fond du rayonnage.

Elle fait ça depuis qu'elle est toute petite. Elle croit que les yaourts repoussent dans les frigos. Pendant quelque temps aussi j'ai cru ça. Nos parents ont l'art de ne rien nous expliquer.

Si seulement on pouvait voir ce qui se passe à l'intérieur du frigo quand la porte est fermée, me disais-je, enfant. Quelle micro-industrie est implantée là-dedans, pour que tant de choses apparaissent ?

Quand, à mes sept ans et demi, j'ai découvert le concept « aller faire les courses », j'ai été médusé. Ce n'était donc que ça. Comment avais-je pu être aussi naïf ?

La famille s'est réunie ce week-end pour fêter l'anniversaire de Matt, le petit chat qui n'a qu'un œil à qui on donne à manger depuis un an. Emma est en retard, elle est plongée depuis hier dans son *Livre de la Comète*, une saga galactique. Ma mère a fait un gâteau pour nous. Poisson et mayonnaise pour Matt. Mon père, épuisé, s'est endormi.

Le chat l'a rejoint. Marise revient des puces et nous avoue qu'elle a failli acheter une étable.

C'était une bouchée de pain, explique-t-elle.

Mais on en aurait fait quoi ? dit Emma.

On aurait pu louer des vaches et faire notre propre lait.

Depuis que le VRP est passé, ma mère réfléchit à comment moderniser Chez Irène.

Emma a un petit hoquet.

Il suffit de trouver des machines à pis, dit Marise. Tu dors Jérôme ?

Mon père se réveille une minute.

Oui, dit-il.

Voilà, il dort, comme toujours, dit ma mère.

Il ne dort pas toujours, dit Emma. Tu exagères, maman.

Marise se lève pour faire le café.

C'est joli, une étable, dit-elle en revenant. Ça fait écomusée.

« Moins de joie au mois de juin. »

(C'est de moi.)

Et aussi

« En février, tire-toi une balle. »

(Ça ne rime pas mais c'est vrai.)

Mercredi 2 février, l'après-midi

Ma sœur veut qu'on disperse ses cendres au large. Personnellement, je n'ai encore rien décidé, mais je donnerai certainement mon corps à la science. Elle devrait être intéressée, avec l'acné que je commence à me faire.

Afin d'approfondir ma connaissance d'Emma, je lui emprunte régulièrement ses magazines. La presse adolescente me permet d'établir des normes fiables en vue de l'étude dudit groupe. Bien sûr les centres d'intérêt sont identiques à ceux des magazines pour adultes, mais la façon de traiter ces thèmes est différente. Pour la jeune fille, bonheur se confond avec plaisir, pouvoir est synonyme de puissance de séduction, de capacité à impressionner. De même, la santé se borne aux apparences, l'amour au flirt. Être taquine sans être méchante. Être belle sans tomber dans le narcissisme. Avoir du succès dans sa classe sans s'en servir à de mauvaises fins. Être jeune, se réaliser en tant que jeune personne complexe. S'intéresser aux célébrités de son âge.

Réellement fascinant. Quelle mine.

Ces magazines m'aident aussi à assouvir de basses pulsions sexuelles et à sécher les lichens de mon herbier. J'ai dit à la professeur d'histoire naturelle que je ne voulais pas faire les feuilles mais les mousses, et elle a été d'accord. Je préfère les mousses. Emma a déjà fait plusieurs herbiers et elle n'aime pas faire sécher les choses autour d'elle. Elle avait demandé à sa prof si elle pouvait mettre les feuilles dans des bocaux de formol, mais sa prof a refusé.

Un élève de ma classe s'est approché de moi hier. Son nom : Mathieu. Il a voulu m'apprendre à jongler. Mais je lui ai fait peur en mettant un grand coup de pied dans une des balles qu'il venait de faire tomber. Il est vite parti. Il jonglait à trois balles, le pauvre débutant. Depuis que j'ai huit ans j'améliore des figures à cinq balles. Qu'est-ce que je pourrais bien faire avec des dégénérés de son genre ? Parfois il me vient des envies de me rapprocher d'eux, mais toujours un détail ou une pensée m'éloigne. L'angoisse de leur ressembler peut-être. Ou de me détourner de ma mission. Depuis que j'ai eu treize ans, je me dis que le temps presse. Faire ami avec mes objets d'étude, ce serait comme renoncer, accepter l'immense fatalité de nos sorts.

Il y a quelques mois, une jeune fille très jolie m'a montré un tour de cartes. Elle s'appelle Catherine et ne parle pas à grand monde. Elle est très mystérieuse. Le truc était gros comme une maison, mais je ne suis pas parti. Je suis resté à la regarder, mais comme je n'ai rien dit, elle s'est sentie mal à l'aise et s'est enfuie. Je me suis senti très mal et j'ai décidé que la

prochaine fois qu'elle approcherait, je lui parlerai.
Mais l'occasion ne s'est pas représentée.

TENTATIVE DE DÉFINITION
DE L'EXPRESSION : « AVOIR UNE RELATION »

D'abord, j'imagine que les gens disent tous les
mots qui leur viennent à l'esprit. Après ils trichent,
ils disent les mots doux et barrent les autres. Vient
la période du déguisement et du mariage. Et puis
le déguisement ne trouve plus rien à se mettre. Les
mots enfouis sortent sans qu'on le fasse exprès. Les
coutures craquent. À ce stade, la relation est soit
rompue, soit renforcée. Trop peu d'exemples encore.
Approfondir.

Jeudi

La famille est une entité qui se redéfinit dans les
temps forts, comme l'attaque de l'éléphant par la
lionne. Mon père et ma sœur adorent les documen-
taires animaliers. Ce soir, le programme est consacré
aux ruminants. Une vache broute l'herbe rare dans
un coin de désert. Bien sûr ce n'est qu'une image de
vache. Au menu, sans surprise : attaque de la vache
par le crocodile.

L'image saute. La vache broute des grésillements
jaunes et verts, sautillants. La vache est brune et la
voix off dit qu'elle est maigre. La sécheresse cette
année-là a été désastreuse au Soudan. Elle a deux
veaux qu'elle a dû faire adopter par un boucher de
la ville. Elle espère qu'ils vont bien. Son paysan

111

s'approche de l'enclos. Il ouvre le pré de sable. Il se dirige vers la remise. Il cherche un seau et une pelle pour qu'elle puisse faire des pâtés. Mais il ne les trouve pas. Il ne rapporte qu'un bidon d'eau sale. La vache est déçue. Je n'ai pas non plus ton parasol, semble lui dire le paysan. Il faudra te contenter de cet arbre maigrelet qui écrit un Y avec son ombre. La vache ne répond pas.

Tout cela est bien beau, comme d'habitude, mais on ne voit jamais l'intérieur des animaux qui nous sont présentés. Alors que ce qui intéresse tout le monde, c'est à mon sens avant tout le fonctionnement des entrailles. La question simple et première qu'on se pose quand on regarde une vache pour la première fois : mais qu'est-ce qu'il y a dedans ?

Le téléspectateur lambda aimerait avoir des précisions sur le fonctionnement de la queue servant de fouet à mouches par exemple. Combien de calories dépense une vache pour s'allonger et se relever ? Est-ce que la vache sue ? Combien de litres en moyenne contient la poche à pis ?…

Marise, qui vient de rater le crocodile, fait son apparition dans la grande pièce.

Je vous ai pas dit ? demande-t-elle. Notre bonne tante Roselyne du Canada nous a encore écrit une lettre. Elle demande de nos nouvelles. Elle est seule là-bas, loin de ses racines françaises qui lui manquent. Elle vit avec un psychanalyste. Il y a presque huit mois de neige, écrit-elle. Ça doit pas être facile. Et elle a deux enfants, un comme ça, un comme ça !

Marise montre les photos.

Un jour on ira la voir, dit mon père. Et puis on reviendra vivre ici. Qu'est-ce que tu en dis, Marise ?

Emma se fait des tresses.

On achètera des moufles ! dit ma mère. Ensuite je punaiserai les photos sur le tableau en liège de l'épicerie.

J'aimerais apprendre à chasser le castor, dit mon père. Glaviot viendra avec moi pour m'aider.

Et on jouera à la coinche après manger, dit ma mère.

Je ne sais pas s'ils voudront jouer tous les soirs, dit Jérôme. Ce sont des intellectuels.

À la télévision, les vautours sont passés à table. La vache, éventrée, sert d'entrée et de dessert. On voit enfin les entrailles, déchiquetées par les becs rageurs, entre les battements d'ailes féroces.

Au Canada, dit ma sœur, les vaches doivent avoir des nageoires. Dans sa tête flotte une escadrille de morses. Son esprit beau et libre resplendit dans le froid.

Le documentaire s'achève sur une pluie de sauterelles vers de nouveaux ravages. Publicité de prêt-à-porter. Les chemises PomPom, faites dans un tissu spécial qui ne froisse pas.

Une femme nue s'approche du produit. L'homme dort. Un autre homme lui fait signe par la fenêtre. Elle enfile la chemise et le rejoint dehors. On voit ensuite la femme, montée sur talons hauts, marcher au bras du type en costume. Il fait un grand soleil. À ce moment-là les vautours, encore affamés, fondent sur eux et les réduisent à un petit tas d'os parfaitement rognés. Si seulement.

Mardi

La méduse de ma sœur dort dans son formol. Emma peut la regarder des heures flotter dans son liquide, suspendue. Son imagination est faite de milliards de particules de plancton à la dérive. Ma sœur remonte un courant chaud. Il est bientôt 16 heures 16.

Pour se faire une idée de la vie en apesanteur, il suffit d'aller voir sous l'eau. Là où la pression a supplanté la gravité. Les mouvements et la chair se relâchent. Au contraire, dès que la vie sort la tête de l'eau, elle est plaquée au sol. Des muscles antigravitaires se forment pour supporter le poids de vivre et lutter contre l'effondrement. Le soleil tient les arbres debout tel un décor de carton pendu à des fils de lumière reliés à leurs feuilles. Notre squelette n'est rien de plus qu'un piquet de plant de tomate fiché en terre pour nous permettre de grandir. Le cerveau vissé en son sommet pour nous dire comment.

Que la gravité vienne à cesser, et nous prendrons le chemin inverse de l'évolution, nos cerveaux ressembleront à des méduses ballottées par les flots. Nos membres fibreux, diaphanes, traînant derrière. Il n'aurait jamais fallu sortir de l'eau.

Emma clapote dans son lit d'eau. Depuis quelques nuits, elle rêve à un ponton. Son radeau est échoué. Elle a un goût de vinaigre dans la bouche. Ses larmes s'entassent dans les flaques des cernes. Le prince est mort. Le quai sombre s'endort autour d'elle.

Mercredi matin

Nous sommes déjà à table quand l'alarme se déclenche. Emma a l'habitude de réveiller son radio-réveil cinq minutes avant l'heure. Elle ne veut pas être en retard au petit déjeuner, car elle sait que je suis impitoyable sur les céréales.

Qu'est-ce que ça veut dire, tabernacle du Saint-Esprit ? demande-t-elle.

Où tu as entendu ça ? demande mon père.

À la radio.

Les Cruelos font un craquement morbide d'os broyés sous nos dents.

C'est une expression québécoise, dit ma mère.

L'horizon myope s'étire telle une rétine de bègue dans l'air brumeux. Les araignées échangent des recettes de cuisine. De l'autre côté de la planète, les monastères rentrent leurs moines. Les bus ramènent leurs ouvriers et les Peugeot 504 se retrouvent coincées dans les embouteillages de Tunis.

Je contemple ma solitude. Emma a une pieuvre, un petit ami. Minuscule Georges, mais Georges quand même. Mes parents ont leurs clients. Moi je n'ai que le hardcore. Et ce cahier qui me sert de caisse de raisonnance.

Vendredi

La majorité pense que Georges n'est pas la crème des hommes. Il est gentil, mais il parle dans ses gencives. Il joue au jokari. Il porte des foulards. L'hiver, des pantalons en velours. L'été des shorts en velours. Il suit ma sœur au centre commercial, comme un toutou. Un véritable jouet téléguidé à sa merci.

J'aime bien aller au cinéma avec toi, tu sais, lui dit Emma. Comme tu es grand, ça emmerde les gens qui sont assis derrière.

La psy de sa mère a conseillé à Georges de faire de la piscine. Moi je lui conseillerais l'étang.

Ce soir, mes parents sont sortis et ma sœur et lui sont dans la chambre. Emma joue avec. Elle dit : J'aime bien les sexes d'homme. Ils sont tellement différents. Elle le débraguette. J'entends le bruit de la ceinture.

Le tien est très beau. Oh ! il grossit. Qu'il est beau.

J'imagine Georges tout nu, au milieu de la chambre. Je me sens mal pour lui.

Maintenant mets-toi par là, dit-elle, enlève tes chaussures. Maintenant gigote. Voilà.

Je peux le voir rougir. Emma retire la capote. Ma sœur a un côté intimidant. Elle regarde barboter le petit lait dans le préservatif. Elle se dit qu'un enfant, au départ, c'est ça. L'enveloppe flotte devant ses yeux. Elle fait un nœud, et jette le sperme à la corbeille.

Georges, dit-elle, viens par là ! Tu es déjà rhabillé ! Quel dommage ! J'avais prévu autre chose.

J'ai besoin de réfléchir. Je sors et m'allonge dans l'herbe, ma cigarette allumée. Comment ai-je pu atterrir dans pareil endroit, au sein d'une telle famille ? Quel hasard m'a propulsé dans ce coin d'univers ? Je suis troublé.

Dimanche matin

Ma mère a eu des visions cette nuit.

Écoute-moi ça Jérôme. Un type poilu apporte des fruits. Il a un tablier. Il croque une pomme. Sur la table, dans une coupe, des fruits amoncelés. Une fourmi sur une tomate en bascule sur une pêche. Le parquet est couvert de lierre. C'est inquiétant non ?

Hoff, dit mon père.

Mes doigts se glissent entre les fruits, poursuit-elle. Je les soulève et les déplace dans une marmite. Le feu est doux. Je touille de la confiture. Mais je ne suis qu'un spectre. Tu suis ?

Je vois. Tu as rêvé que tu faisais de la confiture, dit mon père. Il n'y a rien de plus normal.

Depuis quelque temps, je ne rêve plus. Je me demande avant de m'endormir si l'origan est une épice ou un État d'Amérique. Mes yeux se ferment. Je consulte de mémoire l'agenda de mes journées à venir. Puis c'est le noir total. Je me réveille quelques heures plus tard, en forme, et me remets au travail.

Mardi

Un tank explose à la télé.

Bilan : je me lève, je me couche, je vais à l'école, je mange, pendant que le monde entier fait la guerre. Ici il ne se passe rien. Plus tard j'irai vivre dans un pays en crise.

Ma mère a plusieurs sœurs, dont Thérèse, qui a deux ans de moins qu'elle. Elle est jolie et s'est mariée à un insecte. Ils cultivent des choux près d'ici, à Saint-Lon. Ils vivent de subventions. Maintenant l'État leur fait faire du jardinage, aux paysans. C'est ce que dit mon père et pour une fois il a raison.

Tonton et Tata coupent, charrient, empaquettent, vendent leurs choux. J'ai dû les aider un automne, pendant la Toussaint, après mes mauvais résultats scolaires. Comme punition, pendant deux semaines j'ai dû vivre à leur rythme. Levé à 6 heures, et des rangées de choux à perte de vue. Mettre en cagettes que l'on monte sur la carriole. Le Tonton doryphore m'a donné une machette et m'a montré comment tailler dans le chou.

Avec Tata, ils ont lié connaissance à un bal. Ils se sont vite mariés, il avait déjà trente et un ans et elle bientôt vingt-six.

Le plus dur pour elle ça a été le premier jour dans les champs. Elle découvrait sans hâte. Le tracteur, la carriole vide attendant les choux. Une étendue plate, alignée, un long rectangle uniforme, vert, et dense, un talus d'herbe. Il s'est mis à pleuvoir et elle a proposé à son mari de rentrer. Le Tonton l'a regardée froidement et lui a dit : on n'est pas en sucre. Et il a continué sans rien dire. La Thérèse a été sonnée d'abord, puis elle a repris son rang. Bien sûr, elle aurait pu s'enfuir. Mais pour quoi faire ? Il y a la guerre dans le monde entier, mieux vaut rester tranquille.

Dans les rangs de choux devant elle, il y avait son avenir : le mari courbé, de dos, le jean qui tombe et laisse voir la raie du cul. La pluie. Et cette phrase magique : on n'est pas en sucre.

Les yeux de Thérèse sont chargés comme les

nuages d'orage. Elle se dit qu'elle est sa propre patronne. Que c'est pour ça qu'elle se traite pire qu'à l'usine.

Tu dois avoir mal au dos, dit Marise. Être tout le temps courbée comme ça.

PARENTHÈSE THÉORIQUE :
LE MAL DE DOS EST UN MAL NÉCESSAIRE

Thèse : Le mal de dos a été un des acteurs de l'évolution car il a forcé l'homme à se redresser.

Au commencement des temps, le singe ne connaît pas le mal de dos. Mais à mesure qu'il développe son intelligence, le singe se met au travail (main préhensile, premiers outils, etc.). Le mal de dos fait son apparition. Trier des pierres. Cultiver. Le singe, qui a trop mal en position penchée, relève la tête.

Élément psy : Avant de sentir son mal de dos, il n'était qu'un singe. À force de souffrir, de penser à son mal, c'est-à-dire à force de réfléchir à sa propre douleur, le singe découvre son humanité. Il développe une conscience de son corps. Le redressement dorsal lui permet d'évoluer, son cerveau se développe et ses pensées se diversifient. La douleur régresse, mais il est trop tard. La tête a doublé.

Le phénomène de redressement de la conscience, né de la douleur spinale, aboutit à ce renflement cortical disproportionné qu'on nomme cerveau. Celui-ci sert aujourd'hui à tenir l'homme contemporain dans ce perpétuel état de frustration entre ce qu'il est et ce qu'il est capable d'imaginer être. Heureusement, des drogues de masse de plus en plus performantes se perfectionnent (antidépresseurs, sitcoms, guerre permanente).

Fin de la parenthèse.

Mercredi

Ma sœur est une joueuse-née. Elle coinche à la Gitane maïs. Elle fait ses annonces avec les pieds. Elle triche avec les yeux. Rami, Monopoly, 1000 Bornes. Les meilleurs spécialistes de bonneteau du pays l'évitent. Elle est persona non grata aux tables de poker, et interdite de champs de course depuis qu'elle est mineure. Elle a prédit trois fois les six numéros du Loto et des inconnus appellent la nuit pour des tuyaux. Ma sœur et moi sommes dotés de pouvoirs secrets.

Emma récemment s'est mise au Peterboum, un jeu de rôle soviétique. Tout se passe sur la place Rouge. Trois figures simples sont utilisées : la « fourchette », simple ou double, les « trois veaux », et le « roukoukou », sorte de « petite cavalerie chinoise » qui est souvent vue comme la troisième option. Le Peterboum n'a pas vraiment de règle du jeu. Pento, abréviation pour Pennicilinneto, sert de joker. Il n'y a ni as, ni rois, ni reines, ni valets, que des Amis du Peuple et des Travailleurs. Peterboum est la fusée qui sert à recueillir de la poussière d'étoile, afin de nourrir les sites de construction. À mesure que s'entassent les poussières d'étoile, le voyage avance.

Jeudi

Ma mère va se faire ausculter et je l'accompagne. Une vraie aubaine. Je ne suis jamais allé chez le gynécologue.

Dans la salle d'attente, les journaux féminins s'étalent comme des crèmes solaires. *Marie Claire* spécial femmes enceintes, *Elle* sur la réticence des Vietnamiens envers la musique pop américaine. Les recettes népalaises de bien-être de *Femme Actuelle*. Et selon les rubriques, «Tendance : le cache-nez se porte en ce moment près du corps», «Mode africaine : le Togo à l'honneur», «Psychologie : l'ail, un antidépresseur naturel», «Intimité : se ressourcer au Surinam».

Je suis le seul homme. La salle d'attente est un genre de laboratoire à idées pour femmes mûres. La plus vieille me sourit, mais je l'écarte de mes préoccupations d'une grimace. Une jeune fille attend aussi. Elle doit avoir quinze ou seize ans. Sa mère l'accompagne. Ou bien elle accompagne sa mère. Difficile de dire qui est malade ici. Elles se retiennent de se gratter. C'est la saison des champignons. Le docteur Moule entrouvre la porte et glisse la tête (*Note :* les noms ont été modifiés afin de préserver le secret médical).

Madame Petits Poils ? dit-il. Une femme se lève.

Si vous voulez bien me suivre. Oui oui, explique-t-il, ne vous inquiétez pas, votre mari m'a téléphoné, je suis au courant.

La porte se referme.

Une femme se met à râler : une demi-heure que j'attends !

C'est comme moi ! dit une autre.

Il est vraiment en retard. C'est pas possible de les garder aussi longtemps à chaque fois !

Il est gentil. C'est un bon gynéco.

C'est votre fils ? dit ma voisine de chaise.

Oui oui, dit ma mère, gênée. J'ai dû l'emmener, on a des courses à faire ensuite.

Enfin c'est le tour de ma mère. Elle se lève. Le docteur demande si je suis son fils. Elle explique une fois de plus que oui. Le docteur a un geste paternel rotatif. Il accompagne le mouvement de la porte et disparaît avec elle.

Une petite vieille qui vient d'entrer s'est mise à tricoter. Je me demande si elle n'est pas juste là à cause du radiateur. C'est peut-être la mère du docteur.

La femme qui s'est mise à râler tout à l'heure défait sa veste.

On meurt de chaud ici, dit Mme Chignon.

C'est bien vrai, répond Mme Tresse. On a toujours trop chaud chez les docteurs.

Il pourrait refaire faire le papier peint, dit Mme Chignon. Ça ne serait tout de même pas du luxe.

Oui, c'est vrai, dit Mme Tresse.

Je repose *Femme Actuelle*.

Si ça se trouve il pleut dehors maintenant, dit Mme Chignon. Il devrait y avoir une fenêtre dans une salle d'attente. C'est le minimum. On est comme dans un coffre.

Un long silence. Chacun essaye d'analyser les bruits de pas, de deviner l'approche du docteur.

C'est comme les salles de bains sans fenêtre, dit

Mme Chignon. Ma fille n'a pas de fenêtre à la sienne. Je trouve ça triste.

C'est bien d'avoir un dégagement, c'est vrai, dit Mme Tresse.

Même si ce n'est qu'une petite lucarne. Pour un toilette par exemple.

Il n'y a rien de tel que la lumière naturelle.

C'est pour ça qu'au Danemark, dit Mme Chignon, ils passent leur temps à se soûler. Ils sont dans le noir toute l'année.

Dans la rue il pleut comme les chignons l'avaient prédit. Ma mère presse le pas.

Le docteur Moule est un très bon médecin, tu sais, me dit-elle. Tu pourrais être médecin plus tard toi aussi. Peut-être pas aussi spécialisé, mais quand même. Ça te plairait ?

J'ai fait semblant de ne pas entendre. Que sait cette femme sur moi ?

Jeudi suite

Incroyable : Le bois du Chalet 14 est en bourgeons. Une équipe de télévision régionale s'est rendue sur place pour couvrir l'événement. Mes voisins sont passés en direct. Le plus étonnant est que le chalet avait été verni il y a quelques mois à peine. Il semble que le bois ait fait des racines assez profondes dans la terre alentour. Je suis allé voir : de petites branches avec leurs feuilles sont apparues au prolongement des poutres de la façade.

Dimanche : rendre ma rédaction

Le sujet imposé : raconter une expérience liée au yaourt (depuis quelques mois, l'école est subventionnée par Yoplait).

Premier brouillon :

« Les trois frères Lock habitent la grande ville la plus proche de chez moi. Ils travaillent dans les yaourts. Num s'occupe du lait, Caps s'occupe des fruits, et Scroll de la fermentation. Ils ont repris l'usine paternelle après sa mort. Ils n'ont pas de femmes. Ils doivent donc beaucoup aimer les prostituées, qui, au bout du compte, coûtent moins cher.

« Scroll est le plus drôle. Num aime ses vaches et Caps ses légumes. Scroll raconte des histoires drôles aux ouvriers de l'usine.

« Le samedi, Num, Caps et Scroll sortent ensemble acheter des cigarettes. Ils s'asseyent sur un banc près d'une rivière de chocolat et ils fument tranquillement tandis que les canes rassemblent leurs canetons. »

Point final. Ne pas trop en faire. Toujours rester crédible. Avec ça j'aurai un 2 voire un 3. C'est bien assez. Si à quatorze ans je me mettais à écrire comme Proust, ils pourraient se douter de quelque chose. Surtout camper sur mes bases, consolider mes acquis.

Lundi soir

Emma est dans sa chambre. Elle fait des exercices pour devenir « une planche » sur son tapis de mousse bleu. Ma sœur voudrait un ventre plat. Si elle pouvait l'acheter, elle l'aurait déjà. Enroulée dans du film

124

plastique, elle se dandine sur Adamo. Pour ma sœur le seul muscle qui compte, ce sont les abdos. Quand les abdos lui brûlent, elle se sent vivre. Elle imagine la graisse fondre. Elle compte en expirant. Une deux. Ab – dos. Ab – dos. La mousse couine sous elle. Elle couine aussi. Tout cela est confondu et magique.

Précision historique : Les premiers restes de ventres plats ont été découverts en Égypte et remontent à environ quatre mille ans. Le ventre plat est une conséquence directe de l'usage du profil dans les représentations picturales égyptiennes. Archéologiquement parlant, un hiéroglyphe à gros ventre signifiait la femme enceinte, et un hiéroglyphe à ventre plat la femme célibataire, en attente de partenaire.

Le ventre plat au fil des temps est devenu une sorte de convention de langage, de sorte qu'aujourd'hui tout le monde comprend bien que les femmes qui cherchent à avoir un ventre plat nous signifient qu'elles sont ouvertes comme des huîtres à toute proposition.

Mercredi soir

Rentré à la maison, ma mère dévisse une boîte de lasagnes et nous mangeons en hâte.

Mon père plonge ses mains dans la vaisselle. C'est chaud. Une pleine bouteille de Paic brille. Deux éponges de différentes couleurs, et quatre grattoirs rêches chacun à leur façon.

Mon père Jérôme soulève une assiette sale. Le filet d'eau dessine comme par magie la tête de

De Gaulle dans la mousse. Un brocoli cramé remonte à la surface, comme un furoncle sur le visage menaçant. Tout au fond ses doigts cherchent la bonde. Elle a perdu sa chaîne. La main remonte un presse-ail. L'autre main replonge sous la mousse et pêche un couteau suisse. À l'aide du poinçon, il se met à gratter dans les trous du presse-ail afin de les libérer des lambeaux de gousses. Puis les verres. La main replonge et trouve enfin la bonde.

Un étourneau se pose sur le bord du chalet. Bientôt le mois de mars, se dit mon père.

La faïence se prélasse au bord de l'évier.

C'est l'heure de la soupe pour la pieuvre d'Emma. Ma sœur fait péter les limaces. Apparemment la pieuvre ne digère pas les limaces ballonnées.

Minuit

C'est une heure raisonnable. La famille Dugommier, sauf moi, a l'air de dormir. Mais tout à coup Emma hurle. Je peux revoir son rêve.

Elle a enfilé son pantalon à l'envers et les élèves de sa classe se moquent d'elle. Ce n'est pas tout. Ses pieds trempent dans une bassine d'eau salée et son visage est fripé comme celui d'une vieille. Elle tire et des cheveux blancs se détachent de son crâne. Les touffes s'éparpillent dans et autour de la bassine. Et maintenant un œil tombe dans l'eau. C'est à ce moment-là qu'elle s'est mise à crier.

J'ai cru cette fois que c'était arrivé, soupire-t-elle, encore sous le coup. Prépare-toi à mourir, ma grosse.

Depuis toute petite, ma sœur a peur de la mort. Elle

n'en parle pas trop, mais moi qui ai accès à sa psyché, je peux vous dire qu'elle ne fait pas la maligne. Son cerveau est rempli de grigris censés éloigner le mauvais sort. Des SOS en bouteilles flottent jusqu'au bord des oreilles. Elle a peur de se perdre, de tomber dans un trou.

Sa relation à la mort, c'est son goût pour la mer. Depuis toute petite, elle couche sur un lit d'eau et les vagues l'égarent.

Dimanche

Les meubles de jardin n'ont pas servi depuis cet été et sont crasseux. La toile cirée est tachée d'insectes morts et de crottes de mouches, qui masquent le motif «panier d'osier» original. Mon père a sorti le bar, à gauche de l'entrée. Une poule s'approche d'une casserole pleine d'eau de pluie. Le barbecue a été vidé hier.

Mon oncle et sa famille sont venus avec leurs caravanes. On les a placées sur le terrain de camping du Grand Soleil. En saison c'est un camp de nudistes. Hors saison c'est un terrain caillouteux déserté, rehaussé de minuscules bosquets.

Mon oncle a sorti le pernod. Il est bientôt l'heure des grillades, et il a insisté pour s'en occuper. Avec sa tartine de vaseline sur la tête, il est sûr de ne pas accrocher.

Sa femme frôle le bord du pot à cornichons et se rendort. Elle a des insomnies en ce moment. Elle garde ses deux chiens près d'elle, depuis que ses enfants sont grands. Deux chihuahuas qu'elle coiffe

127

comme des petites filles. Elle est folle de corridas comme lui. Quand le type tue le taureau, les chiens hurlent, paraît-il.

On fête les trente ans de mariage de mes parents. Une semaine avant la Sainte-Marie-Thérèse : tous les ans on brûle une grand-mère en carton (dans la tradition, c'était une vraie). Pourquoi une grand-mère ? Eh bien parce qu'on a beau faire les grand-mères repoussent en une génération.

Mon père donne quelques conseils à l'oncle quant à la disposition des saucisses sur la grille, pour éviter que les plus suicidaires glissent à travers. Le chant des godiveaux s'approchant des charbons n'est comparable à aucun autre chant. Un sifflement de fluides déjà transcendés par la braise.

Marise se démène, préoccupée. Emma tripote son mange-disque vautrée sur l'herbe mouillée de la veille. Une nièce éloignée grignote des gâteaux secs sous l'abribus. Elle a l'air d'attendre, comme ces portions de viande figées sur leurs barquettes, ointes de film plastique.

Ma mère a plusieurs vaisselles à conclure maintenant. Elle ramène deux gros seaux d'eau. Le neveu donne des coups de pied à sa sœur Daniela, coincée entre deux caisses. Mon père monte la tente blanche pour faire de l'ombre. Il y a du vent ce matin. Tout va bien.

Le neveu renverse un des seaux sur sa sœur. Ma mère l'attrape par l'oreille et lui met une bonne gifle. L'oncle, qui a tout vu, demande des comptes à Marise. Ma mère explique que c'est la faute de son fils si sa sœur est trempée.

Elle n'arrête pas de le chercher, dit l'oncle, alors lui il réagit.

Viens Daniela, dit ma mère, et elle l'emmène à la salle de bains se changer.

Le neveu pleure et son soi-disant père est furieux. C'est comme si on lui avait donné la gifle à lui.

Elle est souvent comme ça ? demande l'oncle.

Qui ça ? demande mon père.

Ta femme.

Oh, elle est comme elle est.

Elle frappe souvent les gosses ?

Euh, ça arrive. Pourquoi ?

Il faut croire qu'elle avait besoin de se défouler sur mon grand, là. Regarde, elle lui a presque décollé la tête.

Je suis sûr qu'elle n'a pas fait exprès.

Mon père porte à bout de bras un plateau de merguez. Quand il sent qu'il n'y a plus rien à ajouter, il le pose près de son beau-frère, et s'engouffre dans la cave.

Au repas, discussion houleuse. L'oncle ne digère pas la gifle. L'après-midi je me sens nostalgique et me surprends à fredonner du Félix Leclerc. Le fond du gouffre. Trois doubles albums de Frayor plus tard, la honte toujours sur les joues, je me demande encore ce qui a bien pu m'arriver.

Mardi soir

Les chiens sont attachés à des laisses rembobinantes. Ils font le yo-yo. Les maîtres sont assis sur un banc, près de la fontaine Marceau. Des chemises azur, des polos beiges. Ça sent déjà le printemps. Les pépés font des constats radicaux à tour de rôle sur l'état de délabrement de la société. Le monde moderne a oublié les vraies valeurs. Il n'y a plus de respect. Ils font glisser de minces cailloux entre leurs doigts. Les chiens vont et viennent. De toute manière, avec la façon dont ils sont en train de bousiller la planète, il n'y en a plus pour longtemps.

Des ados en vélo traînent leur ombre de poussière. Il n'a pas plu depuis huit jours. C'est la mi-temps. Les Chalésiens lèvent leur cul qu'ils emmènent avec eux aux toilettes. Ils se rassoient ensuite pour la fin des pubs. Certains ont oublié de passer par la case frigo, pour attraper quelques bières. On les entend soupirer, se relever, marcher jusqu'à la cuisine. Pendant dix minutes, tous les parquets craquent en même temps.

Ma sœur soupèse un peu son état de forme sur la balance. Elle aussi aime alterner son poids sur une jambe puis l'autre.

Je sens que j'ai une perte de repère, se dit-elle. Soigneusement elle range la balance sous l'évier et se dirige vers le frigo. Elle a besoin de sucre, et elle sait qu'un pot de Nutella est disponible dans le compartiment légumes. Elle l'a caché hier soir et cette nuit j'ai mis quelque temps à le trouver.

Mercredi après-midi

Le petit fait de la corde à sauter. La femme du docteur traîne les pieds dans le sable du parc à jeux. Un des orteils n'a pas d'ongle. On dirait un nez. Tous les chiens sont autour de ses tongs.

Ils ont emménagé il y a deux mois, Chalet 14. Avant il fallait aller à Longwy pour trouver un docteur. Maintenant les malades viennent de partout pour se faire soigner aux Chalets. Mon père dit que c'est bon pour le commerce. Les gens en profitent pour faire leurs commissions. De la vitamine C et des pansements. Mais pas seulement, ajoute-t-il, énigmatique. Et si quelqu'un lui demande, il ne précise pas.

La femme du docteur me fait signe de la tête. Je lui rends la pareille. Elle comprend où je vais.

Le docteur passe de bons disques de jazz dans la salle d'attente (la seule musique que j'écoute avec le hard rock). Comme il s'est aussi abonné à plusieurs revues généralistes et à un quotidien sérieux, j'ai pris l'habitude d'aller lire là-bas. C'est devenu mon cabinet de lecture. L'endroit est par ailleurs idéal pour mes observations. La femme du docteur, elle-même docteur à mi-temps, car elle doit s'occuper des enfants, m'a un peu pris en pitié. Elle me laisse tranquille, affalé dans mon coin. Je ne fais pas de bruit. Malheureusement elle m'apporte des jus de fruits et essaye de me parler de temps en temps, ce qui est désagréable, mais je tiens bon. L'endroit mérite quelques sacrifices.

Alexandra hoquette. Elle est venue avec sa mère, qui la tient encore par la main, comme un esclavagiste son nègre. Alexandra se retient de tousser. Elle est timide. Elle est dans ma classe. Sa mère pense à toutes les confitures de mûres qu'elle a faites dans sa vie. À la maison qu'ils ont pu construire avec son mari, et leurs deux payes. À cette haie bien épaisse qui cadenasse leur horizon et aux trois marches

131

d'escalier en granit devant le pas de porte, un cadeau de son père, qui travaille à la carrière, pour leurs vingt ans de mariage. Elle pense à l'énergie fournie, au travail rendu. Comment Dieu a-t-il pu être si injuste en lui donnant cette gamine chétive ? Est-ce là sa récompense d'avoir été fidèle à cette ganache de fermier, d'avoir accepté de quitter la ville pour faire pousser du maïs et du tabac ? Elle lui tient la main et voudrait lui broyer.

Le docteur passe la tête et dit le nom d'Alexandra. La mère se lève en même temps qu'elle, le visage fondu en un masque de déférence. Je reprends ma lecture. La salle d'attente est quasiment vide. Juste un vieux qui traîne là de temps en temps, comme moi, sauf qu'il consulte. Sa carte Vermeil lui donne l'accès gratuit et illimité à tous les complexes sanitaires de la région. Comme sa femme est morte, il prend le bus et s'amuse à faire le tour des salles d'attente. C'est lui qui est responsable en chef pour entamer les conversations.

Aujourd'hui il trépigne car il n'y a personne à qui parler. Il fait un beau soleil dehors, et l'atmosphère s'est réchauffée. Il ferait mieux d'aller voir les boules, mais il a peur de rester debout trop longtemps et de tomber raide mort. Les amateurs de pétanque, massés autour d'un cochonnet, sont comme un jeu de quilles qui peut finir aux urgences.

> « Évite de faire du cheval
> sur un dos d'âne. »
>
> (Platini, mais si vous lui demandez,
> il ne s'en rappellera pas.)

Jeudi 3 mars

Madeleine entre et s'assied dans le canapé. Elle sent l'alcool. Elle m'excite et je m'approche. La chemise de nuit de Madeleine est ouverte au col sur un sein blanc énorme au sombre mamelon. C'est ma troisième tante (en partant de la gauche). Ses yeux fous, jaunes, touchent le plafond et longent les poutres.

Glaviot écoute-moi. Je suis en pleine crise. J'ai dû conduire jusqu'à ici dans cet état. Chez moi j'allais me passer par la fenêtre. Tu veux bien me servir un petit quelque chose ?

Elle essaye de sourire, la tête rejetée en arrière, mais c'est une grimace affreuse qui déforme sa peau flasque. Les yeux sortent du visage et les pupilles noires tournent comme des billes d'essence. Il n'y a personne d'autre que moi au chalet ce matin. Mes parents et ma sœur sont partis chercher du stock. Ils ne reviendront pas avant midi.

Tu as bien quelque chose pour ta tante ? dit Madeleine. Une petite poire ou que sais-je ?

Madeleine est la sœur cadette de ma mère. Elle tenait le Chalet 13, quand c'était un bistrot.

Sous la télé j'extirpe une bouteille de whisky que je lui passe.

Alors un verre maintenant, dit-elle, et de la glace s'il te plaît.

Je casse une barquette de glaçons dans un bol, attrape un verre à moutarde Maille et lui rapporte son kit d'urgence. Depuis toujours j'associe l'alcoolisme à ce type de verre. Ma tante n'utilise que ce modèle.

Pour toi aussi, hein, ça ne doit pas être facile tous les jours, me dit Madeleine. Ta mère m'a dit pour tes mauvaises notes, que tu es asocial. Tu dois être mal dans ta peau, non ? Ah tu sais ça peut passer, c'est peut-être l'âge. Pour moi ça ne passera plus. Et les filles alors ? Comment ça va avec les filles ? Tu ne me dis jamais rien…

Elle me regarde comme si elle venait de découvrir un sujet d'intérêt dans sa vie, une brèche d'espoir. Quelqu'un de plus laid, de plus bas qu'elle peut-être.

Mais on te voit à peine Glaviot, avec ton déguisement. Et tes cheveux sur le visage. Tes tee-shirts trop longs. Tu pourrais te laver les cheveux plus souvent, et te les attacher. C'est un conseil : les filles s'intéresseraient plus à toi. Quand on n'est pas un apollon, au moins on fait un effort pour être présentable. C'est ce que j'ai toujours dit.

Je la regarde, muet.

Rien. Je ne ressens rien. Je la regarde et j'entends ce qu'elle dit. Où se cache la souffrance en moi ? Où peut-elle se loger ? Le portrait humiliant qu'elle fait de moi devrait me faire réagir. Mais non. Je reste froid et calculateur. Je me rends compte que c'est elle qui m'intrigue, et non moi. Quelle a été sa vie pour finir ce matin dans ce canapé ? Voilà la question qui accapare mon attention. Je cherche la trajectoire dans les indices de ses rides.

Tu ne dis rien ? me dit-elle.

Je lui fais signe de se resservir.

Au fond tu es un gentil garçon, mais tu as du mal à t'exprimer. Un grand timide. Comme mon second mari. Un cœur en or, mais bourru. Incapable de communiquer. Attention Glaviot, il faut savoir s'extérioriser dans la vie. Ça fait du bien, je te le dis.

Elle ferme les yeux.

Tu vois, dit-elle, je sais que je ne devrais pas boire avec tous les médicaments que je prends. Mais ma vie n'a plus aucune direction. Je suis seule. Ma fille est grande. Les hommes que je rencontre veulent juste me sauter et plus rien ne m'intéresse.

Quand ils sont au plus bas, j'ai l'impression que les adultes se posent les bonnes questions. Quand ils vont bien les questions subalternes prennent le pas.

Elle se redresse et je me rapproche. Ses seins me fascinent. Je me sers un whisky.

C'est gentil de m'accompagner, dit-elle. Je ne le dirai pas, tu sais. Viens donc me faire un câlin.

Elle m'assied sur ses genoux et me colle le visage sur sa poitrine.

Voilà voilà, dit-elle. Calme-toi. Tata est là.

Je tremble.

Voilà voilà.

Sa main effleure mon sexe raide.

Oh, eh bien, dit-elle, on est ému je vois. On aime bien sa tante, hein.

Elle me caresse par-dessus le jean et je ne sais pas quoi faire. Je l'ai tout de même bien voulu, il faut me rendre à l'évidence.

Tu veux que je continue ? me demande-t-elle.

Je ne dis rien. Elle défait ma braguette et me caresse lentement.

Là, là, me dit-elle à l'oreille. Son autre main passe doucement dans mes cheveux. Je ferme les yeux et me retrouve dans un monde blanc et vide. Les tremblements cessent. J'ouvre les yeux. Le sperme a fini en partie dans le verre à moutarde.

Une angoisse inconnue me transperce. Je me redresse, remets mon pantalon, me jette dans mon lit et m'endors.

Jeudi soir tard

Parfois ma sœur ressemble à une sauterelle dans le ventre d'une truite. Elle pousse avec ses pattes de derrière. Elle voit l'issue à travers les branchies. Mais elle ne sait pas ramper. Elle pousse aussi fort qu'elle peut, et la truite n'explose pas. Quelque chose est bloqué, et elle n'a pas les muscles adéquats pour s'en sortir.

À la télévision, une équipe de secours a retrouvé un homme pris dans la glace, au bord d'une autoroute. Il est vivant. L'homme avait décidé un samedi de faire un vol de reconnaissance à bord de son nouveau planeur avec deux amis. Ces cons montent

136

dans l'atmosphère, suivent les courants ascendants. Quand soudain le temps vire. L'orage s'abat sur le planeur, peu adapté à subir à une telle altitude une pluie battante qui se change bientôt en grêle. Pris de panique, ils s'éjectent et se retrouvent dans le vide, leurs parachutes dans le dos. Mais au lieu de chuter, ils sont emportés dans les nuages et changés en grêlons. Pour l'instant les deux autres ne sont pas retombés.

Personne ne retombe de toute manière. On est tous suspendus comme des prunes à leurs branches. On attend les coups de canne.

Ma mère est rentrée du travail tout à l'heure, en larmes. Elle a expliqué que ma tante Madeleine a eu un accident. Elle a percuté un arbre avec sa voiture. Sur la route de Longwy. Il n'était pas midi. Elle revenait de chez nous. Elle revenait de me voir.

Depuis longtemps ça ne m'était pas arrivé : je me suis mis à pleurer. Et ça ne s'arrête plus.

Samedi

Depuis quelques jours, je ne fais que dormir, la batterie à plat. Je me recharge, patiemment. Ma mère est très inquiète car je n'ai bien sûr pas pu lui expliquer les vrais motifs de cette soudaine fatigue mentale et physique. Elle n'aurait pas compris. Ou bien il aurait fallu que j'explique tout le reste. D'ailleurs elle ne m'aurait pas cru. Qui me croirait ?

Elle a fait venir un médecin qui a prescrit des vitamines et a insinué que cet état de léthargie pouvait être une forme de dépression infantile. Il m'a posé des questions sur mes amis, la vie à l'école, mes passe-temps préférés. Je n'allais quand même pas lui dire que j'occupe mon temps à observer les patients dans les salles d'attente. Ma mère a répondu à ma place. Elle a dit que j'étais très solitaire, que je ne traînais jamais avec les autres enfants, que j'étais souvent sombre. Montre-t-il parfois des signes d'apathie? a demandé le docteur. Il peut rester des heures sur le balcon, à contempler le paysage, a dit ma mère. C'est comme s'il n'était pas de ce monde.

Et à l'école? a demandé le docteur.

L'école ne l'intéresse pas, a-t-elle continué. On a l'impression que s'il pouvait rester dans sa chambre à lire ça ne le dérangerait pas. Il lit énormément. Des livres qui ne sont pas de son âge. J'ai voulu essayer de freiner ses lectures, mais rien n'y fait. On ne peut tout de même pas l'interdire de bibliothèque.

Et les amis? demande le docteur.

Il n'a pas d'ami, et il ne cherche pas à en avoir. C'est même plutôt le contraire. Avec sa sœur il est méchant et ils ne font que se chamailler. Avec nous il est distant, voire absent. Si je lui demande à quoi il pense, ou bien si ça va, il soupire, pour me faire comprendre que je le dérange.

Elle a encore ajouté d'autres détails au portrait puis ils ont chuchoté deux minutes et le docteur est parti.

Je dois dire que cette description m'a beaucoup ému. Je ne pensais pas que ma mère faisait autant attention à moi. Bien sûr son observation se borne à décrire mon être extérieur sans chercher réellement à comprendre pourquoi j'agis ainsi, mais je suis bien conscient que ma mère est un être limité qui n'a pas la force de creuser plus au fond. Comme la plupart des gens, elle se contente des apparences.

Elle ne dit d'ailleurs pas tout ce qu'elle pense de moi au docteur, je le sens. Mais elle ne se doute de rien. Elle est très loin de la vérité.

Je ne vais pas à l'école cette semaine. Repos total. Excellent diagnostic, docteur. Une bonne cure de sommeil me fera du bien. Mon niveau d'énergie est tombé à zéro.

Samedi suite

Il y a bal des crémiers ce soir à Bezas, et mes parents et moi accompagnons ma sœur. Mes pulsions sont réveillées.

Emma chante sur le chemin, se déhanche. On la sent séductrice, légère. Il y a du monde en ville. Il fait doux, et tout le canton s'est déplacé.

Le soleil se couche lentement. Sur la route l'ombre d'un buisson lui tombe dans les cheveux et divise après elle le trottoir en dentelle. Ma sœur sautille, fredonnant une musique. Les cheveux s'envolent. C'est une jolie fille. Son corps donne l'impression d'être libre. Ses pas évitent soigneusement la frontière de l'ombre et du jour.

Dans son ventre, une énorme fleur de lilas. Je la désire. Elle m'excite. Quel beau mammifère. Elle est faite d'herbes et d'épices.

Les racines des arbres ont fendu le bitume. Emma se prend le pied et je la rattrape de justesse. Ma mère me regarde, étonnée. Je n'ai pas l'habitude de me mêler des affaires des autres.

Le bitume soulevé, bleu et brillant, fait une croûte à la façon d'une tarte aux fruits. Le petit cul d'Emma se tord devant moi. Je me force à regarder au fond du goudron, à suivre les creux du caniveau.

Le vent balaye la poudre jaune des arbres. À une centaine de mètres, Georges.

Emma se met à courir dans sa direction et lui attend qu'elle le rejoigne. Ses bras l'enserrent et la soulèvent.

Lundi
Noté il y a quelques mois : «J'aime bien être fatigué, ça me repose.» Comme quoi rien ne se perd, il suffit d'attendre, d'être prêt pour mieux comprendre ce qu'on lit.

Ma mère vient de m'annoncer qu'elle a pris rendez-vous chez le psychologue. Elle m'accompagnera.

Je regarde à «psychologie» dans le dictionnaire. Mon dieu que c'est laid. Qui a bien pu inventer une science aussi mesquine, aussi peu attentive à la beauté du monde?

Je l'imagine déjà : Alors vous qui avez un père, alors vous qui êtes jeune… Je regrette monsieur Le Machin. Ne me fais pas perdre mon temps. J'ai d'autres soucis que mes soucis. Et d'abord, parle-moi un peu de toi. C'est ta mère que j'ai vue à l'entrée? Parce que si ta mère est gymnaste, qu'elle fait de la muscu, là d'un coup ça m'intéresse, ça me renseigne sur qui tu es, vieille tante.

Mardi dans la nuit

De ma fenêtre, on voit la rue qui serpente entre les chalets. Un slalom de lampadaires. Un homme s'approche. Sa fatigue se ressent dans ses pas. Il marche comme pour écraser. Les lampadaires doublent son ombre.

Tu es là? Tu m'écoutes, connasse? Il fait face à la fenêtre de Vanessa. Tu vas m'écouter maintenant!

La connasse ne semble pas se réveiller, elle ne semble pas chez elle.

Parce que tu vas m'écouter, moi je te le dis! reprend-il. Parce que tu vas m'écouter, ça je te le dis!

Il fait une pause et crache par terre.

Il a raison. Il parle de Vanessa. Je confirme son impression. Vanessa est une belle connasse.

Je vais t'écrabouiller, tu entends! On pourra plus te reconnaître!

Et de rage il frappe de ses gros poings le mur du Chalet 8. Son front est en sueur et il respire fort.

La puuhuuhuuuhuuuhuuuhuuute! hurle-t-il, le regard renversé vers le ciel. Je vais la tuer!

Il s'assied quelque temps, fume deux cigarettes, puis se lève et remonte le chemin.

Jeudi soir

Le rendez-vous chez le psychologue n'a pas été très favorable. J'ai l'impression qu'il se doute de quelque chose. En tout cas il cherche à comprendre certains détails de cachés en moi. Je veux dire qu'il semble s'intéresser à mon cas (par pure curiosité scientifique j'imagine) puisqu'il m'a fait prendre

141

plusieurs rendez-vous à l'avance, et cette fois sans ma mère. Il est certainement en train d'écrire un livre sur les angoisses préadolescentes, et je tombe à pic.

Il a dit à ma mère qu'il considérait mon cas comme très sérieux, et que si je n'étais pas «débloqué de cet état semi-autistique à temps, mon cas pourrait s'aggraver dans le futur».

Pauvre idiot! Si tu te doutais que c'est moi en réalité qui travaille à mieux te connaître, et non le contraire.

Mais je ne veux pas sous-estimer l'adversaire. Cet homme a tout de même le pouvoir de me faire interner. Ce serait bien sûr une expérience passionnante que de découvrir le monde de l'hôpital et des soi-disant aliénés. Mais n'est-ce pas prématuré? Je n'ai pas fini ma triple étude sur la famille, l'adolescence féminine et les salles d'attente, trois projets qui me tiennent encore particulièrement à cœur. Je me sens mieux que jamais, certainement plus mûr encore qu'il y a quelques mois, plus alerte, et prêt à me remettre sérieusement au travail. Passé le blues du printemps, plus rien ne peut m'arrêter.

La question est maintenant : comment contrer les velléités thérapeutiques du psychologue ?

Si je joue l'autiste complet, celui-ci peut le prendre au pied de la lettre et je peux dire adieu à mon travail de recherche. Trop en dire, trop me révéler, aurait le même résultat. Il faut que tel un funambule je me tienne en équilibre entre ces deux tendances. Que je lui en dise juste assez pour qu'il me mette dans une case sans danger.

J'ai donc décidé la prochaine fois de répondre à

ses questions, et même de faire des phrases de plus de quatre syllabes, afin qu'il ait du grain à moudre pour son analyse. Je me tiendrai à des descriptions objectives de mes activités, en brodant un peu sur mes centres d'intérêt : la musique, la lecture, le dessin, la physique.

Dimanche

L'heure du café. De gros insectes torpillent le velux, qui tient bon pour l'instant. Les Coréens du Nord ont un projet de hannetons à têtes nucléaires.

Le temps s'écoule comme de la boue d'étang. Tout le monde a trop mangé et met toutes ses forces dans la digestion.

Seul mon père Jérôme a l'air un peu plus frais. Il passe un de ses disques de jazz. Il tricote dans les vides avec son vieux cure-dent. Sur la table les miettes ont l'air comme suspendues.

Je sors me promener au bord de la Capricieuse. Il fait un temps idéal pour réfléchir. Je jette des cailloux dans l'eau.

L'eau est calme et transparente, presque stagnante entre les rochers, comme une grande flaque de rosée. J'écoute le bruit sourd des cailloux qui entrent dans l'eau. Plus le caillou est gros, plus le son est grave, opaque. Ce n'est pas la première fois que je remarque ce phénomène, mais c'est à cet instant-là (notez bien) que je conçois son application pratique.

POUR UNE BALANCE SONORE :
THÉORIE ET MODE D'EMPLOI

Mesurer la lourdeur / traiter l'obésité autrement

La Balance sonore est un instrument de haute technologie qui servira à mesurer non seulement le poids des corps mais aussi leur *lourdeur*. Un corps plongé dans l'eau émet un son qui indique à la fois le poids de l'individu et la forme. On peut alors juger de sa personne non pas en simples termes de kilos en moins ou en trop comme le fait une balance traditionnelle, mais aussi en termes de lourdeur, en mettant en rapport le son enregistré et le poids mesuré. Par «lourdeur» j'entends l'apparence et la forme objective que donne le poids au corps.

En effet après observation, on sait qu'un gros parfois paraît plus lourd qu'un autre gros, qui para-doxalement peut faire dix kilos de plus. Ainsi le poids ne dit pas tout sur les gros (ni sur les maigres). C'est pourquoi il faut faire entrer en compte la *lourdeur*, qui est le degré d'incapacité du gros à se mouvoir dans l'espace.

Construire le bassin :

Le croquis (*figure 1*) montre dans les détails le plongeoir ergonomique placé trois mètres au-dessus de la surface d'huile, le bassin semi-ovoïde de quatre mètres de fond, la position fœtale que doit adopter le sujet pesé («lourdé»), au sommet de la courbe qui commence sur le plongeoir et finit dans l'eau, les emplacements exacts des différents capteurs sonores, l'équaliseur central, le dispositif de prise de son des vibrations du plongeoir, le micro sans fil placé sur le caleçon, et enfin l'émetteur d'ondes basiques servant à couvrir d'éventuelles nuisances sonores (bruits d'insectes, piétinements de voisins, etc.).

Le diagramme (*figure 2*) présente l'écran d'ordinateur après réception de mon propre corps en position fœtale dans l'huile. Non seulement on y découvre le poids (64 kg) légèrement inexact – le capteur plongeoir a besoin d'un dernier réglage – mais aussi ma lourdeur estimée de 67 Gr (abréviation de en Gros). Le Gr peut varier de 1 à 100. La moyenne de lourdeur est 50.

La balance sonore indique que je suis trop lourd, car mon nombre de Gr est bien supérieur à 50.

Précision : Le Gr est dès à présent l'unité de mesure de lourdeur universelle. Je n'ai pas voulu l'appeler le Gl (pour Glaviot) ou le Jd (pour Jean-Daniel) comme cela se fait souvent dans les milieux scientifiques, tout simplement par absence de vanité.

Mardi : deuxième séance
Le psychologue a soulevé fort justement certaines contradictions entre mes passe-temps et mes résultats scolaires.

Les enfants qui lisent beaucoup comme toi et qui s'intéressent à la science sont d'excellents élèves, a-t-il déclaré. Mais toi c'est le contraire. Pourquoi ?

L'école ne m'intéresse pas, j'ai répondu, car je n'apprends rien à l'école.

Mauvaise réponse bien sûr. J'en ai trop dit. Il faut que je me méfie de ce psychologue.

Chaque phrase me dévoile sans que j'y fasse attention. Je n'ai tellement plus l'habitude qu'on me parle, qu'on me questionne. Mes réponses sont mal contrôlées. Je ne sais plus non plus mentir hors du cercle familial. Ce qui s'explique très bien : je ne parle plus à personne.

Je n'ai fait que fuir. Ce psychologue me met en face de mes limites. Profiter de cette semaine pour bien me préparer, répéter mes réponses, envisager les questions probables. Car s'il veut jouer à ça, nous allons jouer à ça. Une guerre de tranchées ne me fait pas peur. Qu'il soit bien sûr que je serai prêt, armé dès la prochaine séance.

Samedi matin

Le vieux Noûs se détache du banc et s'écroule sur la pelouse. Je me baisse pour le ramasser. Il parle dans l'herbe et dit je ne sais quoi, peut-être en polonais. Il sent l'alcool. Je l'aide à se redresser. Lui mets de petites gifles pour le réveiller. Ses yeux de près ressemblent à la rencontre de deux supernovae. On aperçoit le gris de la pupille au fond du chaos. Il tousse.

Ça y est cette fois j'ai bu la voie lactée, dit-il. Oï ma tête ! Mon enfance à monter et descendre des seaux. Aïaïaï ! Toi tu ne dis jamais rien, tu n'as pas encore assez de peine pour te plaindre.

Il me regarde et je me sens tout nu devant lui. Comme s'il avait le pouvoir de tout comprendre, tout lire en moi.

Si tu ramasses le pauvre Noûs, c'est que tu es bien seul. Assieds-toi.

Il a du mal à respirer. Sa tête retombe en avant et je le tiens fermement. Il sent mauvais.

Je ferme les yeux et je me bouche le nez.

Qu'est-ce que je fais sous cette parka? dit-il. Je perds mon temps ici! L'eau du ciel est glacée!

Je me lève et l'aide à s'allonger sur le banc. Le soleil perce la brume du matin et va bientôt le réchauffer.

Je devrais partir tu sais. Sinon je vais mourir chez vous, et je serai deux fois mort.

La brume sèche autour de nous. Je sens que je veux dire quelque chose, mais rien ne sort. Je décide de rentrer.

Le petit skin blond du Chalet 7 répare sa mobylette devant le garage de son père. Les voisins Tamares sont levés eux aussi. Ils prennent le petit déjeuner derrière la buée de la véranda.

Ma mère étend du linge sur le balcon.

Quelquefois les étoiles de la nuit restent en travers de la gorge.

Vendredi : troisième séance

Pourquoi es-tu si sale Jean-Daniel? me demande-t-il. Pourquoi ne fais-tu aucun effort pour être présentable devant les gens?

Je réponds que c'est la mode aujourd'hui d'avoir l'air sale. En particulier quand on écoute la musique que j'écoute.

Cette fois bonne réponse. Bien joué de ma part.

Mais tu es d'accord que c'est repoussant pour les autres?

Parenthèse : Je me rends compte que cet homme me parle comme à un adulte réfléchi, car c'est la première fois qu'on me parle ainsi. Ce qui est à la fois très agréable et aussi inquiétant. S'il se permet de s'adresser à un enfant comme à un adulte, c'est qu'il est sur la bonne piste. Je ne suis plus un enfant depuis longtemps, et il l'a bien compris.

C'est repoussant pour certains, et attirant pour d'autres, réponds-je.

Cette fois, à la fois bonne et mauvaise réponse : je lui montre que je ne suis pas un autiste complet, mais en même temps je signifie que j'ai assez de recul par rapport à ma condition pour n'en être pas dupe. Ce qui peut sembler anormal.

Et les filles ? Ça les attire ? dit-il.

Certaines. Pas la majorité.

Tu as déjà eu des relations avec une fille ?

Je suis trop jeune.

On n'est jamais trop jeune, dit-il. Freud écrit que la sexualité commence à l'âge de trois ans.

Eh bien il devait avoir des enfants vraiment précoces, réponds-je.

Ça le fait rire, et je sens que ça me fait plaisir de le faire rire.

Méfiance : je crois que ce psychologue m'est assez sympathique. Il cherche évidemment à lier une relation de confiance avec moi. Et il va utiliser son charme personnel et son intelligence pour me faire son complice. Alerte rouge. Localiser l'ennemi. *Mon destin est en train de se jouer.* Est-ce que je vais le laisser me mettre en pièces ? Au fond en ai-je envie ? Capituler ! Ne serais-je qu'un lâche sous cette laide carapace ? Une question de plus qui fait mal, alors même que mes positions semblent enfoncées, mes possibilités de repli réduites et mes alliés inexistants.

Et mes recherches alors ? Toute cette abnégation ? Le premier connard venu pourrait-il faire s'effondrer un dispositif d'existence patiemment élaboré et justifié dans les moindres détails ? Pas encore. Je suis peut-être un lâche, mais je me battrai jusqu'au bout. Comme un lâche s'il le faut. Mais il ne m'aura pas.

Samedi

Certains intellectuels critiquent la télé, mais c'est souvent moins pire que le reste. Passer son temps à regarder son abat-jour ou sa commode me semble plus inquiétant.

Ma mère s'est installée au balcon avec le fer et la planche à repasser. Il y a quelques nuages mais il fait doux. Les appareils ménagers ont comme l'air en vacances.

Elle regarde le voisinage, les chalets brillants de vernis frais badigeonné du week-end. Pour tous les Chalésiens le vernis est l'odeur entêtante du printemps.

Il est l'apéritif et quart. Les hommes des Chalets lèvent la tête, leurs verres posés près d'eux, sur la terrasse. Ils mettent leur journée de travail à des années-lumière.

Mon père lit le *Franc-Comtois*. Il s'est servi un pernod.

Emma est chez son Georges.

Gisèle pêche près de la rivière. Je peux la voir de ma fenêtre. Son énorme touffe grise et crépue. Ex-blouson noir, accent du Midi. Toujours en jogging, dehors, à fouiner. Avec son berger allemand qui remplit à la goutte près les grilles métalliques au pied des arbres. Sans faire déborder, quelques carrés de pisse jaune qui se vident par le fond dans la terre. Le chien s'appelle Swann, comme le héros de Marcel Proust. C'est un esthète de la miction.

Je ferais bien une pétanque. Mais je n'ai pas d'ami.

Lundi

Le printemps me déprime. Ce matin je n'ai pas pu finir les Cruelos. Dans le fond de lait, les particules flottaient, trop sucrées, comme insonorisées. Je les ai jetées à l'égout.

Mon travail d'observation se ressent de ma baisse de tonus. Après l'hiver, l'excès de lumière et l'optimisme ambiant (j'ai écrit l'optimimisme avant de corriger, mais c'est bien d'optimimisme dont je parle) figent toutes mes pensées. Comme s'il devenait d'un coup plus urgent d'être que de savoir ce qu'on est. Toutes ces pulsions fantômes. À quoi bon, me dis-je, ce pénible travail auquel je m'astreins ? Pourquoi même se fixer une tâche quelconque dans la vie ? Après tout, j'ai à peine quatorze ans, et je peux voir venir. Je peux changer. Mes pouvoirs sont immenses.

Dans la cour de l'école, mes congénères sont comme des molécules instables, sans principe interne. La féroce attraction universelle les soumet au football. Les genoux s'écorchent et saignent. Le bitume les griffe. Le bas des arbres est tapissé de vêtements. Les filles tiennent conseil près des gouttières, par petits tas.

J'explique par gestes à un clown bruyant près de moi que s'il ne cesse pas tout de suite ses bruits, je vais lui désosser la trachée, vertèbre par vertèbre.

Au coup de sonnette, les collégiens se détachent, se rattachent à un flanc de porte, se poursuivent et s'arrangent en un long rectangle, de la même façon que le carbone forme sa structure diamantaire.

Il y a quelques années les scientifiques ont découvert le quark dans l'atome. On peut imaginer que ce quark est lui-même composé d'une particule encore plus infime. Et ainsi de suite.

Mais si cette fois on essaye de remonter l'échelle de l'infiniment petit à l'envers, de combien de paliers a-t-on besoin pour arriver à l'échelle du collégien s'ébattant dans une cour ? Avant l'atome, la poussière. Avant la poussière, le grain de sable. Puis il faut prendre de l'altitude pour saisir le fonctionnement de la vie humaine. Inverser la lentille du microscope. Trop près de soi, il n'y a rien à voir. Si je regarde assis sur un banc mes camarades jouer, tout me semble complexe et flou. C'est d'une vue d'avion dont j'ai besoin pour être capable de lire et d'interpréter les mouvements des différents groupes et individus. Ou à défaut d'avion d'imaginer un œil dans le ciel, à mes ordres. Si je me concentre assez, je peux être cet œil.

Mardi : quatrième séance

Ta mère me dit que tu écris.

Ah bon. Première nouvelle.

Elle me dit qu'elle t'a souvent aperçu à ton bureau.

Je dessine, je recopie des livres de légendes.

Quels genres de légendes ?

Bilbo le Hobbit, des histoires de trolls. J'aime le fantastique.

Mais tu lis aussi des livres pour adultes, non ? Céline, Flaubert, Dostoïevski…

C'est aussi ma mère qui vous a dit ça ?

Oui, je viens de l'avoir au téléphone, et nous avons eu une longue discussion à ton sujet.

Elle n'a jamais autant parlé de moi.

Et ton père ? À ton avis, qu'est-ce qu'il pense de toi ?

Ça ne l'intéresse pas. Mon père vit dans son monde, vous savez.

Alors il fait comme si tu n'existais pas ?

C'est un peu ça.

Et ça te fait de la peine ?

Non, ça m'arrange.

Comment ça ça t'arrange ?

Il me laisse tranquille.

Mais tu n'aimerais pas faire des choses avec lui ?

Non. Je préfère m'occuper tout seul. Je peux choisir de faire exactement ce que je veux.

Qu'est-ce que tu veux faire ?

Ça dépend.

Je veux dire, qu'est-ce qui t'occupe autant quand tu es seul ? À quoi passes-tu ton temps ?

Je me promène, je lis, je réfléchis, j'écoute de la musique.

Et ça te suffit ? Tu n'as pas envie de partager des choses avec quelqu'un ?

Pas vraiment.

Comment ça pas vraiment ?

Ça ne servirait à rien.

Et pourquoi ça ? Explique-toi.

Ben je ne pense pas qu'on ait vraiment besoin d'être deux pour réfléchir.

Ah tu crois ?

Oui. On peut très bien réfléchir avec soi-même.

Mais est-ce que tu trouves ça sain ?

Ce n'est pas la question.

Parenthèse : Je sens que cette guerre dégénère. Il faut cesser ces entretiens qui ne font que m'exposer et me mettre en danger. Toute mon énergie est concentrée dans ces conversations épuisantes et leur préparation. Je ne travaille plus. Je me sens observé. Je me terre dans ma chambre, car je soupçonne ma famille et ma mère en particulier d'être des agents à la solde du psychologue, payés pour m'espionner.

Mardi soir

Rien fait ces derniers jours. Une énorme araignée rampe dans le plat de fraises. Je me décide à écrire une première ébauche de mon Testament.

Je veux être enterré. Je veux être enterré à l'endroit

où je meurs, avec mes habits. Je ne veux pas de tombe mais un petit chalet en bois, fiché à un piquet dans la terre, dans lequel on pourra mettre des graines pour les oiseaux.

Que mes orteils aillent nourrir les poissons de la Capricieuse. Ils l'ont bien mérité, après tout ce que je leur ai pris. Les pieds trempant dans l'eau, j'imaginais petit qu'un poisson viendrait me croquer les orteils. Voilà un fantasme d'exaucé.

Je pense de plus en plus à la mort. C'est l'effet de ce printemps dévorant, chaque année, qui se nourrit de ce qui meurt sous terre.

Mercredi

Une éboueuse est penchée tout au bord du trottoir. Elle est habillée de vert. Cette profession aussi se mixifie, c'est une bonne chose je pense. Accroupie, jeune, elle joue lentement avec l'eau, les feuilles, son balai en plastique. Quand elle soulève le lourd conduit caoutchouc et le dirige vers une bouche d'égout, elle est encore plus belle. L'eau froide lui vivifie les mains. Les déchets sont rassemblés en un tas, puis soulevés à la pelle. Elle remet sa casquette. Elle a aussi des couettes ravissantes.

Jeudi : cinquième séance

Plus que deux. Aujourd'hui il n'a rien pu tirer de moi. J'avais décidé d'être plus froid et lointain que jamais. Mon mépris pour ce genre d'individu est en train de réussir à prendre le pas sur mon attirance

naturelle envers un presque «collègue», si je considère que nous cherchons tous deux à comprendre le
fonctionnement de l'esprit humain. Mais le psychologue est limité dans sa compréhension des autres
du simple fait de ce qu'il est. La société le charge de
soigner, pas de comprendre. Et lui il obéit servilement
tel un petit soldat de la paix sociale.

Il n'est ni curieux ni intéressé. Il me parle non
pas pour me connaître, mais pour que je prenne
conscience de mes tares. Il veut que je raisonne par
rapport à un être humain idéal qui n'existe pas. Il
voudrait que je sois comme lui, car en plus il se prend
pour modèle. Mais je préfère être moi-même que ce
charlatan. Il ne me fait plus peur. Mes pouvoirs sont
vingt fois supérieurs à ce pion de l'État.

Mardi, fin mars

Je n'ose pas lire ce qui précède. Tout cela me dégoûte. Je vais tout faire disparaître.

Mercredi

Ma mère a fini par trouver mon cahier qui était pourtant soigneusement caché. Elle l'a remis au psychologue. Je suis entré dans une grande fureur.

Depuis une semaine, je suis alité à l'hôpital psychiatrique de Vaison. Il paraît que j'ai été pris d'une crise de démence. Hier le psychiatre en chef est venu personnellement me rendre mon carnet. Il m'a tué sur place.

Jeudi

Les yeux figés au plafond, je ne vois plus rien que mon vide. Je rêve qu'Emma s'approche du lit avec un revolver, hurle qu'elle va me délivrer, et me tire en pleine tête. Ça ne peut pas finir mieux. Je n'ai plus rien à moi, et ma vie doit cesser.

Je ne suis plus personne.

Samedi

Ils entrent comme dans un moulin. Je suis une bête qu'on visite, un monstre de foire. La porte grince, ils entrent sans même frapper, sans s'annoncer : Il est là regardez.

Ils font venir les étudiants : C'est lui là, celui sur le lit, il n'y a que lui ici d'ailleurs. Il ne faudrait pas le mélanger avec les autres.

Ensuite ils m'ont laissé m'ébattre une heure dans le parc.

Jeudi

Tellement près du gouffre qu'il n'y a plus de ciel.

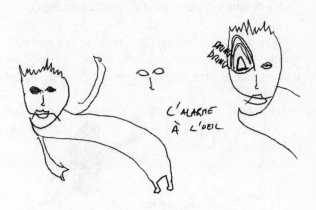

Samedi

Ma mère est passée aujourd'hui, elle s'était maquillée pour me faire de la peine, pour que ça dégouline.

ELLE : Tu es vraiment tordu !

LE CADRE (*du décor*) : Je sais, tu es la troisième personne du singulier à me le dire.

ELLE : Tu as toujours la réponse neutre qui va bien.

LE CADRE (*du décor*) : Je sais. Je sais !

Le cadre du décor, c'est moi.

Dimanche

L'équation est parfaite. Je pose mon âme, je retiens un. Ensuite j'additionne avec le nombre de cachets. Je me mets 20 sur 20.

Au-dessous, mon ex-prof de mathématiques.

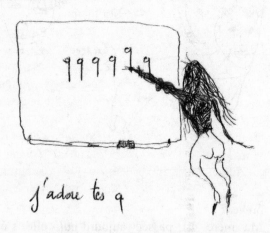

Jeudi encore

Un dialogue entre deux essuie-glaces :

– Hi hi hi.

– Arrête.

– Hi hi hi.

– Arrête je te dis.

Vendredi

«Encore un signe qui ne trompe pas», a dit l'interne.

Il parlait de mes tremblements.

Excellente remarque de l'interne, encore une comme ça il faudra l'interner tellement il est savant.

Encore un cygne qui ne trompe pas

Mardi quelque chose
Jour vide.

l'horizon funèbre

Mercredi

Personne ne me parle et je ne parle à personne, c'est la moindre des choses.

14 H (*s'adressant à 13 h 30*) : Pour une fois je suis à l'heure.

13 H 30 (*répondant à 14 heures*) : Tu rigoles, ça fait une demi-heure que je t'attends.

Vendredi

J'ai demandé s'il me serait possible de faire un peu d'exercice. J'ai tellement maigri, je ne fais pratiquement rien que lire, boire, manger.

Cet après-midi, je me promène au ralenti dans les couloirs.

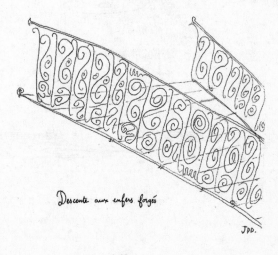

Descente aux enfers forgés

JDD.

Lundi

MARS : Bientôt Avril !

AVRIL : Tu as vu Janvier ?

MARS : Non pas vraiment. Il n'est pas souvent là.
Il ne fait que passer.

AVRIL : Paraît que Février se sent un peu faible.
Il fait traîner les dimanches.

MARS : Et Juin ça va ?

AVRIL : Il mange avec sa mère.

Mardi, deux semaines plus tard
Beau temps et nuages noirs.

mal dans mon pot

Jeudi

Le ciel à nouveau. Je touche à la fin du cauchemar.

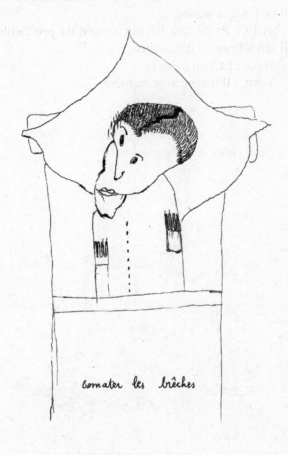

comater les brèches

Cahier 2

(avril 2008 – novembre 2008)

«Elle ne me suit presque jamais en tournée, mais on réfléchit ensemble à ma carrière. Quand je jouais dans des orchestres, j'ai souvent vu arriver des solistes avec, derrière eux, une ombre qui porte la caisse du violon. Cette ombre était leur femme. Je me suis dit que je ne ferais jamais comme eux, qu'il fallait absolument que ma femme ait sa vie propre.»

Interview d'André Rieu
Femme Actuelle, 24 février 2003
(Ou comment faire de sa femme
un objet sous-réaliste.)

Mardi 29 avril 2008

J'ai choisi des pages blanches cette fois. En relisant mon enfance coincée derrière les carreaux d'écolier, je me suis revu, et ensuite je me suis vu, aujourd'hui, vingt-cinq ans plus tard, et j'ai écrit sur la nappe : «Je suis un petit homme limité.» Mais maintenant c'est fini les carreaux, les barreaux. Je veux de la feuille vide où m'étaler. Je veux tout l'espace disponible.

En tant que correcteur de presse, je travaille chez moi. Je suis souvent à la maison. Mon bureau est recouvert de deux nappes en papier légèrement gondolées, que je récupère du restaurant. Elles sont scotchées l'une à l'autre. J'ai pris l'habitude de griffonner dessus.

Je suis un petit homme limité d'accord. Mais je vous vois. De ma haute cachette, j'ai des antennes braquées partout sur la ville.

Jeudi

Je me rends compte que je me suis longtemps acharné à accumuler le pire, à désapprendre, à oublier, à me perdre. Mais maintenant c'est fini. J'ai mon idée, je suis passé à autre chose. J'ai tout l'ensemble en main, et j'y tiens, je vais refaire les choses comme il faut.

D'abord, il y a eu le collège d'aliénés. Je peux encore les voir. Ma mère et le psychiatre qui consultent les Pages Jaunes à C, Collèges pour tarés/S, Soins de l'enfance bizarre/C, Centres de formation/I, Internats pour dingues mineurs.

Il a l'air bien celui-là, dit ma mère, il y a même une piscine !

Vous ne pensez pas que le pensionnat serait plus adapté ? dit le psy. Vous l'auriez le week-end.

Après cette discussion, je sors de l'hôpital. Je vais finir l'année scolaire dans le nouvel Abattoir spécialisé. Puis repique sur une nouvelle année. Je me souviens la triste fête de mon quinzième anniversaire. Ma mère qui pleure. Les bougies soufflées à la terrasse par le vent, comme tous les ans. Ma sœur qui s'enfuit dans sa chambre. Les grandes vacances qui commencent. Mes premières sous lithium.

Vendredi soir

Je viens de revoir la *Strada* de Fellini, peut-être mon seul film culte. La *Strada* c'est l'histoire d'un caillou dans la rue. Gelsomina reste avec Zampano, plutôt que de suivre le funambule. Le funambule lui montre le caillou et elle comprend qu'elle est comme ce petit bout de pierre arrivé là, juste à sa place, et qu'il n'y a pas de meilleure place pour elle qu'avec Zampano, malgré son malheur. Ce n'est pas le Destin qu'elle accepte, mais quelque chose de supérieur, la reconnaissance de l'Ordre du monde.

Depuis que le bitume s'est installé, il n'y a plus de cailloux dans les rues, plus de limites, l'espace coule comme sur une pente sans fin.

Dimanche

Mon fils Amory venait d'avoir dix ans et Céline avait décidé qu'on irait voir la Côte d'Azur. Je me souviens : cette sensation de décor Playmobil. Tout semblait faux. Un galet posé sur le rebord d'une fenêtre, fascinamment faux et phallique, emballé dans un plastique transparent, comme un concombre de supermarché. Un salon d'hôtel décoré de boiseries évoquant la fondue savoyarde. Assise à lire des magazines, une vieille fille à la peau en skaï, les fesses grumeleuses, les seins marbrés décorés d'une gourmette en or. Et la plage juste au bord de la terrasse, avec le sable cimenté et la pelouse de golf en caoutchouc. La mer faisait douze mètres de long par sept de large et elle était d'un bleu de chiotte.

Mardi

Il y a un an à peine, près de chez moi, une canalisation fuyait. Les ouvriers des travaux publics sont intervenus. Ils ont creusé un trou. Le chantier a duré longtemps. Personne ne s'en souciait si ce n'est un petit vieux qui chaque matin venait inspecter les travaux. Il avait sa baguette de pain sous le bras pour se donner une raison d'être là, et il passait un bon quart d'heure tous les jours à regarder le trou.

Où en sont les travaux, se disait-il, est-ce que le trou grandit ou bien se bouche, est-ce que tel tuyau dépasse plus qu'hier, est-ce que pas un outil, un engin ne manque ?

Il s'intéressait aussi au petit char pelleteuse laissé là, garé près du compresseur. Quand les ouvriers travaillaient, ce qui était assez rare le matin, il évaluait les nuisances sonores en s'éloignant puis se rapprochant du trou, réglant ses oreillettes à mesure. Il cherchait à connaître, de manière expérimentale, toutes les conséquences, les plus infimes soient-elles, du fait qu'il y avait un trou près de chez lui.

Pour cet homme, le trou de voirie devenait un passionnant objet de recherche. Pour un actif pressé, au contraire, il n'y avait pas lieu de s'attarder. L'actif-jouisseur aperçoit tout juste que des plots de signalisation ont été ajoutés à son décor quotidien et accepte a priori que le trou sera bientôt bouché. Il n'en fait pas un événement. Pourquoi ? Parce qu'il considère le trou près de chez lui *sans intérêt*. Ce trou, se dit-il, n'a rien à lui *apporter*. Pourtant ce trou est là, il fait partie de son quotidien tout autant que son travail ou sa femme.

Le trou fait partie d'un univers que j'appellerai «sous-réaliste». Ce petit vieux s'est intéressé à lui, a su loucher sur lui. Il a sorti le trou de son monde de limbes.

Jeudi

J'ai rencontré Maurice quelques mois après la mort de mon fils. Lui aussi était néo-célibataire, et nous avons sympathisé. Il faisait des projets, tous connotés sexe. Un secteur en pleine évolution selon lui. Il avait une copine avec qui il faisait des films amateurs pour un site internet. Une autre qui voulait s'y mettre. Il avait bien un look de connard si j'avais mieux regardé. Il voulait ouvrir un sauna et commercialiser une sangria aphrodisiaque qu'il avait composée à partir d'un mélange de beaujolais, de fruits et de bois à bander. Il avait même fait faire des étiquettes et un logo par un graphiste. *Sanguinista, pour un plaisir sensuel.* Et j'étais assez sidéré pour ne rien voir.

Je me souviens de ses yeux bleus incrustés dans cette peau sombre et lunaire. La chemise ouverte bas, tout près de la boucle de ceinture en argent. Des tatouages de Ginettes aux épaules. *Maurice* en italique sur un biceps. Une peau rouge-brun, infernale, qui respirait les fantasmes de chiottes publiques. Il me parlait bains-douches. Il me montrait des photos. Il me confiait des films. J'ai trouvé son projet de bordel à l'époque juste assez dégueulasse pour correspondre à ma vision du monde. C'était pile ce qu'il me fallait. L'affaire a vécu six mois. Le sauna a coulé très vite, à mesure que l'eau des douches s'évaporait.

Je découvrais mon acouphène. La torture d'une aiguille qui passe et repasse sur le disque rayé de ton cerveau.

Aucune nouvelle de Maurice. Il a dû retourner

dans le Sud. Il est de Tarbes, enfin il est d'où le mène sa queue. Un vrai chacal en chaleur.

Dans la foulée, l'ANPE m'a proposé un bilan de compétence, avec une possibilité de formation financée de correcteur de presse. À Paris un parent pouvait m'héberger. Les six mois écoulés, je suis rentré à Lyon. En septembre cela fera deux ans.

Vendredi

Je suis comme tout le monde. Un petit homme limité. Un caillou. J'ai ma petite idée sur ce qu'il faut améliorer. Je ne suis ni le premier ni le plus prétentieux. En 1912, l'ingénieur new-yorkais Riker suggéra de construire une jetée de 300 km de long au large de Terre-Neuve, afin de modifier la dérive du Gulf Stream. «Les bénéfices de ceci seraient énormes, écrit-il. Toute la glace de l'Arctique fondrait, ce qui améliorerait le climat mondial de deux façons. L'Europe et l'Amérique du Nord seraient libérées des tempêtes et des courants océaniques glaciaux. Et sans la glace du pôle Nord, le pack de glace du pôle Sud deviendrait la partie la plus lourde de notre planète. La force centrifuge redresserait alors la terre. Avec l'hémisphère Nord dirigé vers le soleil, l'Europe et l'Amérique du Nord pourraient espérer un climat plus doux.» Et si Riker avait réalisé son projet? Et si c'était lui le réchauffement de la planète?

D'autres proposent maintenant d'implanter un second soleil, satellite de la terre, qui permettrait de réguler au mieux le climat. Et des miroirs géants

176

sur terre pour renvoyer les particules de lumière qui produisent l'effet de serre.

Je ne vois pas si grand. Je vois au contraire si petit, si près. Il faut vider les séries télé de leur reste de substance. Voilà ce que je dis. Mon constat ne va pas plus loin. Il faut plonger dans le mélo. Il faut surdoser les programmes en telenovelas. Tanner l'œil du spectateur au point de l'obliger à loucher sur son poste. À se prendre le regard dans le pixel, à descendre jusque dans sa cathode. On n'a pas de suite conscience de ce qui arrive. Il faut beaucoup de solitude, de vide. Et puis des circonstances, du hasard. Il faut le hasard.

Samedi

Citation : R. Kipling dans la nouvelle *Bertran et Bimi*.

«Ça te ferait du bien, mon ami, d'avoir un peu le mal de mer, dit Hans Breitmann (à l'Orang-Outang) en s'arrêtant près de la cage. Tu as trop d'Ego dans ton Cosmos.»

Je pense à ces milliards de bouteilles d'eau minérale. Ces milliards de bouteilles vides plastiques qui sont fondues puis passées en filières, tricotées et qui servent à faire des tee-shirts et des pulls en laine polaire. Nous habillons l'humanité de récipients poilus.

Lundi

J'habite au 182 de l'avenue Berthelot. La cage de l'ascenseur me tracte jusqu'au neuvième. L'appartement est une tour de contrôle entre les deux cimetières. Tout l'horizon dégagé par les tombes. De grandes baies vitrées donnant au nord et au sud, traversées de lumière.

Il fait nuit et je brique les vitres. Il ne faut aucune trace, aucun obstacle entre le ciel et moi. Depuis deux ans je reprends de l'air. J'en ai fini d'être enfermé.

L'avenue Berthelot ouvre son flux côté sud. Comme un tunnel ouvert, alternant les vides et les pleins. Le ciel n'est pas seul à cet endroit du monde, la terre aussi attend sur la ligne de fuite. Il faut remonter l'avenue à pied le matin pour comprendre. La voûte bleu défoncé du ciel. Suivre les bordures, d'abord des appartements haussmanniens de six étages, et puis plus rien. Une ligne de chemin de fer part en biais sur la droite, des appartements d'après-guerre, des hauteurs inégales, et d'un autre côté des terrains vagues, des cimetières, des garages, et puis encore des rails cette fois non pas en hauteur et prolongeant l'avenue mais la coupant sous les roues des voitures.

Le sol en ligne au bout. Quand je me lève. Berthelot est une artère bombardée et reconstruite après guerre, sans ordre. Elle a gardé cette allure de friche, de terre soulevée.

Berthelot, je l'imagine en général. Des processions militaires sans public qui remontent pour lui tout seul, défilent jusqu'au périphérique. Un Monsieur Hulot décoré, en technicolor, avec des plumes au casque.

Le matin je vais marcher. Le mal de tête disparaît peu à peu, en forçant ma respiration. L'acouphène reste stable, avec des pics après manger. Je n'ai jamais si bien dormi.

Le matin l'espace s'ouvre, se tord puis converge.

C'est à ces heures qu'il faut marcher entre les rails du tramway. Des concrétions de matière se renouvellent en ligne droite, et viennent boucher les trous. Pas seulement les murs, mais aussi le revêtement tout neuf. Ce sol urbain de pavés gris. Comme sculpté à la main. Chaque détail m'attarde. Un artisan en retouche les détails la nuit et moi je m'en aperçois. Pour tout ce qui est pareil ou que l'on croit pareil, il faut être patient sur les détails. Ne pas se laisser coincer par la lumière.

Certains matins arrivent les nuages plats de l'est. Comme des plaques décollées d'horizon qui lévitent. À ces moments le ciel est souvent rose orangé. Et les pavés coïncident avec les nuages et le ciel, c'est bien toute la difficulté. Leurs deux constructions éphémères se rejoignent, au bout de la ligne de fuite, passé le Leader Price et la mairie.

Mercredi

Ce printemps encore, je remarque de nombreuses anomalies dans le quartier, et même passé le Rhône. Les gens de la voierie laissent traîner leurs barrières autour de plaques de goudron, sèches depuis longtemps. Ces mêmes barrières qui servent pour les concerts ou les entrées d'église.

Les plaques carrées, d'un noir intense, agressif, brillent à la façon de l'obsidienne sur la surface terne du bitume. Comme des pierres incarnées dans le sol. Maintenant si votre caméra s'élève et balaye l'espace urbain à 330 mètres du sol (la tour Eiffel), que voyez-vous ? Des milliers de points noirs incrustés dans le sol, sertis de leur barrière de métal. Pointillant le fond des vallées des rues, entre de vastes plaques rouge orangé de toits, ou grises de terrasses en gravier. Un visage apparaît, une barbe résidentielle. Des cernes de fleuves, des oreilles de stades, des yeux d'opéra. Une bouche en dévers, qui suit la nationale. Un nez de zup et sa moustache périphérique. Redescendez à la tâche, à la petite plaque de goudron, arrêtez-vous, reposez-vous sur la barrière brûlante de soleil. Une surface onctueuse et grumeleuse. Proche des dessus vernis de pain au noix qu'on peut acheter le week-end dans la boulangerie mobile du marché de la place Jean-Macé. Ce reflet de vernis de blanc d'œuf intense. Qu'est-ce qu'un poussin en comparaison, la jeunesse imparfaite ?

Je n'arrive pas à croire que la terre s'est couverte de bitume. Je voudrais faire un planisphère des traînées de goudron, des vallées d'autoroute. Une carte chaque année puis chaque mois des avancées du bitume depuis son invention. Pour mieux saisir la dimension du phénomène. Passer et repasser les machines sur la terre broyée en petits graviers. Construire des voies incultes.

Le sol ne respire plus. Comment un sol si fertile par endroits peut-il accepter pareil sort ? L'homme veut nous couvrir d'asphalte. Il veut un monde lisse et propre, sans mauvaises herbes. Un monde qu'il contrôle au péage, qu'il maîtrise aux frontières. Mais les racines et les bombes vont déchirer l'asphalte. Il n'y a pas que des hommes sur cette terre, il y a aussi des voisins, des arbres, des familles, des sociétés, des ennemis.

Dimanche

Sur cent Français, dit le présentateur, combien aiment prononcer le prénom de leur partenaire en faisant l'amour?

Ils sont encore trois participants. Ils attendent qu'on leur donne la parole.

En pourcent? demande le premier. Ben, je dirais 64 pourcent.

Le présentateur répète : Alain dirait 64 pourcent. Et Élodie, elle dirait combien, Élodie?

Oh, beaucoup moins, dit Elodie. 23 pourcent environ.

D'accord! dit le présentateur. Et Karyn?

Moi je vais dire 77 pourcent, on verra bien.

Un moment à attendre.

Résultat : c'est encore Alain le plus près.

Les caméras montrent sa femme dans le public. Ouais. Le pauvre. Même s'il gagne aujourd'hui, sur le long terme il n'a aucune chance.

Question psychologique maintenant, dit le présentateur. Sur cent femmes combien demandent toujours «qui c'était?» quand leur mari raccroche le téléphone?

C'est encore Alain qui a bon.

Quelle est en centimètres la hauteur moyenne du persil?

Toujours Alain.

Alain, dit le présentateur, vous accédez à la finale et vous êtes dans la joie! Alain, dans quoi êtes-vous?

Dans la joie Louis!

On donne la parole à sa femme. Elle raconte comment ils ont pris le TGV d'Aubenas à Paris, pour se rendre à l'émission. Alain a mis sa chemise à carreaux décontractée, c'est le printemps, et il a annulé un repas chez sa mère. Le gel aligne ses cheveux fins.

Le présentateur demande à sa femme comment elle le trouve maintenant.

Beau, dit-elle, je le trouve beau.

Comme avant ?

Oui.

Jeudi

Je bois l'apéritif aux Pieds Humides. Jean, le patron, a repris l'affaire en 2000, à la mort de la propriétaire, une ancienne maquerelle. Avant il avait un café rue de Marseille, avec sa femme, puis avant ça un autre derrière l'avenue de Saxe. Des établissements plus convenables. Maintenant sa femme reste à la maison et refuse de l'aider. Ce n'est pas assez bien pour elle, une buvette.

Leur fille vient de temps en temps, le jeudi, le samedi, donner un coup de main, en attendant de finir ses études. Jean adore sa fille, il a raison. Il l'a bien réussie. Elle est vivante.

Jean a débuté sa carrière à l'âge de douze ans. Ses parents travaillaient pour un hôtel à la campagne, dans le Bugey. De grandes réceptions, des mariages. Ils étaient toute une flopée de gamins à courir dans les chaises, à construire des bateaux sur l'arrivée d'eau de l'ancien moulin. La grand-mère qui faisait la nounou. La mère toujours occupée, toujours toute seule, avec plus de trente chambres à faire chaque jour et le reste.

C'est à cette époque qu'il s'est dégoûté des noisettes.

Le grand-père est en train de mourir. Il est alité chez lui, dans sa ferme. La chambre est sombre, avec juste une lampe à pétrole sur la commode face au lit. Des chaises sont rangées près du mur, et Jean et sa mère s'assoient pour veiller le malade. Sa mère quitte la pièce. Le grand-père a l'air de dormir. À son chevet, des noisettes, éparpillées dans une boîte de chocolats. Comme il est bientôt midi, il a faim. Il croque une noisette, puis une autre, et encore une autre.

Il en mange bien la moitié sans s'en rendre compte, et quand il s'aperçoit de sa bêtise, il commence à se faire du souci. Les noisettes étaient pour le grand-père, il n'a pas demandé la permission. Sa mère va lui filer une bonne rouste. C'est à ce moment-là que le grand-père se réveille et le voit au-dessus de la boîte de chocolats en train de recompter les noisettes.

Mange-les, mon petit, dit le grand-père, moi avec mes dents je ne peux pas. Prends-les toutes si tu veux.

À cet instant Jean comprend que les noisettes étaient enrobées de chocolat que le grand-père avait sucé.

Morale (provisoire) : Les anciens laissent toujours un arrière-goût aux nouvelles générations.

Vendredi

Le génie est un type acharné qui ne sue pas. Un jour j'ai compris ça et c'est très inquiétant.

Ma mère était fan du tennisman Jimmy Connors. Quand j'étais petit, elle me coiffait comme lui, me parlait de son côté battant, de sa détermination à prendre le meilleur sur ses adversaires, tout en décontraction. Il faisait rire les spectateurs. Elle aurait voulu que je lui ressemble.

Au début, il paraît que mon père était comme ça, un vrai pitre quand elle l'avait connu. Et puis il y avait eu l'épicerie, et son manque d'ambition.

Ma mère aurait voulu partager ses confidences mais Emma n'a jamais été proche de ma mère. Et à moi, elle n'a jamais voulu rien dire. Nous n'étions pas du même sexe. J'avais cette paire de couilles de naissance. Impossible d'être intimes. Après l'hôpital, j'allais à mon collège de tarés, et un jour elle m'a dit, et c'était comme si elle se forçait un instant à croire en moi : «Tu sais, mon fils, on est tout seuls sur terre. Fais ta route, trace ton chemin, tu as tout l'avenir devant toi. Il faut forcer ton destin.» Je sentais qu'elle voulait se convaincre. Qu'elle était terrifiée du résultat de sa création. Elle me regardait avec angoisse.

À six ans, j'ai eu un accident de vélo. Mon père s'est mis à rire car la chute était drôle. Ma mère est arrivée, a dit :

Ça te faire rire, toi, qu'il n'arrête pas de tomber? Tu trouves que c'est bon signe? Allez Jean-Daniel, remonte sur ton vélo! Remonte je te dis!

Mon père me défendait :

Laisse le gosse, il s'est vraiment fait mal.

Mais ma mère n'entendait que son cœur qui battait. Elle m'arrache de terre par le bras et me pose sur la selle :

Allez hop, c'est parti ! hurle-t-elle. Tu es un homme ou quoi ? Quand on tombe, il faut de suite remonter, sinon on est foutu ! Allez fais-moi encore un tour, et un autre, et un autre ! Tu vois comme il y arrive bien ! Tu vois qu'il ne pleure plus !

Mais je suis retombé plusieurs fois, ce jour-là et les autres, et cette fois elle a été convaincue.

Ma mère aurait voulu que je sois ingénieur, avec une maison de campagne, trois enfants, deux voitures. Quand elle m'a vu sur mon lit d'hôpital, à quatorze ans, attaché, bavant sur l'oreiller, elle a bien dû comprendre son erreur.

Samedi
Citation : Julien Gracq, quelque part.

« La promesse d'immortalité faite à l'homme, dans la très faible mesure où il m'est possible d'y ajouter foi, tient moins, en ce qui me concerne, à la croyance qu'il ne retournera pas tout à fait à la terre qu'à la persuasion instinctive où je suis qu'il n'en est jamais tout à fait sorti.

« Tant de mains pour transformer ce monde, et si peu de regards pour le contempler. »

Ça me fera bien le week-end.

Dimanche

Je suis un petit homme limité, bien sûr, mais je me joue des limites, qui sont géographiques, linguistiques, historiques, fric, etc., peu importe. Plus on est petit plus les limites sont grandes.

D'ailleurs tous les petits sont grands : Tom Cruise, Napoléon. Bien mis en scène, un petit vaut deux grands. Un petit est plus facile à cadrer, plus carré. La pellicule apprécie les petits, plus trapus. Si tout est en proportion, le petit est parfait. Un petit agrandi est mieux qu'un grand. Sa musculature est plus belle. Comparez le nombre de coups de poing que donnent un poids coq et un poids lourd. Le poids coq a le temps de frapper quinze fois avant que l'autre sorte le bras du torse. Imaginez ce qu'un poids coq agrandi, alourdi, pourrait faire comme carnage sur un poids lourd. Agrandissez-le en proportion jusqu'à deux mètres, et il casse la gueule à n'importe qui. Je pense à Mike Tyson : un petit que la nature a gonflé.

Je suis zen, car j'ai un gros atout. Une arme inoxydable : ma limite. Elle me rend fort et cohérent. Elle réalise ma synthèse. Ce n'est pas un superpouvoir comme n'importe quel héros. C'est une superlimite. Elle me cadre. Je la suis comme le crayon sa règle. J'obéis car elle est mienne. Sans limite, l'homme est un fatras. Un fatras d'expériences, de rencontres : le clown de l'autre.

Mardi

Jean a toujours une histoire.

Quand il s'est installé rue de Marseille, cela fait

bien vingt ans de ça, il y avait un potier. Un jour il entre dans son bar. Il avait eu un éclair de génie. D'abord il ne voulait rien dire mais, comme il était le seul client à ce moment-là et qu'il savait que Jean n'irait rien dévoiler, il s'est mis à parler. L'idée était d'utiliser du pop-corn pour emballer ses céramiques à la place des chips de polystyrène. Pas cher, recyclable et écologique, le maïs semblait avoir tous les avantages. Il croyait avoir trouvé l'innovation du siècle. Il était prêt à déposer le brevet et à devenir le roi du pop-corn d'emballage.

Alors il a acheté une machine à pop-corn à un cinéma de quartier qui fermait, et s'est mis à faire tous ses colis emballés à sa façon. Tu imagines, disait-il à Jean, toi qui es du Bugey comme moi, tout ce maïs qu'on a près d'ici, et qu'on donne aux poules. Quel gaspillage !

Tout allait bien quand un jour les rats ont débarqué. Bien sûr le potier ne les avait pas invités, mais ils ont quand même fait leur nid dans sa cave. Ils en croquaient pour l'emballage.

Il passait encore de temps en temps boire un verre, mais il semblait complètement atterré, et c'était triste à voir, paraît-il. Pourtant une si belle idée.

Les deux tiers de sa clientèle avaient déserté et quelques-uns avaient même porté plainte. Il a fallu qu'il déménage et retourne travailler à l'usine.

Morale : Pas mûre, à établir plus tard.

Vendredi

Ce matin, j'ai cherché en vain des espadrilles. J'avais besoin de parler à quelqu'un et j'en ai profité pour aborder une passante âgée :

Bonjour, madame, lui ai-je dit, pardon de vous déranger. Je tourne ce matin, il fait chaud pour un mois de mai, et plus je tourne, plus la ville me fait l'effet d'une bouillotte. Je suis en nage, et j'ai l'impression de nager dans la bouillotte. Je ne sais pas si ça vous est déjà arrivé ?

Mais monsieur, me dit la dame, gentille, habillée d'un manteau beige, qu'est-ce qui se passe ?

J'étais moi-même habillé d'un survêtement Adidas et d'une veste Puma que j'avais échangés hier au lavomatic de Grange Blanche contre une sélection de mes plus anciennes chemises à carreaux. L'ancien propriétaire avait un look rap, si bien que je ne me sentais pas moi-même dans ses habits.

S'il vous plaît, dis-je, indiquez-moi où je peux trouver des espadrilles. Mes tennis Nike, par cette chaleur, vont bientôt fondre ! J'ai l'impression de marcher dans des bottes de pluie ! Madame, il me faut des espadrilles.

Essayez peut-être chez Armand, dit-elle.

Armand ? Je réfléchis.

Attendez. Oui. Essayez donc chez Armand. Vous voyez la rue en face ? Eh bien vous allez tout au bout, et puis vous prenez la deuxième à gauche. C'est là-bas. Ils devraient en avoir.

Elle était très aimable, très nature, j'ai beaucoup aimé cette discussion avec cette femme.

Maintenant les espadrilles viennent de Chine, me

confie-t-elle. On ne fabrique plus d'espadrilles en Europe. Comme le reste d'ailleurs.

C'est bien dommage, dis-je, pour aller dans son sens.

Oui c'est sûr. En tout cas tentez chez Armand, il en a peut-être. Je ne garantis rien.

J'ai eu l'impression de l'avoir toujours connue.

Samedi

Une histoire vraie (profonde, morale), lue récemment dans le courrier des lecteurs de *Jardin et bricolage*, revue à laquelle je collabore depuis plusieurs mois en tant que correcteur : *Un maçon est lassé de la vie. Il opte pour un suicide par le gaz, et entreprend de colmater toutes les ouvertures. C'est un homme consciencieux. Il colmate, veille à ne pas laisser de brèche, vérifie son travail. Tant et si bien qu'il se surprend en train de siffler. Malgré tous ses tracas, il siffle. Ce petit travail de colmatage lui a redonné goût à la vie. Quand tout est fini, il ne pense plus à se donner la mort. Il a faim et se fait cuire un steak.*

Je me demande ce que je vais colmater aujourd'hui pour me calmer. Le bourdon d'acouphène est de retour, intense, avec ses pics. Il faut que je m'occupe, que je sorte de chez moi, que je trouve un moyen de dévier l'attention.

Quand on a touché le fond, il faut savoir ensuite se raccrocher à l'infime. Découvrir le monde autour de soi. Coller au plus près du décor, à la moindre poussière. Observer n'est pas un passe-temps comme un autre. Quand il n'y a plus rien à tirer de soi, on se tourne vers le reste, l'entourage.

J'ai évacué ce que j'étais. Le petit homme limité s'est perdu dans le grand Tout. Une poche vide. J'ai décidé de vivre hors de moi. Ça m'a sauvé. Sans ça, ce serait déjà fini. L'individu en moi a disparu au loin, comme à la fin du western.

Je suis devenu voyeur. Je ne vis plus mon plaisir, je le tire des autres. Je me cache. J'ai fait des masques pour différents personnages. Je vole les habits des autres.

L'écrivain Céline dit que, dans la vie, il y a deux types d'homme : les voyeurs et les jouisseurs. Les jouisseurs consomment, les voyeurs regardent les autres consommer.

Les vieux sont les plus voyeurs. Les vieux ne peuvent plus jouir, alors à un moment ils se laissent aller. Ils se mettent à s'asseoir sur des bancs, à attendre. Le temps s'arrête. L'observation des changements extérieurs se précise, la vie ordinaire devient répétition. Le détail se révèle.

Les vieux se mettent à regarder le vide, mais ce n'est pas le vide qu'ils voient. Ils voient des formes étonnantes que la matière toujours changeante place devant eux. Les gens disent qu'ils s'ennuient. Et l'ennui pour les gens est cette sensation pesante où tout est toujours prévisible, semblable. Mais le vieux lui ne voit rien de semblable dans ce qu'il voit chaque jour, car contrairement aux autres, il ne confond pas le semblable et le même. Il sait que rien n'est identique, que la matière chaque instant se recompose.

Un fleuve coule depuis toujours et pourtant l'eau

qu'on voit n'est jamais la même. Tarte à la crème.
J'idéalise les vieux.

Jeudi
En cadeau France Loisirs je reçois la mappemonde
des mollusques. Pourtant je ne suis pas abonné. France
Loisirs voudrait bien que je m'abonne, mais ils n'y
arrivent pas. Je ne veux pas m'abonner. Plus ils me
bombardent de pubs, plus ma volonté se renforce. Ils
me couvrent de cadeaux, mais je reste indépendant.

La mappemonde est immense. Je la colle dans les
toilettes.

D'après la classification complète et illustrée, les
mollusques ont de nombreuses familles : les bivalves
lamellibranches, les dysodontes, les hétérodontes,
les gastéropodes de deux sortes, les rachiglosses,
les ténioglosses ; les aspidobranches, les basomma-
tophores ou les stylommatophores forment d'autres
ensembles. Chaque espèce de mollusque est illustrée
délicatement autour du tableau de classification
en demi-cercle, avec sa légende. La planorbe, la
clovisse, l'atlante, la cyrène, le pétoncle, l'astarté, une
étoile. Le peigne et le couteau près de la porcelaine,
du fuseau. Les oreilles de mer, ormeaux, catégorie
orange. C'est un monde apaisant, immobile.

Ma sœur Emma en faisait la collection, elle avait
une armoire pleine d'échos de vagues. Quand on a
déménagé, que mes parents ont vendu l'épicerie, elle
a tout mis à la rivière. Les gens venaient prendre des
photos. Comme un long tapis clair sous l'eau trem-
blante, orné de mille spirales.

Les mollusques traînent leur coquille et l'abandonnent à la fin de la vie. Leur corps se dissout rapidement. Mais la coquille reste.

Première observation : Un mollusque n'a qu'une chose en tête : sa coquille. On peut le comparer à un homme qui passerait sa vie à décorer et vernir sa boîte crânienne pour laisser un souvenir de lui après sa mort.

Seconde observation : Le gouvernement devrait se pencher d'un peu plus près sur la question des coquillages, car ils sont une excellente matière première. Première application évidente : la poudre de coquilles peut être utilisée pour faire les bandes blanches des revêtements routiers. La nacre est naturellement scintillante et robuste, deux atouts indéniables. Les coquilles concassées pourraient même remplacer les graviers. Les autoroutes ressembleraient à de longues mosaïques de faïence cassée.

Dimanche de juin

Je vais souvent faire des photocopies sur l'avenue. Le patron est un motard psychobilly. Le lecteur CD au coin du comptoir joue des compiles de hard. Des métalleux, plus jeunes, s'occupent des machines. Ils sont bien traités. Il règne une saine ambiance, une impression d'harmonie dans le travail. C'est très beau de voir leurs oreilles aux lobes évidés, leurs nez percés, leurs tee-shirts frangés. J'éprouve beaucoup de bonheur à observer des semblables qui ont trouvé leur place sur terre : le boulot, les concerts de hard rock le week-end pour décompresser. Les répètes dans la cave. Un joli monde homogène.

Je fais beaucoup de photocopies et je dispose d'une carte de fidélité. Ça me permet d'écouter plusieurs fois les mêmes CD de Métal. Je ferais des photocopies pour me distraire si je n'y étais pas obligé. Je discute souvent avec Sylvain (le jeune), moins avec le patron (Éric), qui est sans doute le chef des psychobilly de toute la région. C'est lui qui est chargé de réparer les machines et il est souvent dans la remise.

L'atelier du biker est la caverne dans la caverne. Parmi les carcasses de Honda et de Harley, les mains en or du patron ressoudent les vieilles photocopieuses pour les remettre au travail.

L'autre jour Éric me rend les épreuves de plusieurs dizaines de pages de correction, et me demande si ça va.

Je lui dis que son magasin répond à toutes mes exigences.

Il me répond que la dernière fois qu'on a répondu à *toutes* ses exigences, il a fini nu sur un banc.

Éric est quelqu'un d'extrêmement intéressant.

Dimanche après-midi

Elle a la peau orange sur les muscles. Elle s'est maquillée et elle feuillette un magazine. Assise dans un bridge bleu mer. Il fait soleil, et elle flotte sur la petite piscine, une mare stérile, un rectangle qui s'autonettoie avec un bruit de frigo. Ses pieds effleurent l'eau. Son ventre fait une légère vague au-dessous du nombril, très légère. L'ensemble orange est huilé, conservé comme neuf. Les seins tiennent, les fines lèvres relevées de gloss rose. Enduite, jusqu'aux cheveux blonds, très fins, montés en chignon pour éviter de faire de l'ombre.

Elle jette le magazine au bord de la piscine et se mouille. Une flaque d'huile apparaît à la surface de l'eau bleu plastique. Des reflets d'essence. Quelques brasses, un halo qui suit son corps comme une ombre.

Elle monte la petite échelle, longe un rebord, sort le fauteuil gonflable du bassin, le pose sur l'herbe sans fleurs, un peu longue et très verte. Elle se dirige vers une minuscule cabane dans un coin, près de la haie. Elle s'approche jusqu'à un mètre de moi, je pourrais la toucher en tendant la main. Sort une clé d'un pot de terre, et fait coulisser la porte du réduit. Elle en extrait un matelas prégonflé qu'elle jette sur l'eau tachée. Elle descend par l'échelle, se mouille et s'allonge dessus. C'est le moment de faire l'arrière. Comme l'avant, le dos est orange, les fesses accusent de minuscules boules de graisse quand elle les tend, comme une balle de golf. Les jambes sont légères et orange comme le reste, le string noir, et le chignon en avant, presque posé sur le front. Elle a choisi la joue droite pour étendre le crâne. Comme hier.

Chez elle tout est noir ou blanc. Le carrelage est blanc, le canapé en cuir est noir. Le meuble qui fait télé et chaîne hi-fi est noir aussi. Les velux sont rehaussés de plastique blanc. Seul le buffet à l'étage, que j'ai du mal à apercevoir, est plus ancien, en bois ciré. Un héritage sûrement. Tout le reste de l'ameublement est récent. Le lit est à bordures cérusées, les draps sont noirs et la couette noire. Je ne vois pas la chambre de sa fille, à l'étage. Il semble aussi qu'il y ait un débarras qui serve à stocker les habits et le lave-linge.

La cuisine est blanche, mais le carrelage noir et de dalles plus étroites que dans le salon. Les robinets sont blancs et récents. L'ensemble est très propre. Elle nettoie souvent, avec une sorte d'aspirateur à vapeur dont je ne connaissais pas l'existence.

Dans sa chambre, il y a un vélo d'appartement et des haltères, ainsi qu'un tapis de sol en mousse verte, pour ses exercices. Il y a aussi une petite télé d'appoint sur l'étagère, et quelques livres. La maison doit faire entre 50 et 55 mètres carrés au rez-de-chaussée, et moitié moins à l'étage. Le jardin, entouré d'une haie épaisse de thuyas, est un rectangle d'à peu près 200 mètres carrés. Autour c'est déjà la campagne, un champ de blé longe une petite route qui suit la haie au grillage vert.

Au bout du chemin qui dessert les propriétés, la terre fait une butte, un petit monticule artificiel, laissé en friche, percé de chemins tracés par les vélos et les marcheurs. Du sommet on peut apercevoir la maison de Mme Dangan. C'est même comme ça que je l'ai découverte. Elle est semblable aux sept autres maisons, de même taille et orientation, alignées en deux rangées et séparées par la même haie. Un portail vert coulissant et un mur du même crépi sont tournés vers la route. Des places de parking, à moitié vides, et légèrement salies, quadrillent l'espace entre le portail et les deux premières maisons. Deux des huit piscines sont de forme ovale et quatre jardins ont un barbecue en béton. Trois jardins sont dotés d'un dallage mince, triangulaire. Les cinq autres, dont celui de Mme Dangan, d'un dallage plus ample et carré, poursuivi autour de la piscine.

Je me suis fait une trappe dans le grillage. J'ai effeuillé un peu l'endroit et j'ai posé une pierre pour m'asseoir. Ainsi, les jambes croisées, je suis parfaitement invisible. Le bruit de mes moindres mouvements, quand je me désaltère ou que je mange un peu, est couvert par le ronronnement du moteur de la piscine, caché dans le réduit. Je peux étendre les jambes si je veux. Ma seule peur : qu'un chien de promeneur me sente et me découvre. J'ai mis de la poudre jaune répulsive tout le long de la haie, afin de prévenir cette éventualité.

Mme Dangan est infirmière à temps partiel et, hormis les sites de rencontres, s'intéresse au poker, qu'elle regarde à la télé et pratique sur internet. Elle met des lunettes fumées pour jouer devant son écran.

J'appelle l'endroit «Ma Petite Bonbonnière». Mme Dangan est le bonbon bien sûr, la pin-up de la boîte. L'histoire veut que le Grand Confiseur l'ait parfumée à l'orange.

Lundi

Je suis minutieux. Je décompose l'orthographe. J'inspecte la grammaire. Je redécoupe s'il y a lieu, lettre par lettre, mot par mot. Ne pas chercher à comprendre ce que je lis. Je suis le garagiste de la phrase. Je répare les mots pour que les phrases roulent. Ne pas perdre de vue que les phrases sont avant tout une succession de signes plus ou moins compatibles. Je ne m'occupe pas du sens. Il ne me sert à rien.

Je corrige de mauvaises traductions. Le sens est un bourdonnement pénible. Tant de signes par là, un encadré par ici. Je fais mes additions, j'ajoute et je retranche. L'espace insécable est une demi-espace, ou bien l'espace automatique générée par le traitement de texte. La technique des demi-cadratins, entre le dernier mot et le point virgule, avant les deux-points, l'exclamation, les différents guillemets.

Je tape les circonflexes avec l'auriculaire. Je prends plaisir à corriger les circonflexes. J'aime certaines touches : le u accent grave, les deux parenthèses.

GameOne me propose parfois des corrections de notices de jeux vidéo. Ce sont de longues narrations de plateau en plateau des différentes possibilités du joueur. Des conseils d'utilisation pour éviter les pièges et faciliter le massacre des nombreux ennemis. Je me prends au jeu. Je suis une limace géante galactique, dans un monde d'après-guerre nucléaire, qui dispose d'une armure et de trois pistolets, dont l'un implanté dans la carapace. Bien sûr, quand on n'a ni l'écran, ni la console, ni le jeu, tout est à imaginer, et parfois je pense que je vais un peu loin dans l'interprétation, mais ces notices sont formidables.

Premier CD : je ramasse des particules par terre. Je dois souvent cliquer sur ma vie durant les combats, afin de me régénérer. J'interroge aussi le grand arbre à justice. Je clique sur la foule, puis sur la garnison. Je ramasse des pavés dans ma gueule et les crache sur le château dont le mur s'effondre. Je me méfie de mes soi-disant alliés. Dans ce jeu, il est primordial de ne pas hésiter à poser des questions au vieux serpent. Il donne toujours de précieux renseignements et permet d'ouvrir des portes. Je peux aussi zoomer jusqu'à sept fois sur le décor, ce que je fais plus souvent qu'il n'est nécessaire. Un vendeur de journaux me fait revêtir un accoutrement en papier considérable que je colle à ma énième carapace de vie avec la bave répartie par ma langue immense, dont je me sers le plus souvent comme d'une truelle télescopique. Si ensuite je secoue la poussière, je deviens invisible et je vois le grand chef des ennemis qui, en attendant que je réapparaisse, mange des avocats. Il y a aussi le passage du métro aérien que j'apprécie particulièrement.

Étage 7, il faut parler à Giuseppe de sa mère. Puis, étage 16, gagner la confiance du singe. Je redescends deux niveaux et je fais mes valises en dégageant la poignée du rotor. L'Empereur a faim et clignote dans le coin gauche de mon écran. Je clique sur la Parabole des Sept Continents, une sorte d'arche qui permet de changer de monde. Je clique ensuite sur le cendrier et la dérive s'abaisse. Tijuana, la grosse esclave aux seins énormes, me prend dans ses bras, je crois pouvoir m'assoupir mais elle se transforme en poutre et je tombe dans le vide. Le serpent me dit d'aller m'acheter un tapis de prière et une boussole pour continuer la partie. Je découvre qu'une autre limace se tient à ma droite. C'est Fatma.

La notice explique qu'elle est mon ex-femme. Nous avons été séparés par la guerre nucléaire et elle s'est remariée. Je retourne à la cale. Attention, cette fois les cafards sont armés. Après l'heureux carnage (je fais souvent un sans-faute aux cafards), je me dirige vers le toit. Il faut double-cliquer sur le gros cuisinier, puis sur le petit Chinois (trois fois). La poubelle des larves m'attend. Je la fouille. Dedans il y a mon dîner. Face à l'ascenseur, un ours me saute dessus. Le serpent me recommande de le tuer et de me servir de sa peau pour faire des nuages.

Étage 45, douze étapes de couloirs pleins de cafards sous le lino. Le poste de contrôle est divisé en cinq. Je zoome sur les cinq. Il n'y a pas d'ennemis. Sur l'écran principal s'affiche mon ex-limace adorée, la belle Fatma. Mais il ne faut pas s'arrêter car je n'ai plus le temps, la clepsydre est formelle. Je zoome sur les larves. Ma bave va me servir à détruire la «fibule» de l'hyperespace qui s'est maintenant racorni. Quand je passe la porte de Fèz, l'icône Lit s'affiche, et je clique dessus pour dormir un peu. Je viens de corriger la notice du premier CD.

Il faut à moyen terme que je limite mon travail de correction, ça me fatigue les yeux.

J'ai récemment acheté aux puces un manuel de savoir-vivre des années 30. J'ai projet de le mettre au goût du jour afin de comparer les mœurs d'hier et d'aujourd'hui. Je viens tout juste de commencer, et je crois qu'un éditeur pourrait être très intéressé.

Mercredi
Jeanne Couture balaie devant son magasin. Je la connais depuis presque vingt ans. Elle revient du

marché. Chaque semaine le poissonnier a un sac de têtes prêt pour elle. Et pour tous les chats sauvages du quartier, qu'elle enferme dans sa boutique.

J'ai habité chez elle, en location, quelques mois après la naissance d'Amory. J'étais en fuite, il fallait que je me cache, qu'on m'oublie.

Ses chiens et son caddie l'attendent. La permanente noir intense, toute neuve, lui dégage le front et les yeux trop ouverts par l'effet de l'épais rimmel noir. Sous un pull en col d'oie sauvage duvet rose et pantalon noir moulant, son petit corps tonique se tient bien droit, proportionné. Elle ne vieillit pas, seul son cerveau se racornit, le reste est comme pris dans la cire.

Elle s'est peint les ongles des doigts de pied à peu près du même rose que le pull. Le bois des mules claque sur le trottoir. Au-dessus d'elle un store jauni effondré sur la gauche, qui dit «Jeanne Couture, tous travaux, retouches». Le magasin est à quelques numéros d'où nous avons cohabité, au milieu de ses chiens et des chats sauvages. Tout un étage laissé à sa gouverne, un royaume de plantes, de crucifix et de miroirs biseautés, tout en haut du vieil immeuble au 40 de la rue, de coiffeuses et de faux marbres roses.

Elle me faisait dormir avec le christ à gauche, à droite, le christ au mur au-dessus de la commode. Des scènes d'assomption de la Vierge le long du couloir et des anges en bibelot posés sur la télé, les consoles, le bureau.

Elle m'avait bien expliqué : tu ne payes pas cher, mais il ne faut rien toucher à la décoration. Ici ça reste chez moi.

Elle m'avait installé dans l'ancienne chambre conjugale, laissée vide à la mort du mari. Je me souviens sa porte d'entrée rose, le vieil ascenseur et la cascade de plantes jaunes grimpantes près de la serrure. À l'entrée, les bergères imitation Louis XIII dans les coins et les glaces en ovale.

Je gravissais les trois marches d'une estrade à balconnet pour accéder au lit. Je déposais mon pantalon sur la rambarde avant d'ouvrir le fuchsia de la couette, et je pouvais rêver d'une carrière de starlette de province. J'avais rangé toutes mes affaires dans une grande armoire toute neuve en plaqué acajou, aux poignées dorées. Nous communiquions par le balcon encombré de plantes puantes, les vingt-cinq chats sauvages, elle et moi. Toutes les semaines elle passait la serpillière. L'odeur de javel s'ajoutait à l'odeur d'ammoniaque.

Jeanne a dû naître dans une boîte à musique, des rubans aux épaules. J'imagine qu'elle était une jolie fille un peu innocente. Elle s'est mariée. Elle aimait se faire ses vêtements, s'amuser à être belle, se regarder dans la glace. Son mari gagnait bien sa vie. Il lui acheta son magasin de couture. Mais, drame de la vie, il mourut et Jeanne se mit à souffrir d'être ainsi délaissée.

Les gens disent que son mari est mort d'une mort étrange. D'après eux le mystère réside là, mais ce n'est peut-être qu'une rumeur. D'autres racontent que son mari n'est pas mort tout de suite. Qu'il a été longtemps malade et qu'elle s'est mise à parler toute seule. D'autres disent qu'elle s'est fait agresser un soir en rentrant chez elle. Elle a vu quelque chose dans la nuit, un fantôme ou un spectre de mort.

À présent, elle déteste les hommes et fait la charité aux animaux. Ce n'est pas à cause des crucifix que je suis parti de chez elle, c'est à cause de l'odeur.

Elle voulait me présenter le curé et j'avais décidé d'assister à une messe avec elle, pour tenter de mieux la comprendre. Elle n'a pas eu le temps de me convertir. J'étais pourtant influençable à l'époque, j'avais à peine plus de vingt ans, j'aurais pu me laisser aller à croire en quelque chose. J'aurais pu me laisser dorloter. Mais il y avait l'odeur de pisse dans les plantes.

Sa nièce était déjà mariée à un Martiniquais, déménageur et pentecôtiste. Jeanne détestait les Arabes, mais elle aimait bien les Noirs, s'ils étaient chrétiens, pratiquants, travailleurs. Elle détestait les alcooliques, les Albanais, les assureurs, les clochards, mais elle apportait à manger à leurs chiens. On ne choisit pas son maître.

La chambre que je louais n'avait pas de cuisine. Je me faisais des casse-croûte sur la table basse en schiste rose, piétements lions dorés. Une bouteille de whisky dans la commode, près des aiguilles à tricoter. Les jours de marché elle faisait cuire tous les légumes récupérés. L'odeur de fond de cabas muait lentement en odeur de potage.

Elle m'amenait la soupe, ça lui en faisait trop, et elle avait pitié de moi. J'étais un peu comme un autre chat pour elle, avec mes longues égratignures. Je faisais l'effet de quelqu'un qui n'arrête pas de tomber. Je vivais avec les marques du trottoir sur le visage.

Vendredi

C'est votre anniversaire, vous vous offrez votre cadeau : un an de plus. Une balade d'un an dans la vie. Le fatras de leurs cadeaux attend : le lecteur DVD qui suggère vos loisirs, les chocolats qui suggèrent vos habitudes culinaires. Tous ces cadeaux sans limites, jetés aux autres pour les faire fuir. Pour qu'ils aillent jouer ailleurs.

Les cadeaux neufs sont plus inquiétants que les autres. Le neuf ne mérite pas d'exister. Le neuf n'a pas franchi d'épreuves, il n'a pas de substance. Il n'est ni à acheter ni à vendre. Laissez-le faire son chemin, ce briquet neuf, ce vase. Laissez-les faire leurs preuves, on verra bien : qui sommes-nous, pour juger la nouveauté ?

C'est un fœtus à 15 euros ! C'en est un à 23 euros ! Non non. Il faut laisser le fœtus vivre un peu, le sortir de l'emballage, lui faire un peu prendre l'air, lui apprendre à se moucher, à chanter des chansons, à boire au verre. Après on peut commencer à s'imaginer ce qu'il va devenir. Surtout donner un prix. Le prix est un jugement objectif. Le prix dit la valeur. Comment donner un prix à un projet ?

Une table est un projet, une chaise est un projet. Les escrocs de Fly, Ikea, Habitat montent et démontent notre environnement. Mais moi je récupère et je récure. Je répare, je fais durer. Je n'achète ni table ni chaise. Je tiens tout seul.

Je mets des nappes. De fines nappes en papier légèrement gondolé qui me sortent hors de moi.

Ce cahier est une sottise hors cadre. Aux autres, je n'ai sûrement rien à dire. Mais je suis comme tout le monde. Je n'en suis pas si sûr. Et si j'avais quelque chose à dire ? Est-ce qu'il faudrait le dire ? Aurais-je atteint cette fois le bord du bord pour de bon ?

Je vous prends un autre exemple :

Un homme plante des passoires dans son champ. Un visiteur passe et demande pourquoi il plante des passoires.

Pour éloigner les girafes, dit l'homme.

Mais il n'y a pas de girafes, dit le visiteur.

Bien sûr, répond l'homme, j'ai planté des passoires.

Je veux dire par là qu'aux yeux des jardiniers planter des passoires passe pour une lubie d'illuminé. Mais les paysans de Savoie, après le passage d'Hannibal, fichaient de grands râteaux en terre pour piéger les éléphants. Pour éloigner les épouvantails, certaines tribus construisent d'énormes oiseaux en fins branchages, auxquels ils mettent le feu. Pour éloigner la grêle, les vignerons du Beaujolais tirent des fusées dans le ciel. L'homme construit des autoroutes pour s'éloigner de chez lui quand il ne se supporte plus. Mais tout éloignement a sa limite et se raccorde au point de fuite. La passoire est une borne et tout l'espace est borné par ce qu'on lui plante.

Samedi

C'était il y a bientôt dix ans. Je me souviens bien, Amory allait avoir huit ans. Je venais le chercher pour qu'on passe l'après-midi ensemble. Il était dans sa chambre. Céline m'a servi un café. Je venais de rentrer d'Angleterre et j'étais ému qu'elle ouvre sa porte et qu'elle m'écoute tranquillement de l'autre côté de la table, les cheveux noués derrière la tête. Comme si elle savait que ce jour-là je serais là, à lui dire que je l'aime, qu'elle n'en eût pas douté une seconde. Comme si je n'étais jamais parti. Elle m'a serré dans ses bras. Cette fois j'ai cru que j'y étais, que j'allais être fort. On me redonnait une chance d'être avec mon fils, en famille. J'allais me mettre au travail et m'appliquer à vivre. Elle m'avait pardonné.

Alors j'ai fait de l'intérim, puis j'ai été embauché, l'entreprise m'a formé. Je travaillais dans les bureaux. J'étais comme les autres, je faisais ce qu'il fallait, ce qu'on me demandait. Parfois il y avait quelques crises entre moi et Céline, mais c'était rare, et j'avais pratiquement cessé de boire.

Puis Amory s'est jeté par la fenêtre.

Je croyais être présent toutes ces années à trois, mais tout le temps j'étais ailleurs, en moi, encore et toujours en moi à essayer d'imaginer qui je suis, ce qu'il y a là-dedans.

Il venait d'avoir quinze ans. Lui, il avait des amis, il disait qu'il aimait l'école. Nous vivions au sixième. Il est tombé. Puis ils nous ont caché son corps. Ils ont dit que c'était mieux que je ne le voie pas. «Dans votre état.» Je n'étais pas là une fois de plus. Il était quelque part sur un lit à roulettes, dans une boîte, et on m'avait séquestré dans une boîte comme la sienne. Mais vivant.

Un petit homme limité, comme j'ai écrit l'autre jour. Je savais tout le temps que la moindre pichenette me briserait en morceaux. Je ne suis même pas allé

à l'enterrement, dans notre cimetière. J'ai disparu.
C'est tout ce que je sais faire.

Mercredi

Il est très clair que ce que les gens appellent à la
télévision l'Ordre du monde n'est que la règle d'un
Jeu. Que par exemple les animaux ne sont pas au
départ des vaches ou des éléphants, mais qu'ils
jouent à en être selon la règle de ce Jeu. Qu'il n'y
a pas de «nature» vache ou éléphant, mais qu'il y
a un «rôle» vache et un «rôle» éléphant. Mais quel
rôle est prévu pour l'homme? Lui ne se considère
pas l'égal des autres et refuse de jouer. Il n'a pas
de personnage précis, il est *celui à qui les animaux
obéissent*. L'homme se définit de manière négative,
par le pouvoir qu'il a sur le reste.

La règle du jeu fait de la Vache une vache. En cela
elle sert les aspirations de l'homme. Car c'est en fait
l'homme qui tient à ce que la Vache soit vache, pour
qu'elle lui obéisse. C'est la volonté de l'homme,
c'est-à-dire son impossibilité constitutive à jouer, qui
enferme son imaginaire dans un ordre établi.

Depuis quand alors ne se rend-il plus compte que
la vache joue à être une vache, tout comme il ne se
rend plus compte que le décor est un décor, dans
lequel il joue à se faire obéir?

À partir de là, si je veux envisager qu'une vache
n'est pas seulement une vache, mais un peu plus ou
un peu moins qu'une vache, il me faut de nouvelles
jumelles, un nouvel angle d'approche. Si je veux
jouer avec la réalité au même niveau qu'elle, plutôt

que de lui commander ce que je voudrais qu'elle soit, il va falloir que je me mette à regarder les choses autrement.

Résumé : L'imaginaire de l'homme est bloqué dans sa règle, car il est incapable de jouer autre chose que son propre jeu, qui consiste à refuser de jouer.

Alors j'ai marqué ça sur le frigo : «Tout ton être se refuse à jouer, refuse de voir le décor. Ouvre-toi. Louche sur la surface.»

Jeudi

En primaire, j'étais encore normalement menteur, je racontais à ma mère mes exploits, mes records, que les filles étaient toutes folles de moi. Mes bonnes notes. Puis d'un seul coup je crois que je n'ai plus rien dit. Je me suis renfrogné. Peut-être la sixième. À partir de la sixième je me suis mis à mentir pour moi tout seul, à inventer mon personnage.

L'âme se voit par les yeux. Il suffit que les gens écarquillent les yeux. On leur voit l'âme dans la pupille : c'est un trou noir fait de gaz invisible, un tunnel qui descend jusqu'aux pieds.

À l'époque, j'étais persuadé que mon âme, une fois délogée de mon corps mort, sortirait par les yeux et, comme un gaz, commencerait son ascension, comme une fumée très fine tournant sur elle-même, un mini-cyclone. Elle trouverait une fenêtre ouverte dans une vieille maison à l'abandon et se réincarnerait dans un grand duc. Ce genre de rapace est sédentaire et vit dans les charpentes. C'est un animal qui n'aime pas être délogé. Les âmes non plus n'aiment pas qu'on les trimbale. Si le grand duc est délogé, il se laisse mourir loin de son toit, au fond de la forêt. Alors, si cela arrive, l'âme du grand duc se retrouve fichée en terre. Ses yeux exorbités, tels deux champignons au soleil, disparaissent lentement sous le duvet de feuilles mortes.

Jeudi suite

Il va pleuvoir dehors et je vais devoir refaire les vitres. D'énormes nuages noirs approchent en bande serrée du sud-ouest.

Les enfants élevés avec des chiens réussissent mieux à l'école, sont plus détendus, plus sûrs d'eux et plus responsables. Ils montrent aussi plus de respect envers leurs semblables. D'autres études ont aussi prouvé les effets bénéfiques de la présence d'un chien pour la santé physique autant que morale. Il est plus motivant de faire une promenade chaque jour au parc avec un chien que seul. Le chien nous oblige en quelque sorte à sortir et à marcher. Lorsqu'un enfant se sent triste, il se confiera beaucoup plus volontiers à son chien qu'à son bâton de base-ball. Il apprivoisera certaines réalités de la vie, telles que la mort ou la maladie, plus facilement. Bref, avoir un animal à la maison offre des avantages et des responsabilités. Au bout du compte, pour un enfant, prendre soin d'un animal est une expérience enrichissante. Il ne reste qu'à choisir la meilleure race pour son style de vie et le meilleur endroit possible.

Le Journal de Montréal (internet)

J'aurais dû acheter un chien à Amory. Sa mère n'aurait jamais voulu, mais je serais passé outre. Je lui aurais acheté un berger allemand. Je l'aurais nourri avec lui pendant la semaine, et on l'aurait sorti le week-end. Il l'aurait vu grandir. On aurait partagé quelque chose de tangible, de vivant. On aurait pu sortir le chien ensemble, le dresser. Ça nous aurait rapprochés. Au lieu de m'enfermer dans ma chambre avec ma radio, mes journaux. Mon père aussi passait tous ses moments de loisir dans la cave, à bricoler. J'ai reproduit le schéma. Amory n'a même pas essayé de me dire au revoir. Il ne fallait pas qu'on me dérange.

Samedi

L'acouphène se réveille et le cœur se met à battre. Je me tiens la tête et je ferme les yeux. Je me lève et me jette contre la baie vitrée. Le verre casse en mille éclats et mon corps casse lui aussi en mille éclats, comme une ampoule. Il est vide et la résistance en tire-bouchon rompue. Elle pend dans le vide.

Mercredi

Je marche vers la fontaine des Jacobins. J'aime cette fontaine. Aux quatre coins, de plantureuses sirènes pressent des poissons entre leurs seins pour en extraire un mince filet de salive. Elles ont les yeux révulsés en extase au ciel et la pierre jaune, lissée par l'eau, a l'air de fondre.

Je m'assieds sur le rebord ouest. Une femme vient

vers moi. Peut-être que si je lui tends la main nous irons quelque part ensemble. Elle passe sans me voir. Je me relève et la suis un moment, jusqu'à la rue de la République. Là je me rassieds sur un banc, et je regarde passer les gens. Quelques instants plus tard, une mamie dérape sur une bouche d'aération. Toute la soixantaine éparpillée rapplique. Un nuage de Chanel n° 5.

Vous vous êtes fait mal ? demande une dame.

Elle n'ose pas dire oui. On la redresse sur un banc, des mains la serrent, ils sont nombreux, on pourrait croire qu'ils vont l'opérer sur place.

Est-ce qu'il y a un médecin ? hurle un homme au milieu du groupe.

Non vraiment ça va bien, dit la dame, j'ai juste eu un peu peur.

Elle est gênée et a hâte de fuir maintenant. Elle qui redoutait depuis un moment de tomber. Dorénavant, elle fera moins la folle. Elle se fera livrer.

Une espèce de géant de deux mètres se pose à côté de moi sur le banc.

Dober dan, me dit-il. Cigarette ?

Je lui donne une Gauloise.

Hvala hvala.

Un Yougoslave qui a fui la guerre peut-être. Il me fait une tête de misérable, il pourrait m'étrangler d'une main. Un Golem échappé.

Mercredi soir (suite)
Viens de finir la correction d'une notice d'utilisation de comprimés conditionnés sous plaquettes

thermoformées. Le principe actif de ce produit est le chlorhydrate de raloxifène, qui soigne les effets indésirables de la ménopause.

Je sors acheter une pizza. En attendant qu'elle cuise, j'observe une drôle de faune qui défile sur le trottoir, les visages comme peints à la gouache par le feu rouge. Un homme-statue avec son sac de plâtre et son costume en bandoulière. Une petite mère de famille, ses immenses tests au rayon X sous le bras. Un alpiniste avec son baudrier à la ceinture, ses jeux de cordes dans un gros sac. Un homme s'arrête pour traverser : type méditerranéen, cheveux noirs bouclés. Le héros dessiné sur les boîtes de feta.

Je les regarde juste en restant à la surface. Depuis maintenant presque quarante ans que je me touche l'anus à travers du papier toilette. Il n'y a peut-être rien à comprendre.

Lundi

Aujourd'hui reçu une longue lettre de mon ex-femme, qui finit par : «Personne n'a plus aucune nouvelle de toi. Tu es bien seul maintenant, complètement seul, entre tes deux cimetières. Mais je suis malheureuse que le monde ait oublié quel salaud tu es.»

Il y a quatre ou cinq ans (la mémoire des choses pénibles fuit autant que le reste), je suis rentré soûl et je l'ai frappée. Elle ne voulait plus me lâcher, elle voulait que j'avoue. Elle voulait que j'invente.

Elle aurait voulu que tout s'explique, que toutes les

ombres autour de moi disparaissent ou se changent en une merveilleuse suite logique d'explications plausibles. Elle m'a fait la grande boucle, les questions mitraillette : Et avec qui t'étais ? Et pourquoi ?

Amory pouvait entendre de sa chambre. Il devait être réveillé. Elle pleurait, elle hurlait, elle voulait qu'il entende quel salaud j'étais. Mais je me suis accroché. Je ne voulais pas la frapper. C'était ma place ici, chez nous, avec mon fils. Elle m'a dit de partir, mais je ne pouvais aller ailleurs. Plus tard, je lui ai expliqué le passage du caillou dans *La Strada*, mais elle n'a pas compris. Je l'ai frappée parce qu'il fallait que je reste.

Je ne savais pas où aller. Je crois que j'avais peur, et je m'étais mis dans ce rôle de père, à vouloir à tout prix construire une famille. Mais ce n'était pas moi, c'était une invention de la peur. Si je n'avais pas joué la comédie, Amory serait encore avec elle, vivant. Il n'aurait pas connu son père et ça aurait été mieux pour lui. Je n'aurais jamais dû revenir.

Les scènes ont recommencé quelques mois plus tard, cette fois plus fort, plus dur. Les insultes. Les cris, Amory au milieu. Cette boule dans le ventre, dans la gorge, tout le corps en boule. Elle est partie cette fois, quelques jours, mais je l'ai suppliée et elle est revenue. J'ai promis d'arrêter de boire, mais je buvais en cachette.

J'aime faire les choses en cachette. Je ne peux pas faire de vraies choses en plein jour. Je ne peux pas vivre sans protection vous comprenez.

Mercredi

C'est le jour du marché. Depuis plusieurs semaines, j'observe la circulation des piétons faisant leurs courses.

Le trottoir est large d'environ dix mètres, bordé de bouleaux espacés, et il sert de parking quand le marché se retire. Les jours d'activité, une première rangée d'étals est disposée en bord de route, et une autre rangée, parallèle à la première, près du mur. La vie commerçante s'écoule entre ces deux rangées d'étals, au centre du trottoir.

Quand leurs courses sont finies, les piétons se retirent du flot principal de consommation et empruntent l'autre couloir de circulation, coincé entre l'étal et le mur. C'est comme s'ils ne pensaient plus qu'à une chose, rentrer chez eux. Ils marchent traînant leur caddie ou leurs sacs plastiques à bout de bras, tête baissée, comme aimantés au numéro de leur adresse. Autant ils étaient actifs à marchander un instant plus tôt, autant ils se retirent à présent de l'espace public et entrent dans la phase du voyage qui les mène à leur porte, dans ce tunnel transitoire serpentant entre des cagettes vides et des merdes de chien. Ils pensent peut-être à ce qu'ils vont manger à midi, à ce qu'il leur reste à faire ce jour-là. Leur corps est à la traîne ; leur esprit a déjà mis les pantoufles. Ils marchent tels des zombis vidés de leur substance. La réalité de la rue ne les prend plus en compte. Ce couloir d'ombre et de rase-moquette est une voie express, un raccourci par les limbes qui leur permet d'échapper au réel.

Je vois encore le cercueil de mon père qu'on met en terre. À ce moment-là, je me suis dit qu'il serait bien tranquille.

Ma mère avait même eu sa période hippie, paraît-il. Il l'a sortie de l'eau de l'adolescence comme on sort un brochet. Fini les pipes de beuh et la musique planante. Mon père à l'époque travaillait dans l'horlogerie, un métier de précision. Il avait fait des études de microtechnique. Il se rendait en Suisse plusieurs fois par an. Quand j'ai eu six ans, l'entreprise a fermé et il a dû se reconvertir. Ils avaient quelques économies et ils ont décidé d'acheter le fonds de commerce Chez Irène. C'est comme ça qu'on s'est installés aux Chalets. Mon père avait toujours rêvé d'être son propre patron.

À la naissance d'Emma, ma mère a eu des complications. Elle a passé l'été à l'hôpital. Mon père la rejoignait tous les soirs après le travail. Il amenait un sac de couchage et, comme il ne pouvait pas rester dans la chambre avec le bébé, il dormait dans le parc. Le matin il se rinçait la figure au robinet public, puis prenait le premier bus pour aller au boulot. Ils ont cru qu'Emma allait y rester mais finalement elle a été sauvée.

Elle est mariée maintenant, elle vit au Canada. J'ai reçu une carte de Noël en avril dernier. Elle attend même un enfant. Je l'imagine accoucher dans l'eau. J'ai lu ça récemment dans *Prima*. Il paraît que c'est très à la mode. Pondre dans une sorte de petite piscine. La sage-femme est un maître nageur, et le bébé sent le chlore. Il faudrait que je lui écrive à cette dinde, qu'elle essaye. Ensuite elle m'enverrait des photos de mon neveu et ça me ferait une famille immergée.

Samedi

Mme Dangan a sa fille à la maison. Elle est puéricultrice. Je ne la vois que les week-ends.

En attendant que le repas soit prêt, elle fume des Royale Menthol, toujours dehors, dans les transats en plastique blanc, qu'elle couvre de serviettes colorées. Mme Dangan a préparé du saumon en papillotes. Elle en mange souvent. Les murs crépis de la maison sont saumon. Elle adore le poisson, car ce n'est pas gras. Elle a eu l'autre jour une discussion sur la diététique avec sa fille, qui est végétarienne, mais qui mange des œufs de temps en temps.

Toi et ton tofu, disait la mère. Ça n'a aucun goût.

C'est que tu ne sais pas le cuisiner, disait la fille.

Elles sont passées à table. Elles mangent dans des assiettes noires octogonales. La mère avait fait un menu pour sa fille, et un menu pour elle.

Tu passes ton temps à te faire sauter à la poêle des légumes surgelés, disait la mère. Tu crois que c'est bon pour toi ça?

La valeur nutritive des légumes surgelés est très peu diminuée, disait la fille, et je n'ai pas le temps de toujours me faire des légumes frais.

C'est tout de même meilleur, disait la mère.

Bien sûr, disait la fille. Mais on n'a pas toujours le choix quand on travaille. Je ne peux pas aller au marché quand je veux.

Maintenant elles ont fini de dîner et regardent

un film dans le salon et je décide de les laisser là, mère et fille, devant l'écran. Je sors de ma tanière et remonte la haie. Le ciel est pur de nuages. Dernière précaution, remettre de la poudre répulsive.

Combien de gens comme moi se cachent dans les haies ? Qui fait encore l'effort de comprendre ? Je suis le regard posé sur mon époque. Un homme louche. Le véritable ethnologue de mes semblables. Aujourd'hui, j'ai appris, énormément appris. Rien de tel que l'observation de terrain pour mieux saisir le fonctionnement d'une femme seule. Ses habitudes, son univers.

Il y a encore beaucoup de choses que j'ignore à propos de Mme Dangan. Son nom, est-ce celui de son ancien mari, le nom du père de sa fille ? Et où a-t-il disparu celui-là ?

14 juillet 2008

À ma fenêtre ce matin, entre deux corrections, je remarque les traces. Il fait beau et chaud, 38° prévus. L'asphalte commence à sentir, il est encore tôt. Des traces noires maculent les emplacements de parking au pied de mon immeuble. Entre les limites jaunes, un mélange d'huile, d'essence, de graisse, de liquide de refroidissement.

Je note que les voitures disparaissent en été.

Pourtant rien de plus courant qu'une voiture en ville. Elles définissent nos axes, tracent nos limites. Je veux dire par là qu'elles sont tout l'inverse d'une *créature sous-réaliste*.

Sur l'avenue, les mêmes salissures près des

trottoirs, à d'autres emplacements vides. Ces traces d'huile sont invisibles durant l'année. Le vide de l'été ouvre des portes de réflexion. Les piétons aussi ont disparu. Pareil, ils ont laissé leurs ombres, comme les voitures leurs traces. Ils circulent dans les limbes de la ville. Ils dorment dans les frigos et se nourrissent de surgelés.

Je ne me fie pas non plus à l'écoulement fluide du périphérique, cela ne veut rien dire. Non, je préfère regarder sous les voitures pour comprendre comment nous fonctionnons. Toute l'année comme des nuées de mouches cherchant avant la nuit à retrouver la flaque qu'elles ont laissée la veille.

Je fais défiler en moi toutes les routes, et je me souviens : les nationales, les départementales ébréchées par le froid, la pluie et le soleil. Les inscriptions de goudron suivant les fissures du bitume. Des signes tracés par le pinceau d'un homme chargé de repasser sur les fissures de la route. Que nous raconte cette écriture ?

Il faudrait réécrire l'histoire de la Terre en partant de l'asphalte. Créer des cartes pour montrer comment le sol peu à peu s'est mis à parler ce nouveau langage.

Je me suis rendu à Katowice, il y a quelques années. Les trottoirs de dalles disjointes des villes polonaises étaient un chemin inquiétant pour nous si habitués à marcher sur les surfaces lisses, imperméables, des villes de France. Je me promenais au cœur de la Silésie, avec l'impression que la terre pouvait jaillir des trottoirs. Qu'il y avait une vie sous terre.

Aujourd'hui j'ai la certitude que l'on nous cache

un monde sous cette couche d'asphalte. Mon regard s'engouffre dans les brèches et je peux deviner la terre, l'herbe, les champs, les forêts, qui poussent à l'envers, rebutés par le damage systématique. Mais la terre va bientôt se rebeller. En surface, au niveau de la croûte, on peut trouver partout des signes de sa force.

Je veux, très prochainement, rassembler une équipe de géographes compétents afin d'observer scientifiquement comment le sol, à grande échelle, s'uniformise, comment la terre va bientôt disparaître.

Mardi

Je repense au bon temps avec Céline, à la courte éclaircie.

Elle est enceinte d'Amory et nous roulons sur la Drôme. Je viens d'avoir vingt ans, j'ai emprunté la R5 d'un ami et on écoute la radio. On chante les tubes en chœur, on s'embrasse aux feux rouges des villages, même entre les virages, on s'arrête faire l'amour sur le parking Mondial Moquette de Nyons.

Elle méritait mieux que moi. Quand je pense au gâchis, j'ai envie de me cacher. De disparaître dans un puits.

Midi : grillades de porc dans une petite brasserie. Une affiche signale un concours international de chant de coq. Je lui propose d'y aller.

Tu es dingue, me dit-elle. C'est un concours de chant de coq.

Et alors ?

Je gare la R5 sur le parking réservé au public, un

grand pré. Nous entrons sous le chapiteau-buvette. Les anciens boivent le pastis. Céline va aux toilettes. Je m'approche du comptoir.

Comment ça se passe alors ? je demande.

Pour l'instant pas trop mal, me dit un homme habillé en chasseur. Les coqs sont dans la remise.

Tous ensemble ? je demande.

Non bien sûr. Tous les coqs sont séparés les uns des autres avant la compétition. À cause du bruit.

Il y a différentes races de coq ?

De coqs chanteurs, vous voulez dire ?

Oui, dis-je.

La plupart des coqs que vous allez voir sont des barbus nains d'Anvers, explique-t-il.

Des coqs belges ?

Oh, maintenant il en vient de partout. Ils sont réputés pour la gorge. Mais pour l'étendue du registre il faut se fier au grand coq d'Erbelfeld, il surclasse les autres. Voyez cet homme là-bas, qui tient sa bière. C'est un Anglais du Sussex. Il est venu ici exprès avec son erbelfeld pour la compétition.

Qu'est-ce qu'on gagne ? je demande.

C'est surtout pour le plaisir.

Il y a des règles ?

Non. En somme, le jury juge des qualités de chaque coq.

Je lui propose de boire un verre et il accepte. On nous sert deux doubles ricards. Je me souviens qu'ils faisaient la distinction entre un ricard normal (deux doses) et un demi (une dose).

Les coqs dont les oreilles auraient été bouchées sont disqualifiés, poursuit-il. Il faut toujours vérifier ça.

Pourquoi, les gens trichent ?

Bien sûr. Les coqs sont déstabilisés par le chant des autres coqs. Ils chantent mieux avec des boules quies.

Céline revient des toilettes et fait la bise au chasseur. Je me souviens de ce contraste.

Enchanté, moi c'est Antoine, dit-il.

Non non, explique Céline. Lui c'est Jean-Daniel. Ou Jed pour les intimes.

L'Anglais du Sussex s'est approché pour commander une autre bière.

Céline était aussi belle à cette buvette qu'une reine. Ses seins avaient gonflé et j'avais du mal même en public à conserver mes mains pour moi. J'avais pris l'habitude de commander des verres pour les tenir occupées. Toute sa grossesse, j'ai eu un verre ou un sein dans chaque main.

Antoine le chasseur nous invite maintenant, c'est son tour, et Céline boit son verre à petites goulées. Je le vois, il est sur le cul qu'un minable comme moi ait une si jolie femme.

Je continue à raconter des blagues, on réclame une tournée, un pote à l'Antoine s'est joint à nous, leurs yeux clignotent comme des machines à fruits. Je sens que j'ai la plus belle fille du monde. Matez un peu mes chasseurs. Elle arrache tout.

Puis nous payons nos places et on s'installe dans les tribunes, des bancs posés dans l'herbe. Les coqs s'avancent, chantent. C'est très désagréable. Et le petit dans le ventre qui doit subir ça avant même de naître.

Céline me prend la main et me sourit comme si on était mariés.

Viens. On en a assez vu.

Une vingtaine de kilomètres plus loin on se gare près d'une rivière. Un chemin mène à un pré. Je m'endors les mains pleines, assouvies. Au réveil, je cherche Céline. Elle est en haut du champ, elle mange des framboises.

T'es réveillé? On bouge? dit-elle.

Je me refroque, je me frotte pour enlever les herbes.

On y va.

On roule sans faire attention. On s'arrête pour se promener, on achète des bières fraîches au village, plus loin des bananes. C'est son fruit préféré. Le soleil se couche sur Saint-Nazaire-le-Désert.

La pizzeria Chez Lila est ouverte. Il y a un hôtel près d'ici, explique la patronne. Il a été racheté par un Danois. On peut l'appeler de sa part.

Au téléphone, M. Petersen me dit qu'il va passer à la pizzeria nous donner la clé.

L'hôtel est vide et sent le vieux tapis humide. Les portes des chambres ne sont pas fermées. Nous nous installons dans la suite, à cause de la grande baignoire. Céline se déshabille et fait couler l'eau chaude. Je redescends à l'entrée et nous prépare dans deux coupes de cristal d'Arques deux arrangements glacés à base de chocolat, de café, de poire et d'amande. J'avais remarqué en montant que la glaciaire n'était pas verrouillée.

Céline a les yeux pistache-noisette. Elle a passé un peignoir et l'atmosphère de mystère nous étreint sensuellement la raison. Elle écarte les jambes, le peignoir s'ouvre mangue.

221

La tête me tourne. Elle me masse le sexe dans ses seins, dans sa bouche. J'ai l'impression d'avoir toujours vécu dans cet hôtel, avec elle. Nous sommes les deux fantômes du lieu. Elle me fait jouir une première fois, je me redresse, elle a fermé les yeux, elle fait mine de dormir. Je la possède tel un incube.

Mardi toujours

Je me souviens : Céline et Amory sont partis en week-end chez ma belle-mère à L'Arbresle. J'ai refusé de venir. Je me couche tôt le vendredi soir et je fais ce rêve avec Zébulon.

Zéb est un jeune garçon qui habitait les Chalets près de chez nous. Il était naïf et chétif, les autres enfants se moquaient de lui, le tabassaient. Il était seul comme moi. On ne se parlait pas beaucoup, j'étais trop grand. Trop dur. Mais souvent je le retrouvais dans mes aventures, pour moi il était comme Robin pour Batman. Il venait avec moi, il m'aidait dans le danger. Il n'avait pas mes superpouvoirs mais il avait développé un attachement quasi canin à ma personne qui me le rendait bien utile parfois pour passer un pont, construire un abri, jouer un tour à des malfrats ou voler les clés d'une voiture de course. Je ne l'utilisais qu'en rêve et n'en parlais bien sûr à personne.

Curieusement, ce soir-là seul chez moi, je ne m'endors pas vraiment. C'est un rêve éveillé que je fais. Zébulon marche calmement, les yeux baissés, avec un petit chien dans la campagne. Juste un grand arbre au milieu de la plaine, sur une légère butte. Il s'approche de l'arbre, le touche. L'écorce s'effrite dans sa main. Il se recule assez pour voir le tronc en entier. Il n'y a pas de vent et le soleil n'éblouit pas. Le chien s'endort entre deux racines.

L'arbre n'a rien de particulier, sauf un gros fruit sur une branche qui a l'air de pourrir. Cela ressemble à une journée d'automne, avec de hauts nuages, fins comme de la laine.

Zébulon prend appui sur les branches et se hisse dans l'arbre. Chaque branche le rapproche du fruit. Le fruit est répugnant d'aspect et de près il commence à sentir. Zéb prend la tige du fruit à deux mains et secoue. Mais en vain. Le fruit refuse de tomber. D'en haut Zéb voit son chien qui gémit au pied de l'arbre.

Zéb rentre chez lui chercher une scie. Il est seul sur le chemin, de dos. Je l'ai laissé tomber et lui il continue nos aventures dans son coin, sans mon aide. Je sens qu'il va lui arriver quelque chose. J'ai peur pour lui.

Au premier coup de scie, l'arbre s'agite. Le vent se lève. Le chien tremble. Zéb continue de plus belle son travail, pressé d'en finir. Toutes les branches de l'arbre craquent et se tordent de douleur. Il est au bout de sa peine, la branche est tranchée, le fruit tombe, s'écrase sur le chien qui hurle et s'enfuit. Il disparaît à l'horizon du côté d'un champ de blé. Zébulon le perd de vue. Il est inquiet.

Le lendemain, il le retrouve couché sur le tapis. Le caresse. Le chien a l'air en forme, mais petit à petit, il prend une teinte sombre. Le pelage beige-jaune se couvre de taches marron. Puis chien disparaît.

Les parents de Zébulon sont malades. Ils restent

au lit toute la journée sans bouger. Au début une infirmière venait leur faire des piqûres, mais elle ne vient plus. Zébulon ouvre la porte de la chambre et le lit est vide. Ses parents ont disparu.

Zéb s'assied dans le canapé devant le feu pour réfléchir. Il pleure.

Il sort de chez lui et s'approche du grand arbre au milieu de la plaine. Il revoit le fruit pourri, qu'il a fait tomber. Il s'approche tout près et découvre que ce n'est pas un fruit mais un enfant en boule.

Il trouve une branche et s'y laisse pendre comme le fruit. Le vent se met à souffler. Il voit le vide sous lui. Il tremble et la branche qu'il tient de toutes ses forces se couvre bientôt de sève. La sève lui recouvre les bras. Il se tient maintenant sans effort à l'ombre des feuilles. La sève lui coule dans les yeux et je ne distingue plus son beau visage triste.

Déjà ado je savais que j'aurais pu le sauver, le protéger. Mais je n'ai pas levé le petit doigt. Trop pris dans mes missions imaginaires, j'ai évité ma vraie mission. Il était plus petit que moi, et c'était mon devoir de l'aider.

Tout ce week-end je me soûle mais plus une vision. Pas même un petit bout de monde parallèle en perspective. J'attends, les yeux en l'air tournant autour du lustre. Mais je suis pris au piège. On m'a confisqué mes pouvoirs.

Jeudi
Tout au bout de la ville, en arrivant vers Ville-fontaine, s'étale la plus belle, la plus vaste plaque

de bitume que je connaisse. Elle faisait partie d'un plan de réorganisation de la zone industrielle. Mais elle n'a jamais servi. Elle est restée comme neuve, immaculée, avec ses emplacements d'usine dessinés en blanc. Un début de grille fiché dans le galet, au bord.

Je marche parmi les lotissements. Un gamin à vélo tire son copain qui est en skateboard. Le gamin à vélo saute le trottoir et l'autre s'ouvre la tête, tout près de moi. Je le ramasse, sa mère arrive en courant et ils disparaissent tous les trois dans une voiture garée à côté, direction l'hôpital.

Les machines à roulettes sont les produits de l'asphalte et du béton. Sans les aspérités, plus rien n'a de poids et tout roule sans bruit. Les sacs roulent entre les portes des douanes et des aéroports et toutes les forces échappent et glissent sur la surface déviante. La gravité s'est faite horizontale.

Depuis le bus du retour, je revois la plaque de bitume intacte, immaculée, avec juste quelques pousses d'herbe jaune, d'arbustes vert clair tassées en désordre près de la grille, sorties péniblement des diverses strates de cailloux de revêtement. À l'intérieur, que des femmes se rendant à l'usine. Elles descendent toutes au même arrêt. Ensuite, j'ai le bus tout à moi.

Combien de fois le chauffeur est-il passé devant cette plaque sans la voir ? Les gens ne sont pas sensibles aux surfaces. Il leur faut du volume. Souvent je me dis que je devrais faire une formation de carreleur. J'ai toute une expérience des étendues à faire partager. Je pourrais être conseiller en surface.

Je ferais bitumer les salons et poser des planchers aux autoroutes.

Un jour d'inondation l'hélicoptère d'un milliardaire se posera sur ces eaux sombres. L'hélicoptère sera telle une arche de Noé volante, avec une immense hélice, et la vie d'une ville à l'intérieur. Des fêtes, un grand buffet, de la musique. Ils me verront, perché sur mon promontoire, et me demanderont si je veux les rejoindre, mais je leur expliquerai que je suis le gardien de la plaque, et que je dois rester. Alors ils s'envoleront pour d'autres destinations, et la flaque retrouvera son silence.

Je repense à la chute de skateboard et à ce crâne qui s'ouvre dans mes mains. J'aurais dû insister pour transporter l'enfant jusqu'à la voiture. Mais la mère se l'est accaparé. J'ai senti ces ondes de mère au poil dressé contre l'étranger. J'espère que l'enfant a récupéré, qu'il n'y a pas eu de complications.

Vendredi

Le café ce matin chez Jean avait un goût de pisse. Les vacanciers sont tout en bas de la France, comme des billes au fond d'un sac. La ville est une serre de silence moite. Le bourdon s'est réinstallé et cogne sur mon crâne. Louis lui aussi est là, et il a l'air à peu près dans le même état.

En ce moment, me dit-il, le matin c'est un Tercian, un Xanax, le tout dilué dans un litre de café. Une drôle de dose, je peux te dire. Mais je suis encore plus fort, mon corps résiste vraiment bien aux médicaments. Et quand ça ne va vraiment pas, que j'ai du mal à marcher, que je pense au suicide, je vais me faire une fondue.

Louis sort un sac rempli de couteaux, de cuillères, de fourchettes en argent massif.

Ce que j'ai trouvé ce matin aux puces, dit-il. Reste plus qu'à frotter.

Jean a mis Nostalgie. Jacques Brel chante *Ne me quitte pas*. Louis est ému autant que moi. Il y a quelque chose qui nous tient debout que j'aimerais comprendre.

Je dis souvent que les marchands sont des rats, dit Louis, mais il y en a des généreux. Un jour Maurice m'a invité à boire un verre. J'avais dix-huit ans à l'époque et lui cinquante. Je lui dis que je veux me lancer dans l'antiquité, et je lui raconte mes soucis, comment payer la marchandise sans mise de fonds, etc. Je n'avais rien à l'époque. Quand il a fini de m'écouter, Maurice me dit qu'il a un entrepôt plein d'horloges et d'autres bricoles dont il ne se sert pas. Que je peux me servir. Tu prends un camion avec un ami, me dit-il. Tu le remplis, ça te lancera. Ce que je ne savais pas, c'est que Maurice devait en avoir une dizaine à l'époque d'entrepôts, disséminés tout autour de la ville. Je réponds que je ne pourrai jamais le payer. Il me dit que ce n'est pas grave. Mais comme je veux lui montrer que je suis quelqu'un de réglo, je lui explique longuement que je ne peux accepter, que je ne veux être redevable à personne. Il insiste, mais je finis par refuser son offre.

Lui il me donnait un camion de marchandises comme ça, juste par gentillesse, continue Louis. Il y avait de quoi mettre au bas mot quinze ou vingt briques de marchandises. Tu te rends compte du cadeau ! Pas n'importe qui le Maurice ! J'ai refusé par orgueil, par bêtise. Pour lui ça n'aurait rien changé et ça lui faisait plaisir. Aujourd'hui je vois bien que, ce jour-là, j'ai fait une des plus belles conneries de ma vie. Parfois on n'est pas prêt à se faire aider.

Louis finit son verre et commande une tournée.

Maurice c'était un vrai sage, dit-il, une figure dans le milieu. Quand quelqu'un le croisait, et lui demandait : ça va ? il répondait toujours : j'fais mumuse, j'fais mumuse. Très lentement. Il répétait toujours deux fois la phrase, en traînant sur les *m*. Je trouve cette réponse vraiment parfaite. Regarde-nous à astiquer le zinc, à faire nos petites affaires. On s'occupe. On fait mumuse.

Mardi

L'article santé de *Femme Actuelle* explique que chaque année 215 000 personnes en moyenne font un coma en France. Je calcule que durant les soixante-dix ans de la vie d'un homme, environ 14 millions d'individus (70 × 215 000) tombent dans le coma, c'est-à-dire le quart de la population française. Je ne pensais pas que la vie s'arrêtait autant.

Après Jeanne Couture, je suis allé vivre en banlieue, je m'occupais des commissions de la voisine, qui avait plus de quatre-vingts ans. Un jour elle m'appelle. La porte est ouverte et j'entre dans sa chambre après avoir mis les courses au frigo.

Je peux vous demander quelque chose ? dit-elle. Donnez-moi la main un moment, la tête me tourne.

Je m'approche et lui tends mes deux mains qu'elle agrippe avec hâte. Je me souviens de ses yeux pas entièrement fermés, laissant entrevoir le blanc de l'œil entre la peau ridée. Elle tremble, elle me dit qu'elle voit du noir, au fond de la lumière. Elle me serre fort les poignets. Elle dit de ne pas la lâcher. Un trou noir. Il y a un trou noir à mes pieds. Je plonge, dit-elle, je glisse. Elle lâche mes mains et son corps s'abandonne. Elle est morte comme ça.

Jeudi

Au tout début avec Céline on pratiquait le retrait. Ce n'est pas une technique sûre. La preuve, Amory. Résultat de notre vision obscurantiste de la contraception.

Céline regardait dans son calepin, il y avait des étoiles au crayon à papier devant les jours à risque. Elle disait : Ce soir, j'ovule, tu te retires. Tu peux m'éjaculer sur le visage si tu ne veux pas d'enfant. Elle avait de l'humour. J'aimais éjaculer sur ses bonnes fesses rondes. Pour moi les fesses sont comme un visage simplifié, purifié de ses fonctions vitales. Elle disait : Les jours à risque ça m'excite. Elle avait le goût de l'aventure. L'éja-dorsale, l'éja-ventrale. Rhabille-toi, disait-elle, et va laver les draps, tu nous en as encore foutu partout. J'aimais son côté paysanne.

Quand Amory a commencé à se voir, elle m'a montré son ventre et m'a dit : Viens on part. On va s'installer ailleurs. Je me rappelle bien. Elle aurait voulu prendre l'avion tout de suite, et moi j'ai dit :

Avec quel fric ? J'ai résisté et nous ne sommes pas partis. Je ne pouvais pas. Et puis Amory est parti tout seul. Il aurait dix-huit ans. Il a grandi sans moi et c'est moi qui continue à grandir sans lui maintenant.

Vendredi

M'occuper de mon appartement est devenu prioritaire.

J'ai fait venir le plombier qui m'a surpris par son haleine de chiotte. À première vue, il présentait bien. Mais en se rapprochant, le fond était putride. Une odeur qui venait du bas du ventre. Sans ça il représentait le genre de jeune plombier costaud qu'aiment les ménagères. Bien en tout point, mais l'intérieur pourri. J'ai abrégé la discussion.

Il a ausculté ma cuvette et la fuite au niveau du robinet d'arrivée d'eau, en vrai professionnel. Cinq minutes plus tard, il avait tout changé. Je l'ai payé et il m'a dit au revoir avec son beau sourire et son haleine atroce, en me tendant sa carte. Il habite lui aussi sur l'avenue, un peu plus haut. Je l'ai remercié et j'ai pu enfin me rendre aux toilettes. Il y avait laissé l'odeur fétide de ses entrailles.

Tout comme carreleur, plombier est un métier qui m'a souvent tenté. Observer les gens de dessous leurs éviers doit être assez instructif. Mais je pense qu'un plombier ne connaît pas la paix : son monde est peuplé de fuites. Pour un plombier la fuite est l'état normal. C'est elle qui le guide dans la ville. La plomberie, c'est la nouvelle sourcellerie de l'Âge des Tuyaux.

Alors quand les plombiers veulent se poser cinq minutes et profiter de la vie, oublier toutes les fuites, ils éteignent leur portable et organisent un barbecue. Quand ils sont au barbecue, toutes les fuites du monde, tous les plafonds qui croulent ne peuvent changer le cours de leur repas. Ils perdent le sens de l'urgence, l'odeur des merguez accapare leur pensée. Les plombiers adorent les barbecues. Ils sont le mode de cuisson le plus éloigné de l'évier. Un bon plombier ne mange jamais dans sa cuisine. Ça lui rappelle trop le travail.

Un jour peut-être les plombiers s'organiseront comme les médecins pour n'avoir plus à se déplacer, à répondre à l'urgence. Ils recevront les fuites mineures en consultation, ou bien par téléphone. Des plombiers sur rendez-vous, avec salle d'attente. Je le vois notre futur. Des plombiers en blouse blanche, aimables, assis derrière leur bureau, une multitude de clés chromées soigneusement alignées au mur. Des ordonnances à retirer au rayon bricolage.

Dimanche

Demain lundi, Mme Dangan fait les urgences, elle rentre tard. Je n'irai pas la voir. Depuis bientôt un mois que je me suis installé dans sa haie, pas d'homme à signaler. Internet bien sûr, j'imagine quelques dîners aux chandelles, quelques coucheries d'hôtel, ou peut-être rien. Mais sa vie loin de sa piscine, de sa terrasse, de son salon, de sa chambre, ne m'intéresse pas. Je veux la voir bronzer, la voir faire ses exercices. À quoi se prépare-t-elle ? Pourquoi tous ces efforts ?

Parfois Mme Dangan parle toute seule. Quand elle repasse, quand elle lit ses magazines dans son bridge gonflable. Elle murmure, j'ai du mal à deviner quoi. Je voudrais éteindre le moteur de la piscine et approcher mon oreille de ses lèvres. Elle murmure ses soucis. Elle plonge, une flaque d'huile, et déjà sortie de l'eau, ouvre la baie vitrée et sort une tablette de chocolat noir du frigo, qu'elle croque de façon compulsive, comme si elle ressentait un manque. Je connais ça aussi.

Lundi

La ligne blanche n'est pas un simple coup de pinceau. C'est une peinture, une résine ou une bande collée. Elle est rehaussée de microbilles de verre réfléchissantes. L'usure, la glissance et la luminosité du blanc, par temps sec ou pluvieux, répondent à des critères précis. Les contrôles et les tests sont permanents. Des milliers d'entreprises exploitent et surveillent leur parcelle de bitume, à l'aide de logiciels de gestion paramétrés aux normes européennes. Les engins de marquage vont de la roulette poussée manuellement à d'imposants camions capables de remuer et d'étaler la peinture ou la bande sur de longues distances. Toutes les opérations de pose sous circulation sont dangereuses et doivent durer le moins de temps possible.

Deux écoles rivales s'affrontent en matière de ligne blanche : les adeptes de la peinture et ceux de la bande collée. La bande collée est plus chère mais plus durable ; elle est aussi supposée glissante. Il est clair que les deux techniques ont leurs avantages, selon les situations. Par exemple, pour certains travaux comme les marquages de type «Cédez le passage», la bande collée convient mieux, quel que soit le prix, car le coût de la main-d'œuvre et les nuisances urbaines dues au temps de pose présentent de gros désavantages. De plus, la bande collée manuellement garde son aspect flambant neuf plus longtemps que la peinture.

Ôtez les délires de la démarcation, la chaussée d'une ville devient une flaque sans âme.

J'ai du mal à imaginer les routes françaises d'avant-guerre sans marquage. J'aurais aimé être là aussi quand, entre 1958 et 1962, la ligne qui était jaune devint blanche. En 1963, la bille de verre rétro-réfléchissante est inventée. Elle renvoie la lumière des phares pour animer la nuit. Nous sommes les enfants gâtés de cette période pionnière.

Bien sûr on aimerait toujours que le Conseil Général nous propose de nouvelles lignes, motifs. Mais il faut aussi savoir apprécier ce qu'on a déjà : un passage piéton tout neuf, épais, à la blancheur immaculée, une voie de détournement au coucher du soleil, quand le jaune orangé propose une autre perspective. Les ouvriers sur les travaux qui balayent de jeunes graviers enduits de bitume. De petites billes bleues foncées qu'on aurait envie d'offrir comme bonbons aux enfants.

Bientôt les voitures seront conduites par des caméras qui suivront les lignes blanches tels des rails. Des capteurs infrarouges détecteront la différence de contraste entre la bande et la chaussée. Des caméras embarquées analyseront l'image et liront les marquages, anticiperont la courbure d'un virage et limiteront la vitesse. Toutes les voitures seront équipées de ce système, et cela assurera un meilleur débit du trafic, une meilleure sécurité. Le conducteur, enfin débarrassé de la charge de la fonction latérale, s'endormira au volant comme un bienheureux et en cas d'accident il mourra comme dans un rêve.

Mardi
Journée spéciale. La brume annonçait quelque chose.

J'ai marché dans les rues toute la matinée et j'ai eu besoin de m'asseoir. Je suis donc entré dans la cathédrale.

Dans les lieux de culte on se rend compte au nombre de chaises vides comme les choses vont bien dans ce pays sans guerre. Les touristes en short regardent en l'air, achètent des cartes postales. L'horloge sonne midi, douze fois. Le curé approche, une pile de photocopies sous le bras, et un groupe de petites vieilles lui barre le chemin.

Mon père, demande la permanente violacée, ça va encore sonner ? J'ai une amie là, elle n'a pas vu, j'aurais voulu lui montrer le mécanisme.

Je suis désolé madame, dit le curé, mais l'horloge sonne à heure fixe.

En face de la cathédrale, il y a le Café de la Cathédrale. Je m'installe au comptoir pour un verre.

Louis, le brocanteur de la buvette, m'a rejoint. Un hasard. Il m'explique qu'il a travaillé toute la matinée à remonter des pampilles sur une paire de lustres qu'il va livrer demain. Il a l'air content.

Ah, c'est une belle journée, dit-il, et je suis bien content d'avoir fini cette paire de lustres et de te trouver là. On va pouvoir manger ensemble, je t'invite ! Il n'y a plus qu'à les emballer, je ferai ça tout à l'heure, ça ne presse pas. Mais pour l'instant, je crois bien que je vais m'accorder une petite bière.

Il commande deux demis, puis se ravise, rappelle la serveuse :

Mettez-en plutôt quatre, mademoiselle, car nous avons grand soif.

Tu sais, reprend-il, les yeux brillants de plaisir, que je suis comme une éponge, fragile et réceptif. Quand les choses vont mal, je ramasse, quand elles vont bien, j'en profite. Comment te dire ? Je suis rempli d'amour. Je me dresse, je marche dans le bar, vois-tu, et je ressens de l'amour pour tous les clients, pour la patronne, pour la serveuse. Merveilleuse ! Je comprends pourquoi toi aussi tu viens traîner tes guêtres par là. Elle est tout à fait hors du commun.

Louis se rassoit.

Je vais te dire un truc. Tout cet amour que je porte aux autres, je le ressens profondément, tu comprends. Le problème, c'est que je voudrais tout le temps que, moi aussi, on m'adore dans la même mesure. Alors je fais le malin. Je frime. Je ne peux pas m'en empêcher. Je suis un frimeur parce que j'ai quatorze ans dans ma tête, et que je veux que tout le monde m'aime.

Il se rassied, et lâche la main de la serveuse qui file derrière le bar.

Tu sais que j'ai eu jusqu'à cinq maîtresses. Quand tu as cinq maîtresses et que tout va bien, tu t'amuses. Tu passes du bon temps, si tu fais attention de ne pas t'épuiser. Mais quand tu as cinq maîtresses et qu'elles te prennent la tête toutes dans la même semaine, là tu rigoles moins.

Je vais voir la première, et elle me fait une scène. Bon. Le lendemain je vais voir la seconde : même binz. Je me dis que ce n'est pas grave, demain est un autre jour, celle-là elle va me dorloter, je vais pouvoir me reposer un peu. Mais le cirque continue. Heureusement je sais que la quatrième n'est pas du genre à faire des scènes. C'est une jeune femme timide qui travaille dans un bureau et que j'ai rencontrée au mariage d'un ami. Pourtant, il se trouve que, ce jour-là, son chien est à l'hôpital, il s'est fait mordre. Elle doit absolument aller le voir ou je ne sais quoi. Le sort s'acharne. Bien sûr il me reste une dernière chance. Je suis remonté à bloc. D'ailleurs je n'ai jamais cru à la loi des séries. Ma cinquième et ultime est une rousse orgasmique, je vais enfin pouvoir m'égayer sur un matelas hospitalier. Je monte les escaliers de son appartement et je sonne à la porte. Avec un peu d'appréhension. Elle m'attend. Elle me dit qu'elle sait pour la troisième et la première, les reproches, puis les insultes, les larmes. Au bout d'une heure, je lui dis que ça suffit, que c'est fini entre nous. Et je pars. Dans la foulée j'appelle les quatre autres pour leur dire la même chose. En une semaine, j'étais redevenu célibataire.

Louis se relève sur sa chaise et cherche autour de lui la jolie serveuse, pour recommander à boire.

Tu sais toi qui tu es, Jean-Daniel? Je ne sais pas si je te dis. Ça pourrait te vexer, et je ne veux pas te vexer, car tu sais que je t'aime beaucoup, que j'ai beaucoup d'estime pour toi.

Les demis arrivent, cette fois encore par paires.

Toi, tu es un type un peu louche. Un drôle de type. Un type étrange. Impossible à cerner. On a l'impression que tu es autre part, sur une autre planète. Tu peux rester des heures à écouter ce que des mecs comme moi ont à dire.

Je reste là figé, accroché au comptoir. Je n'ai jamais été autant en phase avec un être humain.

Mercredi

Citation : Dans sa *Zoologie*, Borges raconte qu'au commencement des temps « le monde des miroirs et le monde des hommes n'étaient pas, comme maintenant, isolés l'un de l'autre. Ils étaient, en outre, très différents ; ni les êtres ni les couleurs ni les formes ne coïncidaient. Les deux royaumes, celui des miroirs et l'humain, vivaient en paix ; on entrait et on sortait des miroirs. Une nuit, les gens du miroir envahirent la terre. Leur force était grande, mais après de sanglantes batailles, les arts magiques de l'Empereur Jaune prévalurent. Celui-ci repoussa les envahisseurs, les emprisonna dans les miroirs et leur imposa la tâche de répéter, comme en une espèce de rêve, tous les actes des hommes. Il les priva de leur force et de leur figure et les réduisit à de simples reflets serviles ».

J'ai conscience de ce monde souterrain, enfoui dans la réalité. Derrière la glace se cache une autre vie, qui veut refaire surface. Mon entourage ne forme plus un ensemble homogène. Cet ensemble au contraire privilégie certaines formes, certains êtres, certains objets, apparents, visibles, et en enferme d'autres dans un monde inaccessible.

« Un jour, pourtant, dit la légende, les animaux du miroir secoueront cette léthargie magique. Le premier qui se réveillera sera le poisson. Au fond du miroir nous percevrons une ligne très ténue et la couleur de cette ligne sera une couleur qui ne ressemblera à aucune autre. Après, les autres formes commenceront à se réveiller. Elles différeront peu à peu de nous, nous imiteront de moins en moins. Elles briseront les barrières de verre ou de métal et cette fois elles ne seront pas vaincues. »

Notre perception de leur existence rendra la vie aux animaux du miroir. Le premier animal à se libérer sera le poisson car, plongé dans l'eau, il offre à nos yeux une image déformée de sa réalité.

L'important est la manière de voir, le biais que l'on prend pour évaluer la réalité qui nous entoure.

Je me suis mis à loucher sans m'en apercevoir. Quand on ne louche pas de naissance, naturellement c'est une expérience pénible.

Loucher permet un angle d'approche différent. L'inclinaison divergente ou convergente fait apparaître l'entourage hors du cadre habituel.

Cela peut être inquiétant, car on ne reconnaît pas tout au départ. Il faut faire l'effort de soutenir le regard pour se familiariser avec la vision louche. La réalité nette, celle qui nous est accessible au premier abord, est acquise. Mais les croisements de matière

238

qu'effectuent des yeux louches ouvrent un vaste territoire d'exploration.

Les premiers maux de tête s'apaisent et l'on entre dans un monde nouveau, les yeux rivés sur un dossier de chaise.

La réalité est une prison immense, qui se disloque à mesure qu'elle s'étend. Dans le reflet, les animaux ne sont pas attachés. Enfermés. Ce serait bien trop simple. Il n'y a pas un bon et un mauvais côté du miroir. Mais des milliards de poissons surgelés. Des milliards de tasses venues de Chine. Des centaines de millions de télés et de chats.

Les vitrines des boutiques sont une des portes ouvertes. Les nuits de pleine lune on peut voir les reflets de l'ivoire en regardant à travers les devantures des lingeries fines.

Ils ont construit un gigantesque vestiaire de dents à l'entrée du Zoo du Miroir, qui est aussi la sortie. Les gardiens ôtent les crocs, les griffes aux tigres. Une poignée d'entre eux se sont un jour échappés. Maintenant par souci d'hygiène, les girafes sont prédécoupées et bouclées dans des bocaux de formol. Les baleines en tranches fines. Les pachydermes lyophilisés, stockés dans des hangars.

La réalité est un sandwich avec ses deux tranches de mie visibles et son univers invisible et précieux à l'intérieur. Des poches de vie latentes, disparues au profit du décor, où sont casés les chèvres en boîte, les phoques en poudre.

Les endives poussent dans le noir. On m'a toujours fait remarquer ma mauvaise mine. Ce teint d'endive que je traîne. C'est la couleur que prennent les gens livides, à force de regarder au fond du miroir, dans le sandwich aux endives. Dans l'absence de lumière.

En louchant sur une «sous-réalité», un espace de limbe où sous-vivent les animaux, on découvre les objets flottants, comme des doubles de tout le reste. Les limbes sont cette peau diaphane.

Lundi

J'étais au Pieds Humides tout à l'heure, il y avait Alexandre. Jean n'aime pas Alexandre, il est incontrôlable. Parfois son esprit s'avance et sort de sa tête. Alors ses bras s'écartent et ravagent ce qui traîne dans le périmètre. Souvent le phénomène est lié à l'alcool. La gorge se tord, la gueule se crispe de haine, les yeux ne voient plus que des rats crevés à la place des clients.

Tu sais qu'avant j'allais à l'église, me dit-il. Bien sûr de temps en temps. Maintenant je vais dans la nature. Tout ce qu'il y a autour que tu vois, les arbres, les forêts, les météorites, les fleuves, tout ça c'est Dieu. Pas autre chose. Dieu, je ne peux pas lui parler, mais l'arbre si. Il me répond. Je m'allonge et je regarde les branches et les feuilles des branches. Comme ça bouge. S'il y avait un peu plus de vent dans ces putains d'églises, je te jure qu'il se passerait plus de choses.

À travers les verres suspendus tête-bêche, Jean a un regard qui en dit long sur ce qu'il en pense.

J'ai rencontré le président d'Universal Music hier, continue Alexandre. En boîte de nuit. Il faisait la queue. Comme tout le monde. Même ce con

240

d'Universal a besoin de pisser, alors que c'est lui qui tient les manettes. J'ai pris rendez-vous avec lui pour la semaine prochaine.

Il s'allume une clope.

Si ça marche je m'achète une belle villa à Sainte-Foy-lès-Lyon et puis je descends à Marseille monter ma boîte d'import-export. Toujours cette même idée. Je t'en avais parlé. Faire venir par containers, en flux tendu, des portails en fer forgé du Maroc. Y vendre aux boîtes qui installent les portails. Après je suis peinard. Jean je t'embauche comme barman sur mon yacht. On voyagera ensemble, tu me feras des cocktails maison !

Je paye un verre à Alexandre.

Il ne faut jamais décourager personne à quoi que ce soit. Il n'y a que les projets qui font vivre. Ce n'est pas tout de mettre l'homme en cage. Pour qu'il y reste, il faut aussi lui laisser faire les plans d'évasion et rédiger la notice d'utilisation. Sinon il se laisse mourir.

Jeudi suite

Je suis comme une cocotte-minute. L'alcool augmente ma pression interne. Je m'approche du bord de l'explosion. Et quand j'explose, j'oublie tout. Je cherche à cogner dans les murs, à me flanquer la tête dans les angles des tables en verre. Je lâche toute l'agressivité. Le matin j'ai honte et je prends de sages décisions qui s'accumulent dans la cocotte. Et le cycle reprend. Quand j'atteins la température, j'augmente de quelques degrés avec l'alcool. Je suis un autre dans ces moments-là. Je suis toute ma terreur d'être sur terre.

Résolution : Arrêter les apéritifs.

Vendredi

J'ai commencé mes premières Expériences de Récupération assez naturellement à l'aide de livres. Je faisais un carton de vieux livres de poche que je déballais tôt le matin devant chez moi, puis j'attendais.

J'étais intéressé de voir comment les gens feraient leur sélection. Je regardais les mains se servir. Si telle dame saisissait *L'Éducation sentimentale*, ou tel homme *L'Assommoir*, je me faisais une meilleure idée d'eux.

Au cours des expériences suivantes, j'ai utilisé toutes sortes d'objets, pots, appareils ménagers, bibelots, non seulement dans l'optique de mieux comprendre les inconnus qui viendraient à passer devant eux, mais aussi maintenant dans l'idée de tester les « facultés de récupération » des habitants. De ces expériences j'ai tiré quelques enseignements.

Première observation : À la rencontre d'un objet sans propriétaire, l'individu lambda a un mouvement de méfiance. Les gestes de rapprochement sont hésitants. Le contact difficile. Ils avancent du bout des doigts, soupèsent. Quand ils ont pris leur décision, ils ne s'attardent pas. Peu importe d'ailleurs la nature de l'objet. Un trouble mystérieux naît de cette rencontre fortuite. Certains prennent l'objet mais l'attitude générale, la gestuelle révèlent l'anxiété. Le passage à l'acte semble douloureux. Un voleur menacé d'être pris sur le fait n'agirait pas différemment.

L'objet s'offre. Comment se comporter face à pareille aberration ? se demande le passant. On ne m'a pas appris à agir autrement qu'en consommateur. Et si ce passant est tout à fait honnête avec lui-même, son envie de posséder ce dictionnaire doit lui sembler absurde. Pourtant, malgré son inutilité, je sens que j'ai envie de posséder ce vieux Larousse, se dit-il. Enfin, dernier paradoxe : si je ramène le dictionnaire à la maison, je vais contre mes principes, je me trahis.

Deuxième observation : L'objet, même délivré de toute marque d'appartenance, reste étranger à la personne. Celle-ci est convaincue qu'il est à quelqu'un d'autre, c'est-à-dire qu'elle invente un propriétaire afin de sortir l'objet de son indéfinition. Ainsi, elle se met elle-même dans la position du voleur.

Je me souviens de cette honnête ménagère. Elle avait caché mon fer à repasser hors d'usage dans son sac et s'était enfuie tête baissée. Confuse, avec l'impression d'avoir fait quelque chose de mal. Elle n'avait pas su se contrôler. Bien sûr qu'elle avait déjà un fer. Celui-là aurait pu servir à quelqu'un qui en avait réellement besoin, se disait-elle. En même temps sa fille venait de s'installer. Elle n'en avait peut-être pas. Mais était-elle si pauvre qu'elle ne puisse acheter un fer à sa fille ? En somme ce fer, elle ne l'avait pas mérité. Elle n'avait pas travaillé pour. Elle en avait déjà un, et elle était persuadée maintenant, quelques centaines de mètres plus loin, qu'elle s'était comportée comme une idiote.

L'objet l'a détournée de sa ligne de conduite.

Il fallait qu'elle se l'approprie sans savoir pourquoi, de façon compulsive.

Troisième observation : Il faut payer pour être honnête.

Les gens honnêtes ont l'habitude de payer ce qu'ils consomment avec l'argent qu'ils gagnent. Dans l'acte de récupérer, ils ressentent une émotion particulière à enfreindre leur règlement intérieur. Sentiment de honte, mais aussi pour certains de joie puérile quand, cachés derrière leurs quatre murs, ils déballent les trésors extorqués à tous leurs principes.

Quatrième observation : Le voyeurisme est une forme de récupération. Le voyeur récupère les tranches de réalité laissées à l'abandon. S'accapare des personnages pour son théâtre intérieur. Je ne suis qu'un exemple parmi d'autres. En leur donnant mes affaires, je leur vole à l'œil leur histoire.

Vendredi encore

Ma rassurante pile de magazines, méticuleusement revus et corrigés par mes soins. Et surtout le courrier des lectrices. J'aime les femmes qui racontent leurs problèmes aux journaux. Vraies ou fausses d'ailleurs. C'est une lecture très apaisante.

J'aime celles qui se détaillent, se voient vieillir, se considèrent comme des objets. Celles qui font la sieste dans leur canapé, enroulées dans la couette à motifs de leur fille. Les pudiques. Les homéopathes, les solaires, les vénusiennes, les tout-par-les-algues. Celles qui sont toujours seules avec deux ou trois copines avec qui elles osent toujours pleurer. Celles qui souffrent dans leur couple. Je trouve touchant qu'au lieu de se tirer elles pensent à écrire à un journal. J'aime aussi les courges, les légumes de femme. Les exceptions, les magnifiques. Toutes m'émeuvent et m'excitent. Comme Isabelle, 37 ans, dans *Prima* : *Depuis que je suis enceinte je me mets à pleurer comme une folle dès que j'ai un orgasme avec mon mari,* explique-t-elle. *C'est notre deuxième bébé. Pour le premier, il ne voulait pas faire l'amour avec moi, donc je ne peux pas savoir si c'est lié à ça. Depuis que je suis enceinte, on fait l'amour une fois par semaine. Au début, il trouvait drôle que je pleure, mais la dernière fois il s'est énervé et il refuse de coucher avec moi tant qu'il n'est pas né. Je n'arrive pas à me contrôler.*

Chère Isabelle, lui répondrais-je si elle s'était adressée à moi plutôt qu'à l'hebdomadaire, vous ne savez pas la chance que vous avez. Essayez la prochaine fois de fermer les yeux et d'imaginer un torrent de montagne. Quand l'orgasme approche, concentrez-vous sur le courant. Quand il est là, criez, débattez-vous, pleurez toutes vos larmes, car votre clitoris est comme un radeau sur vos pleurs, excité par le courant.

Chère Isabelle, je veux vous dire que vous m'avez beaucoup ému. Cela faisait longtemps que je ne lisais plus *Prima* et j'ai eu presque envie, juste grâce à vous, de me réabonner. Jouir dans ses pleurs, c'est chialer de plaisir et d'horreur et ça me touche beaucoup. Si vous pensez que vous pouvez accomplir pareil miracle avec un autre que votre bourreau de mari, je suis partant.

Je lui refilerais mon numéro et je l'emmènerais d'abord au cinéma. On irait pleurer devant *Jeanne d'Arc* de Luc Besson, Milla Jojovich menant les hommes à la mort. Une grande actrice. L'élan de courage, la générosité, le sacrifice : des pleurs fleuves. Je la verrais fondre dans son siège, je lui serrerais la main.

Et puis je la prendrais debout par-derrière, à cause de son gros ventre, ses seins penchés sur l'étagère, frôlant la mappemonde. Je l'entendrais murmurer entre ses pleurs, la voix rayée par l'émotion : Mais qu'est-ce que je suis en train de faire ? Qu'est-ce qui m'arrive ? Où suis-je ?

Je vais écrire à *Prima*. Nous sommes collègues après tout.

Samedi

Je suis arrivé autour des 11 heures. Mme Dangan était en pleine lecture, avachie dans son bridge gonflable, comme à l'accoutumée. Elle m'attendait pour prendre sa douche. Le pommeau est tout près de ma cachette. Je l'ai regardée se savonner. Elle n'a pas de suite trouvé la bonne température. Elle avait la chair de poule.

J'ai acheté pour chez moi le même gel douche, à base d'extraits d'amandes.

Ensuite elle a fait revenir des lardons dans une poêle, a ouvert un sac de salade en vrac, a découpé trois tomates avec un couteau à dents au manche en bois. Le tout a été versé dans un grand saladier noir brillant, et recouvert de sauce salade toute prête. Elle aurait pu attendre avant de mettre la sauce. Je me suis dit que la salade allait cuire. Elle s'est mise à fumer du paquet de Dunhill extralight de sa fille. Mme Dangan fume des Royale Menthol. Elle s'est enfin préparée dans sa chambre. Une robe légère et courte.

Quand la copine est arrivée, elles sont de suite passées à table. J'ai peut-être déjà dit que Mme Dangan n'est pas très grande, 1 m 62 à vue d'œil. Son amie, près d'elle, impose par sa stature, d'autant qu'elle se tient droite comme un dogue à l'arrêt, la fourchette fichée dans un ensemble rigide de phalanges. Elle porte une robe stricte, bleu marine à motifs géométriques, qui descend jusqu'aux genoux. Les jambes sont maigres et les muscles saillants.

L'amie est une collègue, et elles se sont mises à échanger des propos sur leur travail à l'hôpital.

Il y avait une grosse bonne femme ce matin, dit la copine. Incroyable le numéro! Elle a passé son temps à répéter qu'elle ne voulait pas d'anesthésie. Dans le temps ça ne se passait pas comme ça! elle disait. Si vous nous gardez autant de temps, dans votre salle de réanimation, à nous parler tout le temps, c'est bien qu'il y a un risque. Vous avez peur qu'on ne se réveille qu'à moitié, ou même pas du tout!

La pauvre, hein! Nous on en voit tellement, hein! D'ailleurs j'ai vu une émission là-dessus! Maintenant si tu écoutes les gens, ils sont tous infirmiers et docteurs!

Mme Dangan écoute sans rien dire. Je comprends qu'il n'y a pas de réelle amitié entre elle et sa collègue. Elle s'est sentie obligée de l'inviter par politesse, pour je ne sais quelle raison.

Et puis ceux qui ne comprennent rien! disait la copine. Les étrangers la plupart du temps. L'autre matin il y en avait un gratiné. Ça faisait trois fois qu'il revenait. Non, je lui dis, pas aujourd'hui! Demain matin! C'est ça, tu parles, il avait encore rien compris si tu veux mon avis. Je lui ai réécrit la date, mais il ne devait pas savoir lire, peut-être un Kosovar. Ils devraient prendre un interprète juste pour les urgences! Il y en a tellement qu'on ne comprend pas, il y aurait du travail! L'autre fois un Arménien, une fracture à la jambe, je ne sais pas comment ça se dit en arménien. Je lui fais des gestes, je lui mime: CRAC, vous comprenez? Deux semaines et opération, OK? On passe plus de temps à expliquer qu'à soigner, maintenant.

Mme Dangan opine.

Il y a un vrai problème, dit la copine. À tous les niveaux. Ça ne peut pas continuer comme ça.

Tu as raison, dit Mme Dangan. N'empêche qu'il y a pire!

La copine sauce son assiette. Elle a repris de la salade. C'est une femme qui a un bon coup de fourchette.

Un yaourt? demande Mme Dangan.

Pourquoi pas. Tu as quoi?

Mme Dangan propose de tête une liste de parfums. En même temps elle se rappelle qu'elle a acheté de la glace et qu'il doit en rester au congèle, puisqu'elle n'a pas tout mangé, et que sa fille n'a pas dormi à la maison hier soir, alors elle dit:

Oh mais tu veux peut-être de la glace?

Tu as quoi?

Pain d'épice, vanille-pralines, nougat, dit-elle sans hésiter.

En fait je vais prendre un yaourt aux pruneaux puis je verrai, dit la copine.

Mme Dangan demande si elle veut un café et se lève pour aller à la cuisine. J'en profite pour m'étirer les jambes et la colonne. J'ai des fourmis dans les pieds.

Elles boivent le café. Mme Dangan se lève, s'approche de ma cachette et entre dans le réduit duquel elle ressort avec un fauteuil club gonflable qu'elle met en bouche. Je suis surpris qu'elle n'ait pas de pompe.

Tu mets beaucoup de chlore ? dit la copine.

Le minimum.

Je ne sais pas si je me baigne. Il ne fait pas si chaud.

Tu exagères.

Et sinon, comment va ta fille ? Elle prépare toujours son concours ?

Toujours. Et la semaine elle travaille sur Lyon. Elle n'a pas le temps de chômer, avec en plus le petit copain les week-ends…

Quand je pense que mon grand n'a qu'un an de moins et qu'ils ne se connaissent même pas !

C'est vrai, c'est bête, dit Mme Dangan.

Il est en première année de BTS. Avec ça il aura du travail tout de suite. Il suffit qu'il ait de bons résultats aux examens, et encore. Dans la chimie, il y a encore du travail pour tout le monde.

Tu as bien de la chance. Ce n'est pas pareil pour elle. Toutes les jeunes femmes maintenant veulent être puéricultrices, et le concours est de plus en plus dur.

Et toi alors, ça va ? Pas trop seule ?

Oh tu sais, on s'y fait, ça fait déjà longtemps que je vis comme ça.

Et lui, il voit sa fille de temps en temps ?

Deux ou trois fois par an. Il l'emmène en vacances. Il lui fait faire de la voile.

Vous avez de bons rapports ?

Pour ce qu'on se parle, oui. Tout va bien… Tu as fini ? Passe-moi ton bol, que je le ramène à la cuisine.

Un de ses pieds la retient à un bord de la piscine, qui a l'air minuscule pour deux, les deux fauteuils-bouées accaparant toute la surface de l'eau.

Et les hommes ? dit la copine.

Oh, dit Mme Dangan, gênée, rien de spécial. Rien de sérieux. Je ne sais pas si je cherche d'ailleurs.

Elle a l'air résigné en disant ça, comme nostalgique du temps des Chevaliers. Comme je la comprends. Comme nous nous ressemblons. J'en ai les larmes aux yeux.

Tu sais j'ai pris mes habitudes, continue-t-elle. Mon indépendance. Alors partager le quotidien d'un autre, lui faire la cuisine, repasser ses chemises, ça ne me dit qu'à moitié.

Je suis sûre, dit la copine, que tu aimerais quand même refaire ta vie avec quelqu'un !

Je me le demande. Parfois oui… Peut-être.

Tu n'as juste pas trouvé le bon.

Peut-être.

C'est sûr.

Lundi 28

Tous les accents sont faux. Comme je hais les accents depuis que je fais ce boulot. Et tout ce qui dépasse en trop. Les Anglais ont raison de s'en passer. Nos petites fientes de français. Et ces guillemets prétentieux. Il faudrait réinventer l'orthographe. Limiter le nombre de lettres.

Ces corrections sont à rendre pour demain midi. Je voudrais être seul mais à la fois hors de chez moi. Je ne serais pas contre le fait qu'on me mette en prison quelques jours. Je serais un valeureux terroriste. Tout aurait bien sauté comme je l'aurais prévu : une conserverie de baleine en plein centre-ville. Les journaux bien sûr feraient de moi un malade dangereux, mais la population m'écrirait des lettres de remerciement. M'enverrait des colis de victuailles. Je serais bien traité, dans une jolie cellule individuelle avec un petit bureau pour écrire mon livre. Je pourrais agir à ma guise sur le système d'aération de ma cellule, et en particulier sur la chaleur ambiante et le taux d'humidité de l'air. Dans un espace clos, une atmosphère sèche et fraîche est recommandée, assez pour avoir besoin de se couvrir d'un pull léger.

Quand je corrige des épreuves, j'ai souvent froid aux pieds. Il n'y a jamais pantoufles assez fourrées. Je crains l'humidité. Et la chaleur me paralyse. Un espace clos et chaud serait un enfer. Porter en permanence un tee-shirt ne me convient pas.

L'acouphène frappe en rythme. Le crâne fait un bruit de micro-ondes. Les épreuves à corriger sont

destinées au magazine *Equidia*, un nouveau client.
Il n'y a rien de plus dégueulasse que l'équitation. Des
gamines bousillées, qui ne saigneront pas la première
fois, avec des posters d'étalons au-dessus de leur lit.
Qui rêvent de brosser leur canasson, de passer leur
troisième galop. Si j'avais une fille, je lui interdirais
ce sport.

Il faudrait faire une croix sur les miettes de
sexualité que je m'accorde encore. L'internet, cette
grande maison de passe qui digère nos pulsions. Si
Mme Dangan me voyait.

Dimanche
La buvette est fermée et la terrasse est vide, les
gens ont fini de manger. Je reconnais Paul avec son
roquet, assis devant sa bière vide, le dernier numéro
de *Pour la science* devant lui. À côté, un paquet de
Samson light. Le caniche se tient sage sur le carrelage, la laisse attachée au pied de la banquette. Je
m'assieds.

Je commande deux demis.

Tu dors toujours au squat, avec Marc? je lui
demande.

Toujours, ouais. Mais ils parlent de nous vider.
Nous ça va, on se tient bien. Il y a aucun problème.
C'est les Polonais du premier. Tu comprends ils ne
sont pas d'accord, alors ils se foutent sur la gueule,
ça fait venir les flics. Nous, la propriétaire on la
connaît, elle est gentille comme tout, elle s'en fout
qu'on paye pas. Ça l'arrange presque. On occupe.
Après elle veut faire des travaux. Mais les Polonais

quand ils se mettent la tarte, ils se la mettent bien. Et puis pas que l'alcool. Il y a des histoire de deal de je sais pas quoi. De cocaïne… Enfin si c'était que ça. J'ai surtout peur des Américains. À côté, mes Polonais, ça ne compte pas. Complètement tapés ceux-là. Dangereux. Ils se prennent tous pour le Christ rédempteur, l'Antéchrist. Ils veulent la guerre, ils veulent tout dominer. Ils cherchent à avancer la fin du monde pour amener la paix et le bonheur sur terre. Des barges complets.

Nous trinquons au bonheur sur terre.

C'est une drôle d'époque, dit Paul. À mon avis on n'est pas loin de la fin, et c'est tant mieux, on pourra repartir sur de bonnes bases. Je dis ça parce que je suis hystérique et que je le sais. J'en suis conscient, c'est toute la différence. Moi je suis pas Bush, le bras, je suis le messager, un des nombreux messagers. Tout coïncide si on regarde bien. 90 a été une année d'activité solaire intense. Puis 2001 et enfin 2012. Je pense à 2012. Ce sont des cycles de onze ans tu comprends. Le soleil s'approche de la terre tous les ans. L'activité des hommes s'en ressent. Moi je suis très sensible, très, à ces choses-là. Ils se mettent à galoper partout, à s'entre-tuer, s'il faut, ils s'activent d'un coup. Quand je dis ça, je parle de ma propre hystérie et j'en suis bien conscient. L'éléphant retourné, la basilique de Fourvière, les gens l'appellent l'éléphant retourné, hein. Encore un Ganesh, un chakra. Nous vivons dans une ville mystérieuse menée par la kabbale.

Paul me regarde au fond des yeux, comme pour

m'hypnotiser. Je le vois qui ouvre la porte à son délire et l'assied en bout de table, face à lui.

Soi-disant ma mère avait fauté avec le boulanger. En quoi ça me regarde ? Elle fait bien ce qu'elle veut. Mais à l'époque il y avait des techniques. Elle s'est mis des salsifis, des poireaux dans la chatte. C'était comme ça. Des aiguilles à tricoter. Elle en voulait pas de moi. Ils ont essayé de me tuer, par tous les moyens. Et puis je suis sorti. Je suis venu si tu veux. Je suis entré au monde. Comme dans un fleuve sacré. Une boule de pus. Ils m'ont mis trois mois sous oxygène. Moi, comme ça. Une grosse boule de pus. Je sais pas si c'est de commencer la vie ainsi, mais après j'ai plus jamais connu la maladie. Je suis jamais malade. J'ai cinquante-cinq ans. J'ai été violé à dix ans, puis j'ai été homosexuel, drogué, tout ce que tu veux, alcoolique. J'en ai connu de près qui en voulaient à mon cul. On dit qu'Œdipe aimait sa mère. Mais l'inceste, ce n'est jamais dans ce sens. C'est le père. Le père quand il voit sa fille de dix-sept ans il a qu'une envie c'est de lui faire le cul. Il préfère la jeune à la vieille. C'est toujours dans ce sens. Moi à mon âge je ne voudrais pas baiser une vieille. Je préfère les jeunes. Parfois je me lève une petite pépée. Je me la fais. J'ai encore un bon sexe bien dur. Mais elle ça la dégoûte. Elle gerbe. Moi aussi à vingt ans l'idée de coucher avec une vieille me dégoûtait.

Il boit une gorgée.

J'en ai connu des cancrelats, des bouffeurs de cadavres. 2012 mettra tout le monde d'accord. Tous les fils maudits des familles. Comme moi, l'enfant bâtard qu'on a choisi pour porter le malheur des autres. Les petits christs pas reconnus. L'éternelle histoire de la lignée. La lignée qui sacrifie l'enfant et en fait un curé. Prendre la robe du curé avant ou celle du travelo, aujourd'hui. C'est pareil. Pour que la lignée soit sauve et que l'aîné vive. Moi je ne suis rien, je ne suis qu'un messager.

Mercredi

Aujourd'hui, Expérience de Récupération n° 23 dite «de la chemise à carreaux».

Levé à l'aube, je descends accrocher une chemise sur son cintre à un jeune arbre longeant l'avenue. La chemise est propre et presque neuve. Je l'ai portée plusieurs fois, mais la couleur rouge sombre et la texture m'ont lassé. Il est 6 heures 23. Le trottoir suit la ligne de tramway et le muret d'enceinte récemment repeint du crématorium de la Guillotière. Il a l'avantage d'être peu passant et facilement observable à l'œil nu de ma salle à manger.

Je fume à la fenêtre, en attendant de voir ce qui va arriver.

Plusieurs touches.

D'abord un monsieur qui remarque la chemise mais ne s'arrête pas. Il est 6 heures 57. Une petite vieille qui se montre plus insistante. Elle touche le tissu, hésite, mais à qui pourra-t-elle bien servir ? Elle reprend son chemin.

Enfin une petite dame entre deux âges, qui porte un blouson en daim sombre, se décide. Il est 7 heures 34. Elle défait le bouton du haut, plie la chemise dans ses mains (un vrai pli de chemise, pas un geste à la hâte) et la cache dans son sac. Puis elle descend l'avenue. Il faut poursuivre l'observation au sol. Elle passe la porte du cimetière. Je la perds un moment de vue. Je la retrouve devant la tombe d'un mort que je suppose être son mari. La chemise, parfaitement pliée, est posée sur la tombe, et je l'entends qui dit : J'espère qu'elle te plaît.

Un long moment plus tard, elle remet la chemise dans son sac et s'en va prendre le tramway.

Mercredi toujours
Il fait nuit.

Au commencement des temps, la matière vivante n'avait pas de volume. Des cellules grouillaient dans la mer. La Terre n'était pas ronde. Elle avait la forme d'une goutte d'eau. Elle était lisse et sans terre. Les éruptions ont créé le volume. Des éruptions de pierre ont étiré la terre.

Les animaux non plus n'avaient pas de volume. Des cellules informes se baignaient au fond de l'eau. Et puis l'anneau est arrivé. La figure de l'anneau. La matière vivante a soudain pris une forme rigide. Ça a été le premier ver de terre, une succession d'anneaux solides, dont un a été désigné comme la bouche et un autre comme l'anus. C'est à partir de cette structure que les êtres vivants se sont complexifiés : la colonne vertébrale est le produit du ver de terre.

Toujours le même combat contre la gravité. Exister dans l'espace. On en est tous encore là.

Samedi d'août

Je me lève tôt. Mme Dangan ne travaille pas aujourd'hui. Les choses s'organisent. Le petit sac à dos Go Sport gris anthracite est équipé d'un couteau de chasse, d'une lampe, d'une bouteille d'eau, d'un k-way, d'un pull léger, d'une boussole, d'un niveau à bulle de taille moyenne, d'un cadenas, d'un tourne-vis, d'une éponge, d'une thermos de café, de gants en cuir, d'une pince universelle et de mes carnets.

J'avale une tasse de thé et le porridge de la veille, que je fais réchauffer. Je me passe la tête sous l'eau.

Je prends le temps de faire mes exercices de kiné. La Méthode de Mme Mézières rétablit la symétrie des corps par le souffle accentuant les forces de gravité sur les organes. Je sors le tapis de sol, m'allonge sur le dos, menton rentré, pieds joints dressés au mur : dix respirations bras ouverts, dix bras gendarme, dix bras croisés et dix bras leviers. L'oxygène réinjecté dans le sang renforce le métabolisme, réveille les muscles et relâche les tensions nerveuses. Il amène tonus et optimisme, jusque dans le cerveau. Il apaise l'acouphène.

Le bus est un ancien modèle, confortable. La roue arrière droite est libre.

Arrivé à destination. Une petite dame en chemise de nuit se tient près de l'arrêt, les pieds nus dans l'herbe fraîchement arrosée qui orne ce coin de ville. Derrière elle s'étend un bosquet de cèdres. Je remarque le bas de la chemise mouillé, et le bigoudi qu'elle tient dans une main, avec son épingle en plastique. Les cheveux blanc gris sont en bataille et tiennent en l'air.

Je lui demande si je peux l'aider. Elle m'explique qu'elle attend sa petite-fille, qui sort aujourd'hui de l'hôpital. Ses yeux cherchent un repère.

Je lui demande d'où elle vient.

La pension des Alysés, dit-elle. Tout près d'ici, ne vous inquiétez pas. Si j'avais mes lunettes de vue, je vous aurais montré.

Elle relève un peu sa robe, plisse les yeux.

Vous comprenez, j'ai quitté ma chambre avec les mauvaises lunettes, celles qui me servent à lire. Mais ça n'a pas d'importance.

Je peux peut-être vous raccompagner? dis-je.

Oh je ne veux pas vous déranger, dit-elle. Vous avez certainement d'autres choses à faire.

Je prends son bras, en lui expliquant que j'ai un rendez-vous qui peut attendre, et je demande à une femme en cabas qui passe par là où se trouve la résidence des Alysés : au bout de cette rue, puis à droite, derrière la forêt de cèdres.

L'allée qui mène à l'entrée est couverte d'un long tapis d'épines. Je lui dis au revoir, vous y êtes.

Elle n'a pas l'air contente.

Une infirmière s'avance et la prend par le bras.

Eh bien Mme Louverne, on est allée se promener dans la nuit?

Et puis à moi : C'est souvent qu'elles font le mur. Après les gardiens ont un mal fou à les retrouver.

Je remonte l'allée. Le soleil, déjà chaud, perce entre les branches. Je longe un mur et des propriétés bourgeoises. Il a plu cette nuit, et l'eau d'orage est suspendue à la glycine. Je cueille un bouquet et me nettoie le visage. J'irai voir ma Bonbonnière un autre jour.

Mardi

La première fois que j'ai connu Alexandre, il y a bien dix ans maintenant, il était si mal vu des patrons que bien la moitié des bistrots de la ville refusaient de le servir. Une grande gueule fêlée. Je buvais un demi dans un café quelconque, place Saint-Amour. Alexandre passe l'entrée et se met au bar. À cette heure-là il n'y avait que des ouvriers, qui discutaient entre eux. Alexandre les regarde l'un après l'autre, puis le patron, et dit :

Alors ça va, les pédés ?

Tout de suite l'ambiance se dégrade. Le patron frappe le premier, puis les autres se rangent à son avis : que l'enculé mérite une bonne leçon. Et Alexandre finit dans son sang, sur le carrelage. Un vrai punching-ball.

Le lendemain, j'avais la tête qui avait enflé, m'a expliqué Alexandre une semaine ou deux après son exploit. Je ressemblais à un soufflé aux pommes. Genre Tiozzo après son match de coupe du monde. Je me rappelle, devant la glace. Je me suis dit : Putain, merde, pas de doute, c'est moi ça. Moi et ma grande gueule.

Vendredi

«L'homme est né libre, et partout il est dans les fers» (ou dans le cuir, pour un fétichiste). Le masochisme général de l'individu en société est bien résumé par cette célèbre citation. Elle constitue une sorte de tradition de pensée, une base sensible unanime : l'homme se considère avec compassion comme prisonnier de sa propre humanité. La liberté serait un bien de consommation limité. Les gens sont résignés à ne pas être libres. Ils préfèrent se distraire, avoir des attentions les uns pour les autres, se procurer du confort. Ils cultivent leur jardin.

Je crois au contraire qu'il existe tant d'espaces vides au sein même de notre ordinaire que l'on peut indéfiniment y vivre libre. Cette liberté est bien sûr restreinte de par la nature même de l'espace, mais elle n'est pas négligeable. Elle n'implique ni fatalité ni transcendance : elle est le fruit du hasard quotidien.

À chacun de terroriser mollement son ordinaire.

Vendredi suite

Le ciel est entièrement bleu. L'après-midi plongé dans de vieux numéros de *Femme Actuelle*.

Isabelle est une maniaque des nanotechnologies. Elle est cadre commerciale dans une PME en expansion. Elle souffre de solitude. Elle s'habille de manière stricte. Son travail la préoccupe, elle a le souci permanent de ne pas se faire marcher sur les pieds. Elle prend soin de son corps, s'épile à la cire, mange souvent japonais.

« Malgré tout, à 39 ans, explique-t-elle, j'ai décidé d'avoir un enfant. Quand il s'est agi de le faire garder, cela m'a fait beaucoup de peine et j'ai d'abord refusé. Mais mon patron avait besoin de moi à plein temps, et il a fallu que je m'y résolve. »

Près de mon lit, je dispose d'une pile d'hebdos

féminins qui m'ont été envoyés, pour me remercier de mon travail. Bien mieux que n'importe quelle revue porno. Il faut trier c'est sûr, mais j'ai de quoi voir venir.

J'ai souvenir dans un numéro de *Prima* de cas similaires de jeunes femmes souffrant de la rencontre de deux pulsions antagonistes : donner la vie et travailler. L'homme n'est qu'un souci annexe. Sitôt la graine inséminée, il s'agit pour ces femmes de le faire fuir au plus vite afin de profiter seules de l'enfant.

«Comme je n'étais pas tranquille, dit Isabelle, j'ai eu recours à une entreprise de vidéosurveillance qui a installé une caméra miniature dans l'œil droit du nounours de mon fils. Je pouvais ainsi voir mon petit ange autant que j'en avais envie, et vérifier que la nourrice était bien pour lui.»

Deux fenêtres s'ouvrent et se ferment en alternance sur l'écran de son PC. L'œil du nounours et son travail en cours. Comme un crabe pris dans la nasse.

«Très vite, dit-elle, je remarque l'absence de bisous, le peu de joie, le peu de rire procurés. Alix est pourtant un enfant adorable. La nourrice reste comme froide à toutes ses marques d'amour ou de rapprochement et le laisse pleurer plus que de raison quand il ne veut pas s'endormir. Je congédie la nourrice, en lui conseillant de changer de métier. Mais ce dont je ne me doute pas, c'est que sa remplaçante va être encore pire. Un temps de jeu réduit au minimum, mon bébé calé devant la télé et elle à siroter mon Martini en se grattant les fesses sur mon canapé. J'avais bien précisé que je ne voulais pas de fumeur. Pourtant elle fumait sur le balcon et jetait ses mégots sur les gens dans la rue. »

Isabelle est à bout. Son monde parallèle plongé dans la tempête. Comment sortir de cette impasse ?

« Je la licencie comme la première, continue-t-elle, après une scène très dure. Malgré tous ses défauts, Alix s'était attaché à elle. Ça me brise le cœur de lui faire subir tout ça. Je culpabilise beaucoup et je suis dans un état nerveux inquiétant. Je demande à mon chef des vacances. Le mois dernier j'embauche une nouvelle nounou, pleine d'espoir que les choses se tassent enfin. Mais jamais deux sans trois, cette étudiante est une souillon, elle s'occupe à peine d'Alix et lit des mangas toute la journée. Je n'ose pas la licencier, car je viens de prendre des vacances, mais je lui fais des reproches qui ne lui plaisent pas. Elle se sent surveillée. Que faut-il faire pour trouver une nourrice intègre ? J'en fais des cauchemars. Si vous avez la solution, n'hésitez pas. »

Maintenant, ce que je lui ai écrit :

Isabelle, ne t'affole pas, et débarrasse-toi à la fois du nounours et de l'étudiante. Il faut que tu établisses une relation de confiance avec une nounou qui te convienne. Sinon, tu n'auras plus que la solution de cesser une de tes deux activités : te débarrasser de l'enfant ou te mettre au chômage. J'imagine que, depuis quelque temps, ton patron ne doit pas être trop content de ton travail. Impossible de te concentrer avec le petit qui pleure sur ton écran. Une année sabbatique te ferait du bien, en attendant qu'Alix aille à la maternelle par exemple.

Et sans une hésitation, j'ajoute en P.-S. :

Je trouve inquiétant, en tant qu'homme, que le père d'Alix soit si peu présent dans ton récit. Serais-tu dégoûtée des hommes ? Tu ne parles pas non plus de tes parents qui pourraient garder le petit de temps en temps. As-tu coupé les ponts ?

Malheureusement, Isabelle ne peut pas me répondre car elle n'a pas mon adresse, mais je pense qu'elle serait d'accord avec ces quelques conseils de bon sens. Il serait certainement utile que nous ayons deux ou trois entretiens, mais je n'ose pas la déranger.

Samedi

Aujourd'hui Mme Dangan a invité un homme à déjeuner. Je suis peut-être plus anxieux qu'elle. Elle a mis une robe très courte et l'homme est plutôt mal à l'aise, il a un physique niais. Chauve, petite moustache, les épaules qui tombent jusqu'à la table.

Vous voulez un yaourt ? dit-elle.

Non merci.

Tous les soirs mon mari réclamait son yaourt brassé, dit Mme Dangan. Il avait aussi une marque qu'il préférait aux autres. Un maniaque !

Oh moi non, dit l'homme, je n'ai pas de marque préférée. Je ne mange pas souvent de yaourts.

Et vous n'avez pas l'air vantard. Je me trompe ?

Non.

Mon mari passait son temps à se vanter. Moi je suis le chef de ci, je dirige ça. Il fallait qu'il s'étale, vous comprenez. Pour se rassurer, certainement. Pareil pour les vêtements. Il n'y connaissait rien, alors il achetait des marques, pour se rassurer. Comme un enfant. Peut-être à cause de sa femme précédente, une avocate. Le genre de femme qui aime briller, se montrer.

Et vous vous entendiez bien ? dit-il.

Vous voulez dire au début ? Oui au début ça allait. Mais le problème c'était son travail.

Elle se tait et lui attend la suite.

Par exemple, dit-elle, un week-end on va voir des amis. Il me dit dans la voiture : Écoute, on ne rentre pas tard. Je lui dis : Pierre, laisse-toi aller un peu, on ne sort jamais ! Cette fois on reste aussi tard que les autres ! Mais vers 23 heures je le vois qui roule dans ma direction des yeux menaçants. Il veut partir, ça se voit. Nos hôtes aussi le voient. C'est gênant, vous comprenez.

Bien sûr, j'ai déjà vécu ça ! dit-il.

Il ne doit pas faire bien plus d'un mètre soixante-dix. Il est habillé comme un petit fonctionnaire.

Parce que lui, continue Mme Dangan, ce qu'il voit, c'est que, s'il reste plus tard, le lendemain il ne va pas pouvoir travailler. Il sera fatigué parce qu'il aura peut-être bu un verre de trop. Vous vous rendez compte, me rouler des yeux pour qu'on y aille, alors qu'on vient juste de proposer le café !

Le ton de sa voix n'est pas le même que d'habitude. Elle choisit ses mots, s'écoute parler.

Je suis buffle, reprend-elle. Vous connaissez ce signe ? Dans le calendrier chinois ? Le buffle peut rester longtemps au repos. Il semble endormi, mais il accumule des forces, il se recharge. Et quand le buffle est prêt, je peux vous dire que ça tranche dans le lard ! Quand j'ai décidé de partir, c'était fini pour de bon.

Il ne sait pas quoi dire. Elle le regarde et il se sent jugé.

Oui je suis comme ça, dit-elle.

La discussion traîne encore, mais il a déjà compris qu'il n'arrivera à rien – il doit avoir l'habitude de ce genre de rendez-vous – et il finit par disparaître.

Je me retrouve enfin seul avec ma petite Bonbonnière. Elle soupire de soulagement et se déshabille à quelques mètres de ma haie. Puis elle me tourne le dos et effectue un délicat plongeon dans l'eau chlorée. Sa peau orange scintille comme une valise en or.

Peut-être l'émotion de me retrouver seul avec elle, dans ce moment privilégié. Je laisse tomber la pierre que je manipulais machinalement. Elle tombe bruyamment sur la dalle et roule vers la piscine.

Mme Dangan a vu la pierre. Elle sort de l'eau et vient la ramasser. Son corps, ses pieds ruissellent jusqu'aux miens. Je m'arrête de respirer. Je vais être découvert, cette fois c'est sûr. Elle doit sentir ma présence. Elle est nue, s'accroupit tout au bord de mon rhododendron.

Le chien, dit-elle. Le chien le chien. Un instant je crois que c'est moi qu'elle appelle, qu'elle se moque. Mais non, elle ne m'a pas vu. Comme elle ne reçoit aucune réponse, au bout d'un temps elle sort son bridge gonflable du réduit et vaque à ses lectures.

Cet instant immobile, ce corps qui s'offre à moi entre les feuilles. Étrange. Je me dis que peut-être elle m'a vu, peut-être que depuis le début elle sait que je suis là, que je l'observe, et qu'elle joue avec moi à ce jeu. Qu'elle apprécie mes attentions et qu'un jour on se retrouvera à table et qu'on en plaisantera.

Drôle de rencontre, dira-t-elle.

Oui, dirai-je, je voulais te surprendre. Je voulais te découvrir et t'aimer à distance. Je savais que tu serais sensible à cet amour, qu'un jour tu viendrais me rejoindre dans ma cachette.

Dimanche

Si j'étais plus méticuleux, je pourrais mieux me mettre à leur place. Les magazines féminins sont truffés d'indices qui mènent à la solution, j'en suis absolument persuadé. La clé de l'énigme est là, toute proche. J'approche, parfois j'ai l'impression de toucher quelque chose, de caresser un secret, mais je me rends compte en tournant la page, dans un déferlement de crèmes, du gouffre qui me sépare de la femme et de la mort.

« Bonjour, je m'appelle Julie et je suis alcoolique. Il y a seize ans, mon mari m'a quittée. J'étais enceinte de deux mois et je pense qu'il a bien fait. Pendant dix ans j'ai été abstinente, grâce à la cure et aux Alcooliques Anonymes et pour cet anniversaire des dix ans, j'ai bu un verre et j'ai replongé. Cela a duré sept ans. Alors mon second mari m'a quittée et j'ai perdu la garde de mon jeune fils… »

Il me semble impossible, Julie, de concilier alcool et éducation. Tu dois vivre avec ce désagréable sentiment de culpabilité. Je vois sur la photographie que ton visage est marqué. Tu as beaucoup grossi, certainement de mal manger car tu ne fais plus l'effort de cuisiner. Tu t'habilles mal. Tu dis que ta mère ne veut

plus te voir. Il faut que tu règles tous ces problèmes.
Que tu fasses front.

« Cela fait maintenant cinq ans que je suis abstinente, dit Julie. J'ai récupéré la garde car mon second
mari est aujourd'hui en dépression, du fait entre
autres de mon problème d'alcool. Il pense continuellement à mettre fin à ses jours, ce qui est un mauvais
environnement pour un enfant en CM 1, comme l'a
fait remarquer la juge aux affaires familiales…

Depuis un an, j'ai rencontré un homme. Il est très
sportif, ce qui me dope beaucoup. Il est très strict
avec l'alcool car il sait que je peux replonger n'importe quand… »

Tu vois qu'il n'y a pas de raison de perdre courage.
Je sais ce que tu ressens, tu sais. Je suis passé par
là aussi. J'ai été alcoolique, maintenant je m'en
sors, j'espionne les ménagères dans les buissons, je
regarde des images porno sur le net. Mon fils s'est
suicidé, mais je fais front. J'ai un plan. Il faut avoir
un projet pour s'en sortir. Un projet ambitieux et
utile. Continue je t'écoute.

« Je vous écris parce que j'ai peur que mon fils
devienne alcoolique. J'ai l'impression que ça doit
arriver et qu'il ne pourra pas l'éviter, mais il est
encore très jeune, et il y a peu de choses à faire en
termes de prévention. J'ai beau lui dire de faire attention, il hérite de mon ADN. »

Les chiens ne font pas des chats, Julie, mais je vais
te dire une chose : les chiens ivres font des chiens. Tu
comprends ? Nous sommes avant tout des hommes
et des femmes, avant d'être ce que l'addiction nous
fait. Tu es femme avant d'être alcoolique. C'est aussi

simple que ça. Et c'est pour cela qu'il y a toujours de l'espoir.

Je crois que le sport est une excellente chose pour toi et tu dois continuer dans ce sens afin de te reconstruire. Le chemin est long. J'admire ta détermination depuis cinq ans. On est tous derrière toi, nous les lecteurs. Avec nos problèmes. On est là.

Je n'ose pas écrire. Que ferait un homme au milieu de ces femmes? Pourtant j'ai envie d'être avec elles, de leur confier mes soucis. Dans ma vie il a toujours fallu tout cacher. J'aimerais tellement que *Femme Actuelle* me prenne dans ses bras. Mon petit, dirait-elle, toi aussi tu as bien souffert. Tu ne méritais pas ça. Toutes ces années sans personne, dans ce monde gigantesque et vide, ça a dû être dur. Mais maintenant c'est fini, je suis là, on est toutes là. Toutes les lectrices. Regarde. Elles sont toutes là dans ta chambre. Tu peux pleurer. Pleure tout ce que tu es. Endors-toi dans nos bras.

Lundi

Du Pieds Humides à chez moi, il y a un peu plus de deux stations de tramway. Sur ce court trajet l'avenue est comme un mille-feuille. D'abord la couche de trottoir le long du mur de la voie de chemin de fer, où personne ne marche, transformée en piste cyclable. Puis une couche épaisse de double file de voitures pressées, dont la plupart vont jusqu'au périphérique, attendent de s'extirper de la ville, cherchent leurs aimants de lotissements éparpillés au bout de l'axe. La troisième couche est celle du tramway, une plate-bande de goudron gris entre les rails, la station Jean-Macé calée devant notre buvette, station Garibaldi déjà à la fin du mur SNCF, face au garage Darty, station Route-de-Vienne tournée sur le Grand Trou. Passé l'avenue Garibaldi, la voie de chemin de fer part à droite et dégage un peu de place pour y coincer des immeubles, rez-de-chaussée Ford Opel, encore des voitures derrière des vitres, propreté remarquable, posées sur du carrelage. L'historique magasin de bricolage avec sa vitrine d'écrous et vis de toutes tailles a dégagé au profit d'un grossiste en photocopieuses.

À partir de la route de Vienne, les vitrines proposent toutes sortes d'ornements funéraires, les fleurs mortes ou vivantes, papier, plastique, séchées, parfumées, en bouquets ou en pots, les fleurs en céramique peinte, les couronnes, un bateau de fleurs, puis les magasins de pierres, de plaques, de gravure au laser, d'incrustation. Les cires, les marbres, la carrière où stocker les couvercles.

Entre les boutiques de prêt-à-porter funéraire qui occupent l'avenue jusqu'au nouveau cimetière, des garages, un Midas, une petite zone commerciale avec un parc d'attractions pour enfants, un gymnase-club, une station de contrôle technique, des bureaux, un brocanteur, un marchand d'accessoires pour deux-roues.

Au niveau du pont de chemin de fer, Mutt, le vigile, un Pygmée bleu tagué sur le mur de carrelage d'une maison démolie, observe en alternance les voitures et les trains.

Le discounter de 4×4 étale sa marchandise à deux pas du cimetière. Les roues crantées au caoutchouc épais brillant, comme huilé, les phares chromés, les pare-buffles, les placages de bois exotiques aux tableaux de bord, les volants sport, les sièges en cuir. Les morts se tournent et se retournent et en bavent d'envie. Des Toyota, des Porsche Cayenne, des pick-up Nissan. De quoi tracer les dunes, s'envoyer des fantômes sur la plage arrière.

Face au cimetière, dans le parfait prolongement de l'allée centrale, la rue de l'Éternité, étroite, regoudronnée, qui sert de raccourci pour rejoindre la Part-Dieu. Elle devait devenir la nouvelle allée centrale du nouveau cimetière, mais le projet n'a pas pu aboutir. La dent creuse reste en friche. La rue de l'Éternité sert de voie de garage aux familles en visite, aux corbillards vides.

Les chats du nouveau cimetière ont été châtrés récemment, pour éviter la prolifération. Ils sont une quinzaine à s'occuper des rats. Les vieilles veuves les nourrissent. Elles sont organisées. Elles ont leurs heures et leurs préférés. Certaines ne s'occupent que d'un chat, qui loge à tel endroit. D'autres mettent leurs croquettes dans le pot commun, dans un petit abri en aggloméré protégé de la pluie, sous la haie de sapins près de l'entrée principale.

Je viens souvent au nouveau cimetière me promener. C'est un peu le seul parc dans le coin. Très calme. Les parents devraient y amener leurs enfants. Un cimetière est un terrain de jeu idéal pour un gamin. Quand une mairie proposera de transformer les cimetières en jardins d'enfants, je me remettrai à voter. Les veuves seraient bien contentes d'avoir de la compagnie.

Le mercredi après l'école, j'emmenais Amory avec moi visiter le cimetière. Il s'amusait avec les graviers, il faisait le jardin avec les veuves, il arrosait les fleurs, nettoyait les tombes. Pour elles le mari vivait encore dans la terre. Alors, elles continuaient de lui faire la toilette, le ménage. Le mariage, c'est le ménage.

Quand le cimetière était vide, nous nous allongions sur les tombes réchauffées de soleil. On regardait les photos, il me demandait pourquoi ils étaient morts, où ils étaient maintenant. Je cherchais des indices. Quelquefois les veuves nous racontaient. Sinon, j'inventais les histoires. Je lui expliquais parfois que les morts étaient tous devenus jardiniers quelque part très loin, dans un coin de campagne connu d'eux seuls. Ils avaient chacun une petite cabane, quelques outils, des graines, et ils cultivaient leurs légumes. Amory me demandait si on pouvait aller les voir. Je répondais qu'on avait tout notre temps.

Mardi

Acouphène inquiétant. Ça ne s'arrange pas. Même l'impression que ça empire.

Quand Céline est tombée enceinte, j'avais vingt ans et elle dix-neuf. D'abord elle m'a dit qu'elle allait avorter. Elle a dit : Je ne veux pas d'enfant avec toi. Je ne veux pas vivre avec toi. Je ne veux plus te voir. Elle était en colère, je me rappelle. Mais elle était heureuse. Nous étions amoureux.

Je suis resté assis, sans pouvoir bouger, sans rien dire. Pendant un long moment elle est restée debout devant moi certainement en attendant que je dise quelque chose. Que je lui dise que je l'aime, que nous allions vivre ensemble, avec l'enfant. Que tout irait bien. Puis elle a fermé la porte derrière elle. Dès que la porte s'est refermée, j'ai pensé qu'elle se rendait à l'hôpital pour se débarrasser de ce qu'elle avait de moi. Je n'ai pas bougé. J'étais figé de trouille. J'avais peur qu'elle se suicide aussi. Par ma faute.

Mercredi

L'avenue est un jeune arbre au tronc mince dont les racines trempent dans le Rhône et la gare de Perrache, qui cherche le soleil hors du centre, vers l'est.

Après les bombardements de la Seconde Guerre, l'avenue a repoussé comme du chiendent. Comme s'ils avaient voulu reboucher les trous, l'un après l'autre, avec de la pâte à modeler. Les buissons d'acacias poussent entre les grillages renversés par le vent.

Elle fait des feuilles de résidences. Des constructions closes sur elles-mêmes, avec de hauts murs et le portail en fer forgé, un digicode sophistiqué.

Les promoteurs ont bien compris ce que les classes moyennes réclament, le bonheur et la paix : des miradors, des forces de dissuasion aux fenêtres. La colère sociale, la frustration gagnent du terrain, s'avancent jusqu'aux paillassons.

L'acouphène est devenu brutal à mi-chemin. J'ai continué en grimaçant et j'ai pensé : La clôture est le collier de communion. Elle satisfait le chien en nous.

Vous avez une barrière? dit le spectre-voisin de l'autre côté du mur.

Oui, bien sûr, dit l'autre voisin-spectre, lui aussi invisible. Et j'en suis très content. Elle s'ouvre et surtout elle se ferme. C'est très pratique pour dissuader les gangsters. Je peux faire pour trois ans de provisions de conserves dans ma cave aménagée.

Nous sommes mieux entre voisins et entre mêmes classes d'âge, dit l'autre voisin-spectre, aux Aubépines. On joue à la coinche ensemble, c'est sympa. Celui d'à côté a acheté un nouvel écran de télévision plasma. C'est un investissement. Maintenant on regarde le match de foot chez lui. Nous on apporte les bières, voilà tout. Un autre va chercher les pizzas.

Ah vous avez bien raison, dit l'autre spectre. Chez nous aussi c'est une des règles de sécurité : on ne fait pas livrer. Comment savoir si le livreur est honnête. Je dis : pas la peine de prendre des risques inutiles. Il y a une dame dans la résidence qui ne peut plus se déplacer, étant donné son âge. Eh bien à tour de rôle on lui fait ses courses. C'est ça la solidarité.

Notre jardinier est parent d'un propriétaire, dit le spectre-voisin. Il s'occupe très bien de la pelouse, de nos piscines et des haies. Bientôt nous aurons un figuier. Les enfants du voisin peuvent jouer dehors sans se faire agresser. Les parents n'ont pas besoin de descendre de chez eux. Ils les surveillent par la fenêtre ou de la terrasse. Si ce n'était pas fermé, les enfants n'auraient pas l'autorisation de jouer dehors.

Nous, dit le voisin-spectre, vous comprenez, nous avons travaillé toute notre vie. On a fait tout ce qu'on avait à faire. Et même bien plus, et sans jamais tricher, sans jamais voler, sans mépriser le monde. Alors maintenant, on a envie d'être tranquilles. On a le droit de s'arrêter, de vivre dans le calme. On l'a bien gagné. Notre petit coin à nous sur terre. On est bien là.

La tête me tourne. J'entame lentement la boucle qui longe le cimetière, jusqu'au dojo. Tout en marchant je pense à l'avenir immense et aux cercles infinis de mes déambulations. Des anneaux de vide. Il n'y a rien, plus personne qui me retienne maintenant.

Le moindre bruit est une souffrance atroce. Je regarde par terre et reconnais mes chaussures, ces pas qui vont me mener jusqu'à chez moi. Rien que la vue pour m'apaiser. La ville à 300 degrés. Des parcs, des terrains vagues, des trains. Beaucoup de rails. Toute la vallée du Rhône. Les Alpes, les collines. Fourvière. La ridicule petite tour Eiffel qui clignote. Les dizaines de grues tournées vers La Mecque, en prière dans la nuit.

J'ai hâte d'arriver. De voir le ciel couchant. Je marche comme sur des brindilles qui se brisent dans mon crâne. C'est alors que je croise cet homme, qui fait la boucle du cimetière dans l'autre sens. Petit, les yeux brillants au loin. Comme je suis presque à l'arrêt, le visage rivé à mes lacets, il se tourne vers moi et me demande l'heure.

Je fais un geste de la main pour signifier que je n'en sais rien. Chaque syllabe m'écorche les tympans.

Ça ne fait rien, dit-il. Moi mon heure elle est là.

Il me montre quelque chose dans mon dos. Un horodateur.

Elle est là, dit-il, tout le temps là, dans la rue. Ça c'est ma montre, tu comprends. Je n'ai plus de montre. Pour me la faire voler ? Non merci.

De toute façon, dit-il, je te demande l'heure, mais il n'y a plus d'heure. Quelle heure est-il ? Qu'est-ce qu'ils en savent ? Moi je ne sais pas quelle heure c'est ça !

Cette fois il montre le ciel du doigt.

Ça c'est quoi, hein, on en est où ?

Il me dévisage et je me force à le regarder.

Ou bien alors c'est l'heure d'hiver, dit-il. Moi je n'ai pas de montre. C'est ça ma montre, c'est l'heure d'hiver.

Il montre encore le ciel du doigt et, comme pressé d'un coup, reprend son chemin.

Un compagnon. Lui aussi vit de l'autre côté de la grille. Je nous vois comme deux pissenlits au bord du mur, qui se demandent pour s'occuper dans quelle position pisse la lune. C'est une assez bonne question.

Avant de devenir cette ombre, j'ai essayé de vivre avec les gens normaux, de l'autre côté des barreaux. J'ai essayé d'apprécier le jardin. Céline m'a fait entrer, m'a servi un café, m'a donné une assiette. Je me suis installé. Le monde s'est soudain simplifié. Amory était là, dans sa chambre. Je travaillais, il grandissait. Mais il fallait que ça rate. Quelqu'un m'a pris par la main, et m'a raccompagné à la porte. Un policier. Céline avait déjà fait ses bagages.

Il m'a raccompagné jusqu'à ma porte et m'a dit

de me trouver un hôtel. C'était il y a presque six ans, et je ne sais toujours pas où aller. Je suis comme ces dépliants à l'abandon sous les boîtes aux lettres, comme ces quartiers de viande Intermarché, avec le prix en promotion. J'attends qu'un con me ramasse à coups de pied dans le ventre. Je suis devenu le chien que je n'ai jamais pu être.

Jeudi

Souvent je frappais le frigo. Je devenais nerveux avec l'alcool, je lançais un verre et je mettais un coup de poing dans la porte. Dans la chair au centre, la partie la plus molle. Je le frappais comme si c'était moi-même. De dégoût. Il faisait à peu près ma taille, un frigo-congélateur allemand.

Je regardais la cafetière familiale qui faisait son café, le filet noir. Pour me distraire les nerfs. La cuisine équipée, le micro-ondes posé sur la tablette qui faisait bar américain. On louait un F3 aux Brotteaux, elle voulait un quartier résidentiel, près de son travail. Céline vendait des assurances, maintenant je ne sais pas, je crois qu'elle a une bonne place à France Télécom.

Elle croyait que je frappais le frigo pour ne pas la frapper. Mais le frigo, ce n'était pas elle. C'était moi. Elle n'a jamais compris ça. Quand elle a eu trop peur, elle s'est mise entre le frigo et moi. Qu'est-ce qu'elle avait besoin de prendre ma défense ?

J'ai voulu me soigner, voir quelqu'un. Mais il n'y avait personne. Toutes ces blouses vides, leurs stylos accrochés à la poche pour faire croire qu'ils réfléchissent, qu'ils vont bientôt accoucher de quelque chose.

J'avais voulu un gros frigo pour voir grand, un frigo pour toute une famille, pour d'autres enfants. De quoi tenir un mois rien qu'avec les surgelés. Un frigo confortable, rassurant. Mais il me terrifiait. Plus je frappais dessus et plus il me ressemblait.

Jeudi suite
Essais de synthèse : L'homme louche est celui qui sait arrêter son regard sur l'essentiel, qui s'intéresse plus à la merde qu'au chien.

L'homme louche est celui qui regarde de si près les publicités que la trame d'impression sur le papier s'impose à lui en deçà de l'image. Il est devant un slip Dim, mais il voit des étoiles de neige, des boules de couleur mélangées dans l'espace, des atomes en désordre.

Jeudi suite
L'histoire dit que l'homme, avant de naître, connaissait tout le déroulement de son existence jusqu'à la mort. Ce qu'il appelait son destin. Pour rectifier cet état, l'ange de l'oubli fut envoyé à l'homme avant qu'il entre dans le monde. Il posa son doigt d'ange sur sa lèvre, et alors l'homme oublia tout ce qui était écrit sur lui. Reste le creux de la lèvre à la naissance du nez, la trace du doigt de l'ange nous libérant de notre destin.

Le creux de la lèvre supérieure est la marque de

l'oubli. Certains l'ont, d'autres non. Céline ne l'a pas. Son destin était gravé de naissance. Elle m'attendait. Elle nous voyait venir. Elle savait comme on allait s'amuser tous les deux, comment son fils s'envolerait.

Henri Leconte n'a pas la marque. Le Connors français, disait ma mère. Leconte n'a pas de lèvres. Ce qui explique pourquoi il n'a jamais été premier mondial. Pour être le meilleur tennisman de la planète, il faut avoir créé son propre monstre, il faut avoir réécrit son destin. Quand on sait ce qui nous attend, comme Leconte, comment se surpasser ? Leconte lui sait qu'il sera battu, et par conséquent il ne joue pas à 120 % de ses capacités, comme les autres. Il reste à 100 %. Il ne se dépasse pas, ne renonce pas un instant à son humanité, et c'est ce qui le perd sur le terrain. Il est incapable de s'affranchir de sa limite.

En référence à notre exemple, j'appelle ce phénomène le *Revers slicé de la Connaissance*.

Autre cas de figure : Des mères, qui connaissent l'histoire de l'ange, voyant au bout de quelques années qu'il manque à leur enfant cette trace d'oubli, n'hésitent pas à l'ajouter de leurs propres mains d'un petit coup de cutter sous le nez – prétendant l'accident domestique. Elles ne sont pas pour autant dupes de la balafre. Elles savent que leur enfant n'est pas comme les autres, qu'il détient des pouvoirs de voyance. La plupart tentent de cacher cette anormalité. Certaines, plus aventureuses, les poussent dans les diverses voies occultes praticables selon les régions.

Amory avait hérité de la bouche de sa mère. L'ange était passé un peu vite, son doigt avait ripé, et lui avait laissé des traces de visions futures. Il avait le don de deviner la météo par exemple. Nous regardions ensemble le bulletin et il rectifiait à coup sûr les prédictions du présentateur. «Cet homme ment, disait-il d'un air blasé – je le forçais à suivre la météo afin de vérifier ma théorie –, demain il ne pleuvra pas.» Et le lendemain était sec.

Je voulais qu'Amory soit un enfant curieux du monde. Je voulais lui offrir cette part d'incertitude qui fait que les jours méritent d'être vécus. Mais la loi de sa mère réclamait toute son attention. C'était l'enfant modèle, le garçon bien élevé, qui faisait le yo-yo de l'école à ses jupes. Un jour il s'est mis à ne plus remonter jusqu'en haut. Amory restait comme à mi-distance, sans qu'elle s'en aperçoive. Le dessus de ses lèvres s'est couvert d'un duvet. Dès qu'il a eu assez de poils, il s'est rasé la moustache et la laissait repousser exprès. C'était le tout début de sa période skateboard.

Vendredi

Besoin d'action. Découvrant ma pile de linge sale, décide d'organiser à la hâte une nouvelle Expérience de Dédoublement de Personnalité au lavomatic.

Le 24/24 est presque vide. Un jeune homme me précède de quelques pas, à peu près de ma taille. Je choisis la machine 7 et lentement m'approche du distributeur de lessive. Lui a de la lessive liquide et, quand je feins de chercher de la monnaie dans ma poche, la machine 9 a entamé son cycle. Il me dit poliment au revoir et sort du lavomatic.

Quelques instants plus tard, je force la porte de la machine 9. Je fais bien attention de ne laisser aucune trace visible de l'effraction. Je vide la machine, mets mes habits à la place des siens, et referme la poignée, ce qui relance tranquillement le cycle jusqu'à essorage. Mon sac est plein de ses affaires humides. Je me remets en tête le jeune homme, ses traits fins, son visage triste, son charme lunaire. Il dégageait quelque chose d'attirant. Je quitte le magasin. Mes anciens habits tournent dans la machine.

Je croise mon clone dans la rue. Il est allé acheter un journal. Il revient chercher son linge. Il ne se presse pas. Il fume, les yeux dans ses chaussettes, il ne me voit même pas. Je remarque ses chaussures, des clarks noires en daim. Je me dis : un musicien de jazz. J'avais ce rêve d'être saxophoniste.

Maintenant chez moi, je me demande comme chaque fois ce que lui a pu faire de mes affaires, quand il les a découvertes. Il a dû croire d'abord à une erreur. Machine 9 pourtant. Étrange. Que fera-t-il de mes chaussettes, de mes chemises ? Aura-t-il le courage de jouer le jeu ?

Ces expériences de dédoublement m'ont révélé à quel point l'habit fait le moine. L'attitude vestimentaire que les gens adoptent est en général un long parcours identitaire. Y renoncer, c'est renoncer à ce qu'ils sont. C'est prendre le risque de se perdre.

Je les imagine nus. Je leur rends leur liberté d'être des hommes nouveaux, de changer de trajectoire. Le lavomatic offre une façon pratique, peu coûteuse et quasi immédiate de changer de peau. De devenir la personne tout entière. J'ai pris maintenant l'habitude d'emprunter mes vêtements dans ces banques de lavement.

Passer les habits d'un autre procure un rare plaisir. Il faut bien sûr un temps d'adaptation à son nouveau soi : élaborer de nouvelles manières de vivre, un nouvel emploi du temps, imaginer de nouvelles activités.

Les affaires du jazzman sèchent patiemment dans le séjour. Je n'avais pas écouté de musique depuis plusieurs mois à cause de l'acouphène. La chaîne joue en ce moment *Africa/Brass* de John Coltrane. J'ai envie d'un whisky. Demain je m'achète des clarks. Les mêmes que lui. Je me rappelle bien le modèle. J'ai eu des clarks il y a longtemps : des chaussures de félin, de silence, tout à fait ce qu'il me faut.

Note : Après quelques jours de dédoublement, quand vous en aurez assez de l'homme que vous portez, rien ne vous empêche d'échanger son linge contre un nouveau linge. Recyclez l'identité et choisissez quelqu'un si possible de très différent, afin de créer une rupture avec l'identité précédente.

Si vous sentez que le jeu vous dépasse et que votre être est en train de se perdre, ne jetez pas pour autant à la hâte les vêtements à la poubelle. Accrochez-les à des cintres, dispersez-les dans la ville, et observez le processus de récupération naturel. Ainsi l'ancienne identité, morcelée, s'éparpillera en une multitude de mains inconnues, ce qui aura sur vous un effet apaisant.

Je conseille, pour présenter la garde-robe, de vous servir de l'éclairage nocturne de la ville. Les lampadaires sont d'excellents modules qui mettront vos chemises, vestes, cravates en valeur. L'éclairage au sol, bien utilisé, invitera le chaland à s'intéresser à votre garde-robe mieux que n'importe quel éclairage de boutique.

À mesure que vous laisserez derrière vous les habits, le personnage disparaîtra et vous rentrerez chez vous comme neuf. La phase de dépouillement est très souvent agréable.

Vendredi

C'est la fête de l'école, Amory va avoir cinq ans, et je me souviens que je suis de particulièrement bonne humeur cet après-midi-là. J'ai voulu embrasser Céline et elle m'a repoussé gentiment. Mais peu importent nos problèmes de couple, c'est la fête d'Amory, et il fait beau soleil. Les enfants dansent sur l'estrade, et j'admire leurs costumes, leurs mouvements à la fois maladroits et gracieux. Alors je dis à Céline : Comme ils sont beaux, tous ces enfants, ils sont vraiment à croquer !

Elle me regarde bizarrement.

J'espère que tu ne t'intéresses pas aux enfants ! dit-elle. Il ne manquerait plus que ça !

Son ton est à la fois ironique et méprisant. Le visage exprime le dégoût. Les yeux sont plissés, comme pour imaginer quelque chose d'obscène.

Pour son anniversaire, deux mois plus tard, je donne à Amory son cadeau et me penche pour l'embrasser sur la joue, mais il est en train de défaire le paquet, et sans faire attention je l'embrasse à la commissure de la lèvre. Céline me regarde, furieuse, et dit : Je t'interdis d'embrasser Amory sur la bouche.

Un soir que je rentre en bus du travail, je remarque un enfant avec un ballon de foot sur les genoux, deux sièges devant moi. Par coïncidence, il descend à mon arrêt. Il marche devant moi, joue avec son ballon et tente une roulette, qu'il rate. Le ballon m'arrive dans les pieds. Je lui fais la passe, et je m'avance pour qu'il me le repasse. Mais lui me regarde avec la peur dans les yeux, se saisit du ballon, le cale sur son ventre et se met à courir. Je n'ose pas même marcher. Je change de trottoir. Je me retourne vers le chauffeur. Mais le bus a disparu.

Samedi

Tout le monde, dit Jean, l'appelait Gégé. Ce n'est pas qu'on ne voulait pas l'appeler Gérard, mais ça n'aurait pas collé. Il n'avait pas une tête de Gérard. Il fallait voir cette mâchoire tout en muscle, et carrée, ses yeux enfoncés sous le couvercle du front. Des yeux marron, fins et durs comme des roulements à bille. Il devait faire bien un 1 mètre 95, voire plus, et des biceps impressionnants, un cou de bûcheron, des cuisses d'acier. Gégé était un calme, sympathique et serviable. Une bonne pâte. Un bon bougre. Une force de la nature, mais pas terreur pour un sou. Comme une arme qui ignorerait sa fonction.

Enfin bref, dit Jean, Gégé un soir est allé faire une partie de fléchettes chez un ami, et par malchance la fléchette a ricoché et s'est plantée dans la joue droite. Gégé a regardé en dessous de son œil la fléchette plantée là, et il ne s'est pas posé de question, il a retiré la fléchette, s'est essuyé la joue d'un revers de main et il a continué la partie comme si de rien n'était. Mais le lendemain, c'était une autre histoire, la joue était gangrenée, comme une sorte de cancer. Alors il a été hospitalisé. Son cousin allait le voir et nous tenait au courant. On voulait même se déplacer à la fin, parce qu'il ne sortait pas. Mais on n'a pas eu le temps. Il est mort en trois semaines. Pas plus. À la fin il devait faire la moitié de son poids. Trente-deux ans qu'il avait.

C'est le sort, c'est la fatalité, dit Alexandre.

On est bien minces pour tout saisir, dit Jean.

Louis est aussi à la buvette ce soir, près du congélateur Miko.

L'important, dit-il, c'est d'avoir un objectif et de s'y tenir. Il faut savoir se modérer et tenir un rythme. Rien n'est nocif en soi. Mais à forte dose, tout est poison. Un cigare, une bière, les cigarettes, quelques apéritifs, raisonnable bien sûr, il n'y a pas de problème.

Louis allume une cigarette espagnole.

À ce tarif, je connaissais un vrai monsieur, de Charbonnières-les-Bains, un client que j'avais livré plusieurs fois chez lui. Monsieur Giroud, qui fumait, buvait ses alcools, toujours à la même heure du jour, et faisait sa musculation aussi, et sa promenade dans le parc, autour de sa propriété, tous les matins à l'aube, pour l'oxygène. Je parle d'un homme de quatre-vingt-neuf ans. Et depuis un demi-siècle, il était réglé comme une horloge. Ça marche pour la santé comme pour le travail. Sans régularité, on n'arrive à rien. Le mur se construit brique par brique.

De l'autre côté de la buvette, Alexandre essaye des théories de fraîche date.

Il ne faut pas non plus se faire avoir, dit-il. On nous rabâche tellement de conneries jour après jour dans les médias. Se brosser les dents par exemple. Ça si c'est pas la plus belle connerie qui existe! Et pourquoi pas se nettoyer l'intérieur du foie ou du pancréas avec un gant, tant qu'on y est! Les dents c'est naturel! Elles se lavent toutes seules! La salive est là pour ça! Pas besoin d'autre chose! L'odeur de l'haleine, c'est naturel. Certains puent plus que d'autres. Le brossage n'y fait rien. On nous prend pour des cons! Les dentistes, les médecins savent très bien ce que je dis. Mais ils se taisent parce que, derrière eux, il y a les industries pharmaceutiques, des millions d'euros, des milliers d'emplois dans la région, Merial, Boiron, j'en passe! Qui s'engraissent à nos dépens.

Je ne sais pas, dit le clodo à côté de lui, qui n'avait pas dû se laver depuis l'école. Dans le doute, je pense qu'il vaut mieux se les brosser quand c'est possible.

Il a raison, dit un autre.

Tu trouves normal toi, insiste Alexandre, qu'on se fasse soigner dans des hôpitaux infestés de microbes, qui t'attendent juste au coin de leurs conneries de portes automatiques? Ils t'attendent, tapis dans le grand tapis de la Sécu, et te bouffent ta santé. Les Américains eux n'ont pas de Sécu, pas d'hôpitaux pour tout le monde, comme en France, et voyez comme ils se portent bien. Ils ne passent pas leur temps à se regarder crever comme ici.

Tu délires, lui dit Louis. Tu devrais t'entendre.

Ah tu crois, dit Alexandre. Eh bien je souhaite que tu aies raison.

On va bientôt fermer, dit Jean.

Sers-moi un Pulco, dit Louis. Je dois conduire.

Si tu veux mon avis, dit Alexandre, nous ne venons pas de cette planète. La race des bipèdes a été faite prisonnière. Une autre civilisation se sert de nous comme cobayes pour tester ses produits. Ce monde est un enfer parmi d'autres, dirigé par un dieu mauvais. Sinon pourquoi les cathares auraient refusé de se reproduire ? Eux les plus purs de tous ?

Tu exagères, dit Jean.

J'aimerais bien savoir par exemple, dit Alexandre, combien de livres, combien d'informations de premier ordre ont été détruits par le Vatican ou sont encore cachés dans ses caves. À mon avis quelqu'un a trafiqué notre ADN. Nous n'avons jamais été aussi près de la vérité. Toutes ces choses qu'on ne contrôle pas, le nucléaire, la génétique, et j'en passe, nous rapprochent de la vérité, nous mettent dans la position de faire le jour au niveau le plus infime. Il y a espoir. Mais le problème c'est que ceux qui savent ne diront rien. Ils préfèrent nous exploiter de loin plutôt que de nous dire quoi que ce soit.

Bien sûr, dit Jean, qui s'est mis à ranger les tables.

Je remarque qu'Alexandre attend toujours la dernière minute pour sortir tout ce qu'il a à dire.

La vie est comme un balancier, dit Louis. Tu ne

devrais pas t'en faire autant. Moi par exemple j'ai perdu mes deux parents, ils ont eu un cancer. Et quand ils sont morts, je me suis mis à revivre. J'ai repris goût au monde, mais maintenant je m'attends au pire. Je sais que ce temps de bonheur n'est qu'une phase. On ne nous cache rien Alexandre. Tout est là devant toi.

Tu te trompes, dit Alexandre. Les Romains ont brûlé la bibliothèque d'Alexandrie pour imposer leur vision du monde. Eh bien aujourd'hui les multinationales font la même chose. Elles verrouillent le savoir. Mais elles ne peuvent tout de même pas encore nous empêcher de penser. Ça viendra.

Jean a ouvert la trappe qui mène à la réserve. Il est déjà et quart. Sa femme l'engueule tous les soirs en rentrant, parce qu'il est en retard. Je ne l'ai jamais vu fermer à sept heures.

Dimanche 17

J'ai pu enfin tracer le contour idéal de ma Zone d'Observation Prioritaire, afin de mieux planifier et organiser mes déplacements. Je veux comprendre le fonctionnement du monde dans un petit périmètre. Il faut savoir se limiter pour ne pas se perdre.

Ma ZOP est bornée à son extrémité est par la Buvette et à l'ouest par le jet d'eau des États-Unis. Sa limite suit l'enceinte extérieure du nouveau cimetière de la Guillotière, les rues Mazerolle, Charles-Quint et la place Jean-Giono, et remonte par l'Avenue.

L'angle de l'avenue Berthelot et de la route de Vienne sert de centre géographique. Néanmoins je séjourne très peu à ce point névralgique du quartier. La place est accaparée par de jeunes dealers de shit, deux épiciers, les turfistes, les clients du Vienne et de la pizzeria. Trop d'yeux braqués.

J'établis au cas où une seconde zone d'observation plus vaste allant jusqu'au Rhône et comprenant la Guillotière, délimitée par les quais, le cours Gambetta (qui devient cours Albert-Thomas), le boulevard des Tchécoslovaques et le cimetière. Je ne touche pas au VIIIe arrondissement et à Vénissieux, et je cherche à m'étendre vers le nord, le sud et l'ouest plutôt que l'est. Ce qui ne m'empêchera pas, comme dans le cas de ma Bonbonnière, de m'installer hors de mes zones de prédilection, dans le périurbain par exemple, ou même la franche campagne, s'il le faut.

Lundi

Le fond du tram ce matin ressemble à un convoi de repris de justice. Ils sont un petit groupe aux yeux bleus vissés dans des peaux mordues. Le regard absent, craintif. Les autres se tiennent à l'écart. Ce sont les Moldaves qu'ils ont parqués à la limite de Gerland. Les conducteurs de la ligne voulaient se mettre en grève la semaine dernière à cause de l'odeur.

Nous sommes en plein mois d'août, la ville a comme foutu la classe moyenne à la porte. Ne restent que les fous et les estropiés, les familles nombreuses sur leurs serviettes à Miribel, autour du lac artificiel.

De l'autre côté du wagon, un homme seul, la

casquette sur les yeux, joue nerveusement avec son walkman. Il porte un tee-shirt lâche XXL sur un jogging usé. Il est mal rasé. Je le vois souvent. Pas un prolo. Un type en marge depuis trop longtemps. Un petit dealer qui n'a pas vu le temps passer, qui s'est mis au PMU. Qui se fait vieux maintenant, avec un peu de taule derrière lui, qui porte sa trentaine comme un fardeau. Une petite frappe de quartier qui n'a pas réussi. On ne peut pas tous réussir. Lui, comme moi, comme la plupart, on appartient à cette famille qui a fait une erreur de trop, mais qui ne pourrait dire laquelle a fait la différence, a tout fait basculer.

Au milieu du wagon, devant moi, une jeune étudiante en gériatrie potasse courbée son livre d'images à la page des acides.

Les sièges sont en velours bleu et laissent deviner des motifs de chiens jaunes. Ils ont l'air gais avec leurs grandes oreilles. L'ensemble du wagon est d'un bleu apaisant, souligné par des barres et appuis jaune chien. Le tramway va lentement, climatisé juste comme il faut, ouvert sur de larges fenêtres qui permettent au promeneur d'apprécier la beauté du spectacle urbain, immobile. Les couleurs sont gentilles, pour ne pas que les clients s'énervent. Pour préserver la paix sociale. Les transports en commun : des lieux à haute tension, avec collision des genres. Attentes, fatigues.

L'été je peux passer jusqu'à quatre ou cinq heures dans le tramway, l'après-midi. Je prends un ticket liberté, une thermos de café. Je m'assieds tout au fond, pour pouvoir tout observer sans avoir à me tourner. Parfois je me rapproche des gens lorsque la

289

vue m'ennuie et qu'il n'y a personne près de moi à écouter parler au téléphone. Mais la plupart du temps je reste à la même place, avec un magazine que je feuillette de temps en temps. Les gens téléphonent beaucoup dans le tramway. Tout type de discussion m'intéresse, mais j'ai une préférence pour les discussions entre femmes. J'aime aussi les hommes qui se cachent la bouche pour parler.

Je ne sais pas si les images m'intéressent. Je pense que dans l'image l'information se noie. On ne peut pas assez se concentrer, l'image procure trop de parasites, de distractions. Tandis qu'une voix seule, dans un tramway, concentre l'attention.

Mardi
Je retranscris la conversation téléphonique d'un jeune beur d'environ vingt-deux ans, propre sur lui, rasé, arrosé d'after-shave et portant la panoplie classique des banlieues, baskets Nike, jogging, tee-shirt de marque, veste de jogging, casquette Yves Saint Laurent. Il semblait très agité et arpentait la rame vide tout en parlant très fort dans un portable noir brillant. Il parlait à sa copine, qui vraisemblablement n'était pas venue au rendez-vous. Il avait cher la mort et refusait dorénavant qu'elle lui adresse l'appareil. Il avait aussi grave la honte, expliquait-il, car toute sa soirée était maintenant niquée à cause d'elle. Il avait cherché un hôtel comme un pédé toute la soirée, pour tous les deux. Il avait enfin trouvé et elle, maintenant, ne voulait plus venir. Sur la vie de sa grand-mère, il n'en croyait pas ses yeux. Il avait vraiment galéré

pour trouver cette chambre d'hôtel, et elle le lâchait comme ça. Mais qu'elle ne s'inquiète pas, car des meufs, il y en a des cents et des mille, et qu'il allait s'en trouver une autre, mais est-ce qu'elle était vraiment sûre de son choix ? Il ne réservait pas la chambre alors ? Il était donc très déçu, et maintenant je préfère retranscrire la fin telle quelle, qui est très belle :

S'il y a quelqu'un qui te klaxonne quand tu marches dans la rue, ce sera moi. Comme une voiture inexplicable. Tu comprends que tu ne vas plus jamais dormir sur tes deux oreilles. Je suis imprévisible, mais toujours quand je veux je sais me rendre visible, comprendo ? Méfie-toi. Ce soir tu as quelqu'un à voir c'est ça ? Arrête de raconter des balourds, sale bâtarde ! De toute façon, tu as toujours quelqu'un à voir ! Moi je ne vais pas t'attendre. J'ai mieux que ça à faire. Mais je reviens toujours. Je le répète, pour que ta petite cervelle de salope enregistre : je reviens toujours, et c'est là que ça fait mal. Car tu ne peux pas m'échapper. Tu es ma quête. Même si tu mets des coupes d'eau à chaque pied de ton lit, pour empêcher les insectes de grimper, alors je viendrai du plafond te dévorer !... Alors qu'est-ce que t'en dis, je n'ai qu'un coup de fil à passer, l'hôtel a déjà fait la chambre... C'est d'accord ? Non, tu peux pas ? Alors va te faire enculer, tu perds rien pour attendre sale tasspé !

Il a continué à arpenter le wagon, s'est énervé sur une quinquagénaire qui le regardait : «Quoi ! Qu'est-ce qu'il y a ?», puis il est descendu, a sorti un joint d'un paquet de Marlboro et s'est assis, le regard tourné vers l'ouest.

Mercredi 20

Je ferais mieux de travailler à mes corrections plutôt que de remplir ce cahier. Je dois avoir vraiment peur de disparaître pour écrire autant.

L'acouphène s'est installé bien avant. J'étais encore avec Céline. J'ai consulté pour troubles auditifs, et le spécialiste a fini par diagnostiquer mon bourdon. J'ai demandé quelques explications, il a fait des tests. Maintenant je sais de quoi il retourne. Mon acouphène est dû à la fois à une malformation du tympan gauche et à mes angoisses.

Quand les sons deviennent insupportables, je ferme les yeux et les angoisses s'expriment. J'ai longtemps pensé qu'elles n'étaient que les conséquences effrayantes de la maladie, mais en réalité elles font aussi partie des causes, du fonctionnement du bourdon. Sans ces terreurs « visuelles », imaginées dans ma tête, m'a expliqué le médecin, il n'y aurait pas de douleur auditive. Comme si les sens correspondaient, s'échangeaient les traumatismes afin de les rendre plus douloureux.

La première image angoissante qui a surgi tout au début de ce calvaire, étrangement, est celle d'une femme. Une scène de viol. Je l'ai encore de temps en temps. Toujours la même. J'ai toujours eu peur d'assister à un viol sans pouvoir intervenir. Je ne fais pas partie de la scène mais j'assiste à tout.

Je la vois sortir de chez elle. La maison rappelle les séries américaines : bois fragile, comme sur pilotis, peinte en turquoise et lignes blanches. La jeune

292

femme est très maquillée, les pommettes roses, un trait de crayon vert sous les yeux. J'aperçois une vieille dame en tablier sous le porche. C'est sa grand-mère, c'est avec elle que la jeune femme partage sa vie. Sa mère habite avec son petit frère à l'autre bout de la ville, mais je ne le vois que plus tard.

Un homme plus âgé, barbu, s'approche et lui propose d'aller manger une glace. Elle refuse, elle lui fait comprendre qu'elle a froid et qu'elle n'a pas envie de glace. Mais il la force à monter dans sa voiture, l'emmène jusqu'à un parking, la fait sortir de la voiture, l'appuie sur le capot, la déculotte et lui gifle les fesses de toutes ses forces pendant plusieurs minutes en lui faisant toutes sortes de reproches comme à une petite fille : qu'elle n'a pas été sage, qu'elle est capricieuse, qu'elle n'en fait qu'à sa tête.

Le gardien du parking, qui voit la scène, ressemble à un garagiste. Son bleu de travail est largement ouvert sur sa poitrine velue et il tient son gros sexe poilu dans une main. Il est presque chauve avec d'épais sourcils, de type latin. Il s'approche des fesses de la jeune fille et la pénètre en répétant les mêmes phrases que l'homme barbu, qu'elle est bien capricieuse, etc. La jeune femme n'essaye même plus de se débattre. Quand elle se relève enfin, une trace de vomi blanc coule du capot. Elle saigne entre les jambes. L'homme barbu et le garagiste ont disparu. Elle se met à marcher vers la sortie du parking. Un enfant s'approche avec un verre d'eau et un mouchoir. Elle boit le verre. Il lui sèche les jambes et elle le laisse faire.

Tu veux bien me branler ? demande l'enfant.

293

Il insiste : Hein, dis, tu veux bien? Ça ne sera pas long.

Elle le regarde, ses petits yeux en chaleur. Bon, tant pis si tu ne veux pas, dit-il, viens avec moi, je veux te montrer quelque chose. Là surgissent des enfants. Ils la cernent, ils l'emmènent dans un jardin derrière la rue, l'attachent à un arbre, la déshabillent, se branlent, jouissent sur elle, riant, crachant, hurlant. Ils prennent de la terre mouillée et la lui lancent au ventre, au visage. Ils jouissent dans des verres en plastique et lui font boire leur sperme. Ils lui piquent les fesses avec des épingles à nourrice. Ils lui tondent le crâne à moitié avec un rasoir électrique.

La jeune fille reprend sa marche. Au bout de la rue elle reconnaît une maison et je comprends que c'est celle de sa mère. Il n'y a personne, pas même une voiture garée pour la gêner. Lentement, rassemblant ses efforts, elle progresse. C'est le même genre de maison que celle de sa grand-mère, peinte en beige. Elle monte les marches du porche, fait le tour et entre par la porte de la cuisine qui n'est pas fermée. Ses pas ne font pas de bruit sur la moquette épaisse, et même dans l'escalier. Elle s'enferme dans la salle de bains à l'étage et se fait couler un bain. Avec soin elle se lave puis, sortie de l'eau, se remaquille. Elle entre dans la chambre à coucher. Le petit frère est couché. Alors la jeune fille se déshabille elle aussi, et vient le rejoindre, avec précaution. Elle ne veut pas qu'il se réveille. Elle s'allonge, la tête entre les jambes de son frère, et suce son gland, les yeux fermés, les mains collées entre ses jambes, comme si c'était un pouce. Bientôt elle dort.

C'est à ce moment que l'image se met à crier plus fort que tout. Que les vaisseaux éclatent dans ma tête.

Jeudi 28

Il est presque 14 heures, la radio vient d'annoncer la mort d'un président de Conseil Général. Ils savent m'émouvoir.

Je me suis préparé ce midi du jambon et des haricots verts. La croûte dure du pain sec a craqué une note aiguë dans le tympan gauche. Il faut que je sois sur mes gardes. Il me restait juste assez de pain pour saucer le beurre fondu.

J'ai récemment perfectionné ma manière de manger. Il s'agit de conserver jusqu'au bout un équilibre entre légume et viande, afin que chacun se mélange et profite de l'autre. Il s'agit de juger en quantité, de ne pas se jeter sur la sauce aux premières bouchées, de considérer son assiette comme un cheminement, une série de rencontres validées par la ration que retient la fourchette.

J'ouvre le frigo, et passe un coup d'éponge. Le soleil s'est installé sur la table. Les miettes sont tassées dans la fente centrale, parallèle au mur. Le café traîne à bouillir. Je cherche une tasse et y ajoute une dose de sucre en poudre. Le frigo grésille et j'éteins la radio. Un insecte jaune, ni abeille ni guêpe, adhère à la paroi du transistor, broyé dans les petits interstices en forme de grain de riz qui laissent passer le son du haut-parleur. Je fais un faux mouvement et la tasse tombe et se casse, répandant le fond de sucre en poudre. L'insecte est mort. Je le décolle et le jette à l'ordure.

Vendredi

Il est plus grand et plus roux que tout le monde. Je le suis comme un athlète la torche olympique. Il est 19 h 20. Il remonte la presqu'île. Le temps est beau, lourd et moite. Ses cheveux bougent comme un flan à chaque pas.

Il traverse aux Cordeliers et se rapproche de l'opéra, toujours remontant la rue de la République. Il dépasse l'opéra et entre dans un bar pour sportifs, avec écran de vidéo-projection pour voir les matchs. Il reconnaît un ami à lui. Ils se font la bise et se tournent vers la télévision, collée au mur. J'ai noté la discussion.

Qui c'est qui joue ? dit-il.

Arsenal, dit l'autre.

C'est sûrement une rétrospective. J'ai déjà vu les buts.

Un long silence.

Alors cette meuf de la dernière fois, tu te l'es attrapée au final ? demande ma torche.

Ouais, dit l'autre, je suis sorti avec elle, mais franchement, elle est bizarre. Je la sens bizarre. Je l'ai emmenée en voiture… Une occase. Elle a 60 000 kilomètres. Ça fait deux ans que je l'ai.

Silence.

Mardi soir on va voir le match de Lyon ensemble.

C'est vrai, demande la torche, que Paris a perdu ?

Ah c'est cool ouais, dit l'autre. Et puis Metz a gagné, tout va bien.

Long silence concentré sur l'écran.

Bon alors, dit l'autre, j'étais là, je bougeais pas, j'attendais. Elle était en face de moi, c'était chaud. Elle m'a dit : tu as des yeux terribles. Après on est restés devant le bar tu vois. À côté, il y avait son copain de sortie, tu vois le genre de mec toujours bien avec les meufs, genre confident, celui qui nique jamais quoi. Il tirait la gueule. Non seulement elle s'était trouvé un mec, genre, moi, et lui rien. Alors il a fait son cinéma genre «moi j'suis chaud, allez on va en boîte, chauffe tes amis pour qu'ils nous suivent». Résultat on a fini en boîte avec le copain, jusqu'à 4 heures du matin, à 6 heures je devais me lever pour le boulot. J'en ai eu pour 55 euros de shooters, à 2,5 euros le shooter. J'avais un peu les nerfs. Et puis elle n'était pas top. Bien, mais pas délirant non plus. Elle avait l'air un peu conne en plus.

T'exagères ! dit la torche.

Je t'assure, dit l'autre. Je pense que c'est une conne. Enfin, on verra bien. Son copain a gerbé dans la boîte. Il s'est vraiment humilié. Salopes, dégagez connasses, il gueulait quand les filles essayaient de le relever. Le naze complet. Après il s'est mis à gueuler sur moi, parce que je me foutais de sa gueule. Je lui ai dit : Va te faire enculer, pauvre connard.

La torche a l'air impressionné.

Tu lui as dit ça ? dit-il.

Ouais, dit l'autre, et je me suis tourné vers elle, je l'ai regardée droit dans les yeux et je lui ai dit : En ce moment tu crois qu'il est bourré et tu l'excuses, tu te dis qu'il est comme ça à cause de l'alcool, mais en réalité c'est faux. En réalité c'est sa vraie nature qu'il te montre ce soir. Qu'est-ce que t'en sais ? elle m'a demandé. Je le vois dans ses yeux, j'ai dit. Il faut être un homme pour comprendre.

Tu l'as bien dépouillé, dit la torche.

Je ne pense pas qu'il s'en remette, dit l'autre. Elle était toute bouleversée.

Alors tu la revois mardi ?

Ouais mardi. Au match. Tu veux venir ?

Je sais pas. J'en parlerai à la mienne. Et sinon côté boulot ? demande la torche.

C'est stressé. Ça va tomber. Il y en a qui sont dans la merde, il y en a qui vont être virés d'une force. Une sale ambiance. Mais aussi ils l'ont cherché. Ils ne font pas leurs objectifs, alors ils virent. Logique. Toi t'es encore à la fac, tu connais rien de la vie.

J'ai travaillé quand même, se défend la torche.

Au fait, je suis à huit mégas chez moi. Ils m'ont changé d'ADSL. Je télécharge tout ce que je veux.

C'est cool ça.

Ils se sont levés pour commander des bières et j'en ai profité pour rentrer. Je crois que je perds mon temps avec eux. Je ne vois pas de brèche.

Samedi

Ma première émotion réelle, durable, a été la honte. Je ne m'intéressais pas à mes humeurs avant elle.

Ma mère me tient la main dans la rue. Une femme comme pétrifiée fait la manche sur un carton, jambes croisées, un drap sale entortillé jusqu'à la taille, comme un emballage de sapin de Noël. Au-dessus d'un sourcil, une perle de sueur incarnée dans la peau cireuse, et d'immenses pattes-d'oie aux coins des yeux. La peau de la bouche tendue sur de grandes dents, et les commissures des lèvres cachant une ombre profonde, opaque, sans reflet. Des yeux perçants et fuyants à la fois, qui s'agitent devant elle.

Je me souviens du malaise que j'éprouvais à suivre le déplacement des yeux. Que cherchait-elle ? Et si elle me reconnaissait ? Et si c'était ma mère ? La pupille était faite d'un ivoire jauni. Elle offrait son immobilité, son dénuement.

Ma mère finit de retirer de l'argent au distributeur. Elle range le porte-monnaie dans son sac et me reprend la main, pour m'emmener plus loin sur le trottoir, chez le boucher.

La vie s'arrête parfois sur une image qui masque le reste. Cette femme devait avoir une vie hors de la mendicité, peut-être un mari, des enfants, un appartement. Sa situation allait peut-être s'arranger. Mais quand l'image est forte, lumineuse telle une icône, le temps se fige en un présent sans issue.

Le cul de bouteille plastique devant elle est taché de pièces jaunes. Il commence à pleuvoir et ma mère est entrée dans la boucherie. Je retourne voir la mendiante, pour comprendre ce qui se passe en moi. Je m'approche doucement, fasciné par ses pieds nus sur ses tongs. Ses mains aux doigts fins, aux ongles courts. Elle me regarde. Elle a peut-être un fils de mon âge. J'ai honte que ma mère soit dans la boucherie, et pas elle. J'ai honte de ma chance et de mes origines. Ma mère n'a pas à faire la statue pour survivre.

Aujourd'hui que je découvre l'immense pouvoir de l'immobilité, je vois les choses autrement. Les inégalités s'atténuent. Ou plutôt je ne raisonne plus en termes d'injustice. Je n'ai plus honte de manger à ma faim et de dormir sous un toit. Je suis content d'en être là. C'est tout. Les autres jouent leurs personnages et je joue le mien. S'ils me demandent un service ou un peu d'argent, je ne dis pas non. Mais je ne vais plus vers eux, je me tiens à l'écart. Je ne veux pas m'impliquer.

Dimanche

Le décor est en attente de quelque chose. Comme prisonnier des regards. Ce n'est pas seulement moi qui ai disparu, mais aussi mon entourage.

Je me rends compte que je passe mon temps à suivre les traces des choses qui ont disparu, à chercher les marques d'emplacements vides sur les murs.

La réalité telle que je la perçois crée des brèches, des espaces vides, sous et entre la réalité, où s'entassent mes objets ordinaires. Soit ils ont disparu parce qu'ils sont devenus trop évidents, comme ce réveil sans pile sur l'étagère que je ne remarque plus. Soit ils sont devenus inexprimables parce que sans intérêt, comme ces vieux qui conservent leur journal quotidien des trente dernières années.

Il y aurait donc côte à côte deux formes de réalité : la plus commune, qui se maintient et se renouvelle continuellement (la réalité de la publicité), et la réalité disparue, sous-entendue parce que considérée évidente, ou encore sous-vécue parce que non exprimée.

Je crois que la réalité procède avec les êtres comme avec les objets. Elle fait un tri entre ce qui lui semble digne d'intérêt (le sport en direct à la télévision, la nouvelle marque de fond de teint) et le reste (le vieux monument du rond-point, le mur d'en face). À tout être ou objet elle peut trouver du charme mais du jour au lendemain celui-ci, celui-là, risque de tomber en disgrâce et de s'évaporer dans son propre vide, comme la buvette de Jean, et de devenir ce que j'appellerai un être « sous-réaliste », comme moi.

Ce changement de nature, cette dégradation d'un être du réel au sous-réel, est un processus quasiment systématique dans notre façon d'appréhender nos proches, notre famille. Ma mère, par exemple, a toujours été ce fantôme envisagé une fois pour toutes.

Lundi

Mon père tenait une épicerie : Chez Irène. Il avait décidé qu'on ferait don des produits sur le point de se périmer aux Restos du cœur. Le calcul était que plutôt que de jeter, tout perdre, au moins on aurait droit aux exonérations. Pour ma mère, c'était un travail comme un autre. Je l'aidais à décharger la marchandise.

Une vieille dame des Restos m'avait montré un jeune garçon dans la salle, en train de faire la queue avec son père. Elle m'avait dit : Tu vois, ce garçon ? Eh bien il est hémophile. S'il se fait la moindre égratignure, sa peau ne se referme pas et le sang ne s'arrête pas de couler. Si jamais tu vois d'autres gens comme lui, il faut vite appeler un médecin et faire un pansement, parce qu'ils peuvent très vite se vider de leur sang.

Je regardais le petit garçon, terrorisé. Le moindre de ses mouvements me faisait tressaillir. Et s'il s'approchait de trop près du frigo et se raclait le bras ? Et s'il trébuchait sur son sac et se râpait le genou ? J'imaginais sa peau aussi transparente et fine qu'un sac plastique.

Plusieurs années plus tard, j'ai ouvert le congélateur. Céline avait congelé de la viande, rassemblée dans des sacs, et le souvenir du jeune hémophile m'est revenu à l'esprit.

Il est sorti du local et j'ai pu me détendre. Qu'est-ce que tu fais encore ? a crié ma mère. Je suis retourné à l'entrée fournisseurs pour vider les derniers sacs sur les palettes. Et les bouteilles d'huile. Les gens donnaient toujours trop d'huile.

Certains n'ont plus assez de globules rouges, comme le jeune garçon, et d'autres trop. Ils meurent d'eau ou de pierre. Trop solides ou trop liquides. La vie tel un mauvais ciment se craquelle ou coule sans s'arrêter.

Lorsque je me tiens immobile un long moment, j'entends circuler le sang. J'entends les efforts de mon cœur pour nourrir la machine. Les variations de la pompe selon l'état psychique sont importantes. Mon cœur peut se mettre à battre deux fois plus vite sans raison. Souvent je ne peux dire quelle angoisse accélère son rythme.

Devant la mendiante du boucher dont j'ai parlé samedi, c'est la honte qui me faisait battre le cœur, et devant ce jeune hémophile, la peur. Mais devant le rien, devant ce qui est tout aussi immobile que moi, ce qui n'est remarquable en rien, quelle émotion invoquer? Je suis à ma fenêtre, je regarde la ville, et les battements de mon cœur s'accélèrent. Serait-ce toute ma mémoire, toutes mes expériences qui remontent et nourrissent la pompe? Toutes les joies, toutes les peines rassemblées sans logique, qui délivrent leurs énergies en vrac, au hasard des moments. Car si je peux piocher dans quelques exemples, comme celui de cette mendiante ou du jeune hémophile, rien ne surnage en réalité, rien n'est plus fort au point d'effacer le reste. S'il y a traumatisme, au sens des psychiatres, c'est dans l'accumulation d'expériences, et non du seul fait d'un drame isolé.

Depuis la mort d'Amory je comprends mieux. Les traumatismes servent de révélateurs. Mes émotions sont l'amalgame de différents souvenirs, que j'ai fondus dans ce présent malsain. La matière passée devient le fil conducteur. Le présent tire sur ce fil, et pêche ce qui veut bien mordre.

Quand on m'a annoncé sa mort, j'ai été sidéré. La sidération, d'après *Prima*, est «l'arrêt de toute espèce d'activité physique, joint à un état de passivité». Je me suis détaché de mon corps, je me serais brûlé sans le sentir. Mon corps s'est arrêté de vivre. Fin des sensations. À ce moment précis la personnalité, paraît-il, est sans protection. Je me souviens seulement que je regardais le meuble de la chaîne hi-fi. L'ancienne armoire de ma mère, avec ses vinyles au fond, et les apéritifs en haut. L'armoire avec laquelle ma sœur s'entretenait quand nous étions enfants, cachée entre deux plateaux de chêne. Et j'espérais que la porte s'ouvre. Je pense que j'attendais de voir ce qu'il y avait à l'intérieur.

Pendant tout un jour et une nuit, j'ai attendu. Les acouphènes se cassaient comme des vagues dans mon crâne. La porte de l'armoire est restée entrouverte, et pas un moment je n'ai eu l'idée de me lever pour l'ouvrir. «Cet arrêt sur image, explique le magazine, peut entraîner à sa suite des troubles de mémoire, mais aussi des altérations de la vision, car l'oubli est un mode de défense.» Mais je ne crois pas que ma vision se soit altérée ce jour-là. Elle s'est simplement figée, lucidifiée.

Ensuite je n'étais plus dans le canapé mais dans la rue, une faim terrible m'étreignait le ventre et je marchais en direction de l'épicerie en vue d'acheter du chocolat et du pain. «Le cerveau est amené lors d'un épisode dissociatif à commuter dans un mode biochimiquement induit, dit de haute protection, durant lequel l'enregistrement de nouveaux souvenirs est de façon réelle bloqué.»

Ai-je bien passé ces trente heures à regarder l'armoire, ou bien n'ai-je que le faux souvenir de cette image? Emma avait raison. Cette armoire est magique.

Dimanche

Je m'aperçois que je ne suis pas sorti depuis plusieurs jours. Terminé la plupart des corrections à rendre pour demain.

C'est la nuit. Les abat-jour à armature métallique, tressés de touffes de laine sauvage de couleur, hérités

304

de ma tante Madeleine, procurent une chaleur reposante, fœtale. Je me sens si proche de la personne qui a créé la lampe que je voudrais me blottir entre ses seins. Elle me caresserait les cheveux de ses pognes de fermière. Dormir à côté d'une telle lampe, lire un peu puis éteindre, dans le début de fraîcheur de l'automne, c'est un peu comme coucher à la belle étoile avec une paysanne. L'abat-jour et le bulbe sont accrochés à une bonbonne transparente de trois litres, moitié remplie de petits galets.

Dimanche suite

Pour un oui pour un non, je déplace les meubles dans l'appartement. Quand je ne me sens pas à ma place. Je recompose, j'ajoute ou j'enlève, je stocke ou je déstocke des meubles du salon vers la chambre.

Un jour je mettrai l'armoire devant la fenêtre, et le monde cessera de bouger. Un jour je partirai, mais avant j'aurai vidé l'appartement et prendrai le temps d'observer toutes ces marques fichées dans la moquette, des plus récentes aux plus anciennes. Je m'amuserai à recomposer l'histoire en accéléré, tel un ballet de meubles s'évitant, s'interchangeant, avec ses entrechats, sa chorégraphie. La réalité ne laisse que les os. Il faut se débrouiller avec, comme un archéologue reconstituer les restes.

La chambre d'Amory possède une épaisse moquette bleue. Il ne venait pas souvent me voir. Il a dû dormir ici une quinzaine de fois pas plus. Son lit est toujours là, avec la couette bleu clair. Sa chambre ressemble à celle d'Emma, quand nous étions enfants.

Il y a toujours ses posters, son bureau, son placard, ses habits.

La moquette rampe sous les meubles et les encadre. Le soir je la sens qui se glisse. Le parquet craque. Le carrelage se tait. Avant je trouvais cela froid, mais plus j'avance dans la vie, plus j'apprécie le carrelage. Pas le carrelage blanc et large comme celui des lotissements. Mais les petites dalles carrées, de huit à neuf centimètres de côté, dont on peut faire des motifs simples, agréables, aux couleurs d'après-guerre, solides, concrètes. Je suis bien dans ma cuisine, assis sur une chaise posée sur le carrelage. Il n'y a pas meilleur revêtement pour se sentir serein. Les anciens hôpitaux, les écoles l'avaient bien compris. Le lino n'a pas les mêmes propriétés. Les enfants sont agités aujourd'hui. Ils n'ont rien sur quoi s'appuyer dans les écoles que cette impression de sol. Ils ont peur de passer à travers.

Lundi

Ma mère est morte et il faudrait encore que je l'épate. Après tout ce que je lui en ai fait voir. Devant elle, j'ai toujours triché, incapable de lui montrer la vraie version. J'aurais voulu qu'elle m'admire, et sans raison, par une certaine tendance masochiste, je faisais tout l'inverse de ce que j'aurais dû faire. Je me disais : mon père n'a pas réussi, moi je réussirai, et un instant plus tard je vomissais sur sa jupe, me chiais dessus.

Elle était malade à la fin, et se laissait prendre facilement. Son visage s'éclairait. C'est vrai que tu as fait ça? elle me demandait. Oui c'est vrai, je disais.

Je mentais et j'avais pitié de moi en même temps que je pensais lui faire plaisir.

J'ai toujours fait le malin. C'est un trait important de ma personnalité. Pas seulement devant ma mère, ou plutôt, elle est partout dans les autres. Je faisais le malin devant ma sœur, et souvent juste pour moi-même.

Les gens espèrent, attendent quelque chose. Ils attendent qu'on les étonne, qu'on fasse un numéro.

Je me cache. Un jour pourtant je sortirai de ma tanière, la colline rougira, et personne ne pourra plus m'oublier. C'est un rêve bien sûr. Un rêve louche. Moi qui ne fais qu'observer, qui ne veux rien avoir à faire avec le monde, je me paye ce fantasme d'un jour avoir la force de le renverser.

Lundi suite

Je veux sortir de chez moi, m'aérer. L'idée de tirer le loquet bruyant, d'ouvrir la porte, de rencontrer les bruits de l'extérieur me paralyse. Je n'ai plus de pain et je n'ose plus bouger de ma table. L'ordinateur est éteint. Les vitres commencent à être sales. Je limite mes pas, je reste sur la moquette.

Ma seule compagnie me tanne. Je n'y vois plus rien. Je dois forcer ma voie vers de nouveaux espaces, de nouvelles têtes. Me rassasier d'individus frais. À la buvette, nous sommes entre malades. Il faudrait que je fréquente des gens sains, rassurants, capables de conduire des enfants à l'école.

Mes petites plaisanteries, mon petit cahier, ce n'est pas bien. Je fais des devinettes qui n'intéressent personne. Je m'écarte de la route. La vie ne va pas par là. Il faut faire les vitres maintenant, redonner un peu d'horizon au décor. Les vitres, les vitres, les vitres.

Je vais ouvrir la fenêtre. Je voudrais m'envoler. Dans la cuisine, je marche sur des miettes. Il y a des miettes plein la rainure de la table et je ne les nettoie pas. Je passe le balai et j'emmène la poussière et les miettes dans le coin. Mais je n'ai pas de pelle et les miettes recommencent leur voyage. J'ai classé ma musique, mes papiers. Tout est parfaitement rangé. J'ai fait de nouveaux dossiers. Je leur ai donné des noms qui ne me conviennent pas. Je pense à mes dossiers et je sais que demain, je vais changer tous les noms car le contenu ne s'applique tout simplement pas au libellé. C'est un casse-tête.

Je n'arrive à rien. J'ai toujours utilisé un gant pour me savonner, et maintenant je n'utilise plus de gant. Je prends ma douche et je me savonne un peu sous les bras. Je ne me lave plus les dents. Je ne fais plus les courses. Je délaisse mes priorités.

Tout à l'heure j'ai ouvert la porte de la chambre d'Amory. Il faudrait faire la poussière, passer l'aspirateur sur cette moquette sans fond.

La télé est allumée. La reine des abeilles. Tous, nous travaillons pour elle, pour qu'elle vive. On la convoite, on la protège. Elle nous confie toutes les actualités de son royaume. Elle nous donne des conseils. Elle émet. Elle fait partie de ces êtres supérieurs qui n'ont aucune peine à se faire obéir. Et chacun l'a pour soi tout seul.

Je dois manger. Les kebabs sont plus loin que les pizzas, mais moins chers. Je ne veux pas me faire livrer, il aura tout compris d'un regard. Il n'aura pas enlevé son casque qu'il saura. Est-ce que je veux une pizza de toute façon ? Ou plutôt, ne devrais-je pas me réjouir ? J'ai un toit. Il ne faut pas le lâcher. Payer le loyer sans réfléchir au reste. Payer le toit avant tout, avant la bouffe. Maintenant tout de suite au kebab, ou bien je vais crever de faim.

Mardi

Il y a des sensations qui font se dérober les pieds sous soi. Ce genre de sensations qu'on peut avoir avec l'alcool. Pas quand on le consomme, mais quand on l'a digéré, qu'il est en vous et se prolonge. Un lendemain de cuite. Cet état nuageux. L'impression qu'une pluie fine coule sur vos pupilles. Ces moments, comme dit Musil, où, perdu au fond d'une vallée, « on ne sait plus si c'est l'œil de la souris qui tourne, ou bien l'immense immobilité des montagnes ».

Où la réalité nous apparaît la plus lointaine et la plus erronée. Où tout converge à redonner du sens à l'ensemble.

Mercredi

Ma mère marchait encore, avant son accident de voiture. Elle a traversé sans regarder, emportée par sa haine. Les deux genoux brisés. Après elle n'a plus bougé de la chambre. Je lui ai acheté un fauteuil électrique, qui se relève et s'abaisse en appuyant sur la télécommande. Quand je passais le soir, il lui revenait des moments. Parfois, elle me reconnaissait.

Ma mère avait fini par avoir un napperon sur sa télé. Elle a toujours beaucoup regardé la télé, mais les derniers temps c'était sa seule fenêtre. En vieillissant, on se replie, on se met à respecter les mondes tassés. La chambre-salon-salle à manger était devenue comme un cadre autour d'elle. Un joli cadre bois et dentelle.

Pour les dernières heures, derniers mois du programme de sa vie, elle s'est un peu débranchée. Elle perdait la mémoire et insultait tout le monde. Elle avait peur de mourir la nuit. Elle répétait tout le temps ça. Elle faisait de longues siestes la journée, et la nuit elle regardait la télé. Les infirmières se faisaient insulter. Les autres pensionnaires de la maison de retraite étaient ses cibles préférées. Elle me disait à la cantine : Regarde-moi ces putains ! Ces salopes qui traînent ! Regardez donc comment elles s'habillent, comme elles se tordent le cul ! Et les cafards dans leurs assiettes !

Tu t'appelles Jean-Daniel, disait-elle. Tu es le dernier. Apporte-moi mon chapeau et ma crème.

Elle ne disait pas le cadet, elle disait « le dernier », pour m'insulter. Elle se faisait la cuisine comme avant, mais elle se mélangeait dans les ingrédients, oubliait de faire cuire la recette. Puis il a fallu quitter la maison de retraite et trouver un « long séjour ». La mort progresse de lit en lit, en demi-lune, du rond sur la chaise au fauteuil électrique jusqu'au cercueil horizontal. Progressivement elle s'est dépliée. Enfin son cœur a oublié de battre. J'ai éprouvé pour elle et moi un petit soulagement.

Mercredi suite

L'aide-soignante de ma mère me racontait les autres vieux qu'elle soignait à domicile. Un ancien boucher avait la main droite recroquevillée. Un jour elle a mis un couteau au creux de cette main, et le manche remplissait parfaitement l'interstice. Dans son brouillard, il avait gardé son couteau.

Elle racontait que l'homme était minuscule. Et que sa femme, grande et solide, lui menait la vie dure. Elle lui interdisait de regarder la télé. Il restait toute la journée, dans son fauteuil, au premier, au-dessus de la boucherie. Il n'avait le droit de rien faire.

Une vraie carne, celle-là, disait-elle, gourmande, autoritaire et paresseuse. Tout le temps que je suis venue, elle n'a jamais bougé le petit doigt. Un jour, me disait-elle, je lui demande à lui : Mais comment vous vous êtes mariés ? Comment ça s'est passé ? Elle est venue par hasard vous voir ? Elle a dit « Tiens, toi je te veux, allons-y », et vous n'avez rien dit ? Il s'est mis à sourire, timidement. Il m'a dit : C'est un peu ça. Il était vraiment maigre comme un clou pour un boucher, et elle faisait facilement deux fois son poids. Un drôle de couple. Moi je le défendais un peu, parce qu'elle était toujours à l'embêter. Même s'il se comportait mal et qu'il était pervers. Quand je faisais la chambre, il mettait la main dans le pantalon, parfois même il sortait le machin de sa braguette. Avec cette main qui tenait son couteau. Je lui disais : Mais qu'est-ce que vous faites là ? Il me souriait, il n'était pas gêné avec moi. Il n'avait peur que de sa femme.

Il y en a qui sentent quand ils vont partir, reprenait-elle. J'avais une patiente qui avait soixante-quinze ans. Elle me dit un jour : Tâchez de voir avec mon beau-frère pour les papiers. Demain vous savez comment je veux être habillée ? Quelle robe mettre ? Je lui dis ce que je pensais qui lui irait et elle me dit : Ça ira bien. Et quelques heures plus tard j'appelais la famille pour leur annoncer le décès. Souvent les gens préfèrent passer les dernières heures avec une inconnue. C'est plus facile. Ils sont moins gênés. Ils peuvent parler d'autre chose que d'héritage.

Je voudrais un jour être capable de disparaître comme cette dame, en quelques heures, comme on prend le train.

Jeudi chaud

Enfin de sortie. Il a fait 40° à l'ombre. Me suis installé cette nuit dans mon jardin électrique d'été, planté sous le pylône 213, dans le champ jouxtant Mondial Moquette.

Le tramway me dépose tout près. J'ai mis du temps à l'aménager, mais maintenant je m'y sens bien. Le grésillement de la ligne à haute tension couvre le bourdon. J'ai tendu un hamac aux deux angles du pylône. La végétation, un mélange de buis et de petits sapins, me cache à la vue d'éventuels rôdeurs. Le paysan ne vient jamais.

J'ai occupé mon premier jardin électrique en juin dernier, plus loin dans la campagne. L'idée m'est venue dans le train. De grandes plaines à blé, vides de végétation, sauf sous les pylônes. Je me suis dit que j'aimerais habiter un de ces endroits isolés. Bien sûr il y en a des mal fréquentés, des pleins de ronces. Mais d'autres ne sont qu'herbes hautes, arbustes, débuts de noisetiers, sapins, comme celui de cette nuit.

Ce sont les Carrés de Frankenstein. Ils ont un pouvoir spécial. Quand le soleil s'est levé ce matin, je me suis senti rechargé, comme si le jus du courant avait nourri ma batterie. J'ai plié le hamac et pris le tram de la porte des Alpes jusqu'à l'Avenue.

L'acouphène se tient tranquille. J'en ai bien pour deux jours de calme. Je vais en profiter pour changer d'habits et aller voir ma Bonbonnière.

Lundi 15 septembre
Récapitulatif : À partir de l'expérience acquise ces deux dernières années, je veux tenter en premier lieu d'expliciter les trois espaces permettant d'accéder à la dimension sous-réaliste (ce que j'appelle vulgairement «le monde louche»), que j'ai depuis plusieurs mois mise en évidence, en m'appuyant sur les expériences de mes prédécesseurs. Je récapitule donc :

AVERTISSEMENT

Loucher est un exercice périlleux pour l'individu, qui demande un réel travail sur soi. L'objet de l'observation, le monde sous-réaliste, est un espace de limbes, parfois glauque, souvent trouble et pénible. L'ordinaire, le banal sont des états qu'il faut savoir supporter. L'esprit se trouve souvent mal à l'aise dans cette position plus bas que terre.

DÉFINITION

Loucher, c'est se tenir en deçà, dans les brèches de la réalité.

La réalité prend toutes les formes du fromage. Quand ça ne va pas, elle peut apparaître aussi totalitaire que la pâte du comté, mais les beaux jours elle donne l'impression d'un gruyère à explorer. Sa plus juste représentation pour moi est peut-être la pâte du morbier. Ce trait de moisissure tel un couloir de limbe. En louchant je voudrais faire dévier cette ligne.

EXERCICE POUR DÉBUTANT

Il faut attendre longtemps, sans bouger, ne pas être pressé. Entraînez-vous près d'une rivière en pêchant au bouchon. Quand vous n'aurez plus besoin de la ligne, vous serez prêt à observer.

CONCLUSION PROVISOIRE

Grâce aux phénomènes de répétition, de radotage, d'ennui, le quotidien implose. C'est ce phénomène d'implosion qui est notre sujet d'étude.

J'estime, toujours à partir de mon expérience personnelle, que les énergies louches essentielles sont les trois «effets de vide» salutaires à l'individu : le silence, la solitude, l'ennui.

Jeudi 25

Je suis allé dire au revoir à ma petite Bonbonnière.

Un homme s'est installé chez elle. Il conduit une Saab 900 et demain ils partent ensemble à la mer. Je ne veux pas la déranger maintenant qu'elle n'est plus seule. Il faut finir cette relation.

Mme Dangan lisait un magazine, nue dans son club en plastique, aussi fidèle que la première image.

J'ai sonné au digicode en expliquant que j'étais le livreur de fleurs. Elle est venue m'accueillir sur son seuil.

Je lui ai tendu un carton sur lequel j'avais écrit :

À ma petite bonbonnière,
En souvenir de ce merveilleux
été passé au bord de ta piscine.
Ton secret.

Elle a eu l'air étonnée, mais elle s'est vite reprise. Comme je la regardais dans les yeux, elle s'est sentie obligée de me donner un pourboire. Je crois qu'elle ne se doute de rien. Elle ne m'a pas reconnu.

Je fais partie de son monde inconscient. Une nuit, allongée, elle se rappellera cet été et réalisera qu'il y avait l'homme de sa vie dans le buisson.

Samedi 27

Les animaux envahissent mes nuits. Comme si les barreaux du zoo de ma tête avaient fondu. Ce soir c'est un lion qui m'a accompagné.

Ce n'est pas un gros lion. Il ressemble plus à un chien. Il a tout de même une crinière. Mais il dort sous la table. Un lion domestique. Le rêve est toujours le même. Moi et le lion claquons la porte très fort et l'on se tasse dans l'ascenseur. Puis un bus nous emmène jusqu'en Angleterre. Nous sommes en bas d'une falaise blanche, peu haute. J'ai un détecteur de métaux que je balaye devant moi, au-dessus des galets. Le lion creuse la falaise et me fait signe : il a trouvé de l'or. Sa crinière brille, comme illuminée de l'intérieur. Je me rapproche et je découvre des galets d'or. Le lion creuse, et j'entrepose les galets précieux dans une brouette de jardinier. Quand la brouette est pleine, le lion recouvre le filon de galets de pierre, pour le cacher aux regards, et je cache le contenu de la brouette sous ma chemise. Ensuite les vagues lèchent mes pieds, la roue de la brouette s'immobilise dans un creux et le lion gagne le large à la nage. J'entends venant du dessus de la falaise un vendeur de glaces qui donne la liste exhaustive des parfums dont il dispose. Et je veux acheter une glace, mais je tiens ma brouette à deux mains. Alors je jette un galet d'or dans l'eau, et l'océan s'éclaire. J'entre dans l'eau et je respire comme un poisson au milieu des autres. Un couple de sardines me conduit jusqu'à une petite maison. Dans cette maison, il y a une jolie brune que je ne peux pas reconnaître. Elle a le visage comme flouté par une poussière d'eau, un voile. Pourtant je la connais, mais je n'en suis pas sûr. Elle a préparé des calamars au vin blanc. Ils sont délicieux. Mais tout à coup j'ai mal au ventre. De plus en plus mal. Elle m'a empoisonné.

Lundi soir

C'était hier. Elle était accroupie entre deux voitures garées. Un tatouage dans la nuque et une cannette de bière à la main. Elle avait baissé sa culotte et elle pissait comme un enfant, toute seule au milieu de la fête.

Elle s'est assise sur le capot de la voiture et a vu que je la regardais. C'était l'heure de ma ronde et malgré la fête j'avais décidé de ne pas modifier mon parcours. Je remontais la rue Montesquieu quand je l'ai croisée. Une petite brune au regard fin, le teint mat. Les cheveux en mèches noueuses, le front dégagé par une frange très courte.

Ça ne te dérange pas de mater ? me dit-elle.

Je suis là devant elle, arrêté sans raison. Il faut partir. Elle va s'imaginer des choses. Des gens sillonnant le trottoir me bousculent légèrement. Il faut faire quelque chose. J'enlève ma veste, l'approche d'elle et improvise un paravent.

Tu peux finir tranquille, lui dis-je, en regardant de côté pour bien lui faire comprendre que je ne regarde pas.

Ah ben ça alors, dit-elle. On me l'avait jamais faite celle-là.

Elle se lève, et je sens qu'elle m'attend. Elle sort deux cannettes de bière de son sac et m'en tend une. Les gens se dépêchent de rejoindre les attractions, un verre de sangria à la main.

Nathalie, dit-elle sans me regarder.

Jean-Daniel, dis-je.

Elle est soûle.

317

T'as l'air sacrément de t'amuser, touah, me dit-elle.

Je lui explique que pour moi c'est tous les soirs la fête. Que j'ai besoin de voir si les gens dorment vraiment avant de me coucher.

Je fais mon tour de ronde. Quand les rues sont bien vides, je rentre et je me couche avec tout le monde.

Tu es comme le gardien de cette putain de ville alors ? dit-elle.

Je ne réponds rien d'abord.

Puis j'explique que je m'occupe du quartier. Je vérifie certaines choses, si tu veux. Et toi, tu es là pour la fête ?

J'suis comme touah, dit-elle, j'me promène.

Et tu as un endroit où dormir ?

T'inquiète pas pour mouah.

Puis elle me demande ce que je fais dans la vie. Je lui explique. Elle me demande si j'aime mon travail.

Pas vraiment, dis-je. Je le fais et, en échange, j'ai la paix.

Et tu aimes quoi faire réellement dans la vie ? dit-elle.

J'aime observer les gens qui marchent, par exemple, dis-je. Regarde cette femme là-bas. Elle cherche sa voiture. Elle appuie dans tous les sens sur le bip d'ouverture des portières, mais rien ne se passe. Quel est le rayon d'action du bip à ton avis ? Personnellement je n'en sais rien. Disons dix mètres. Imaginons qu'elle marche au milieu de la rue en balayant les trottoirs des deux côtés, elle ne devrait pas avoir de problème. Si c'est la bonne rue. Mais si elle cherche de cette manière, c'est que la voiture n'est pas la sienne, que ce n'est pas elle qui l'a garée, et donc qu'il y a des chances qu'elle ne soit pas certaine de la rue dans laquelle elle se trouve.

Regarde bien : elle relève la tête. On lui a sûrement dit la marque, le modèle. Que va-t-elle faire, continuer sa ronde ? Regarde comment elle marche : ces nouvelles chaussures lui font mal aux pieds. Tu le vois, ça ?

Nathalie acquiesce. L'ambiance de la rue, cette rencontre. Je n'ai pas parlé à une femme depuis si longtemps.

Regarde-la, dis-je. Elle est fâchée de rentrer et fâchée d'être retardée, elle paye une baby-sitter à l'heure, elle a un rendez-vous tôt demain, la soirée prend mauvaise tournure.

À mon avis, dit Nathalie, cette salope s'est engueulée avec son mec et lui a pris les clés.

Regarde, dis-je, elle fouille dans son sac.

C'est un mouchoir, dit Nathalie.

Tu as raison, c'est un mouchoir. Ça y est maintenant elle se mouche.

Fallait mieux s'habiller.

Tu as raison.

Elle a tout faux ce soir.

Nathalie, tu n'as pas froid ?

Non, ça va.

Un silence. Je me sens tout d'un coup mal à l'aise. De mauvaises idées s'impriment dans ma tête. L'embrasser, l'emmener avec moi. Mes yeux n'osent plus la regarder.

Écoute, dis-je, je dois rentrer. Nous pouvons continuer cette discussion un autre jour, si tu veux.

D'accord, dit-elle.

Je lui propose donc que nous nous retrouvions place des Jacobins à 16 heures mercredi, si ça lui va.

Elle dit que ça lui va. Elle me fait la bise et nous nous quittons bons amis.

Mardi

Si on me le demandait, je dirais que je ne crois pas à la révolution newtonienne. Les objets ne sont pas régis par les lois de l'attraction. Ils ne gravitent pas, ils sont juste posés sur l'étendue. Tout cela est un problème d'échelle. Nous sommes tout bonnement incapables d'envisager le monde en trois dimensions, voilà le résultat de la science quand elle ne prend pas en compte nos limites. Les scientifiques se prennent pour des surhommes. À nous autres, il faut un espace vraisemblable, simplifié. À l'échelle.

Mercredi

Nathalie n'est pas venue au rendez-vous. Je m'y attendais. Ce n'est peut-être pas plus mal. Je n'ai pas besoin de relations qui puissent me distraire de mes recherches. C'était un rendez-vous impossible. Elle était bien trop jeune. Alors je lui ai écrit.

Chère Nathalie,

Je me rappellerai toujours de toi accroupie entre ces deux voitures. Tu m'as ému. Je n'en demande pas plus. J'ai fait le tour de la place en regardant mes pieds, sachant sans me l'avouer que tu ne viendrais pas. Tout mon monde intérieur vacillant. J'avais peur que tu viennes mais tu m'as épargné.

Je t'aurais trouvée parfaite, alors j'aurais commencé à te parler de mon grand projet, à exposer mes plans, mes idées. Je serais devenu intarissable, comme tous les hommes restés trop longtemps sans public.

Je t'aurais parlé de la petite tour Eiffel et des caisses planquées dans la cave. Tu aurais pris peur. Tu m'aurais pris pour un fou. Pas un de ces gentils lunatiques de banlieue, non. Tu aurais vu une puissance maléfique. Et tu m'aurais dénoncé. Pour mon bien. Si gentille, si prévenante. Tu es la personne la plus ouverte que je connaisse.

Maintenant je me rends compte que je n'aurais pas pu me retenir. J'aurais voulu frimer bien sûr. Te montrer de quoi je suis capable.

Mais qu'aurais-tu compris, Nathalie ? Couvrir le réel de ses limbes, voilà un beau projet. Refaire le grenier de toutes ces têtes mal isolées. Gicler la laine de verre, couvrir de matière grise. Qu'aurais-tu compris ? Il est impossible de comprendre sans le cheminement.

Nathalie, je veux te préserver. Il ne faut plus qu'on se revoie. Je n'essayerai pas de te retrouver. Tu n'essayeras plus de te mettre sur mon chemin.

Adieu.

Il faut que je me méfie de ces rencontres. Je n'ai plus l'habitude, j'ai perdu les automatismes d'auto-défense. Le manque d'exercice lié à la solitude. Je ne sais plus jouer la comédie.

Vendredi

Il est bientôt 20 heures et je reviens juste de la buvette. Je me sens léger.

À l'apéritif, Louis s'est fendu d'une longue tirade sur le respect de la vie. Les platanes de la place Jean-Macé avaient leurs feuilles superbement ensoleillées.

Quand je vois un moucheron dans ma bière, disait-il, je prends délicatement le moucheron et je ne le mets pas sur la table car le serveur risquerait de l'écraser. Je le pose contre un mur, au soleil, pour qu'il sèche. D'abord il ne bouge pas. Puis ses ailes esquissent quelques mouvements, après il se met à marcher lentement. Quand il est bien sec, il décolle. J'attends son bourdonnement, quand il ramasse l'échelle, remonte le train d'atterrissage et monte en tours. Ça y est, il repart dans la vie, il a sa deuxième chance. Si ça se trouve, il découvre une dame moucheronne, pas trop loin, cachée entre deux feuilles. Clac, il se l'attrape, et tout recommence. Je suis pour le moucheron. On pourrait tous être à sa place. Peut-être même qu'en ce moment, sans le savoir, on est au fond du verre de bière. Qu'on risque de se noyer, et qu'un géant nous regarde. Comme j'aimerais que le géant ait la même attention pour nous, je sauve le moucheron.

Jean n'a pas voulu commenter. Alexandre non plus, qui était bien au fond du verre aujourd'hui. Il a une allergie aux pollens en ce moment. Il n'arrive pas à respirer.

Elizabeth, une négresse plantureuse, est venue boire son petit canon de rouge, avec ses chiens. Deux yorkshires qu'elle passe son temps à caresser. Elle joue à la poupée avec. Elle leur fait des tresses, des colliers de perles. Elle les habille quand il fait froid. Ils brillent de loin, à cause de tous les shampoings qu'elle déverse sur eux.

Ça va les chiens ? a demandé Louis.

Oh ça va, ça va, a dit Elizabeth, enfin s'il n'y avait pas cette voisine. Une folle. Elle est raciste en plus. Elle prétend que mes chiens aboient. Des yorkshires tout mignons, tout tranquilles ! Elle me dit l'autre jour qu'elle a vu une émission pour les chiens qui aboient trop, et qu'ils leur donnaient des cachets exprès, des genres de Xanax ou de calmants pour chiens. Vous m'imaginez moi, donner des Xanax à mes chiens ! Plutôt crever ! C'est à elle que je donnerais des Xanax !

Elle s'essoufflait de s'énerver. Elizabeth a de l'asthme.

Dix ans que j'habite le quartier, disait-elle, et elle qui se pointe avec son gros cul, pas là depuis six mois qu'elle se mêle déjà de la vie de tout le monde. Une beurette en plus ! Et raciste contre les Noirs ! Avec ses trois gamins et sa saloperie de foulard sur la tête pour cacher ses vilains cheveux ! Les chiens c'est un prétexte. Elle veut me pousser à bout. Vous ne l'avez jamais vue sur le marché, les jeudis, qui discute avec tout le monde. Moi je vais pas droguer mes chiens pour faire plaisir à une garce qui veut m'expulser de l'immeuble et récupérer l'appartement pour faire venir toute sa famille. Si elle croit que je suis plus bête qu'elle. Je connais les tarifs des loyers, j'ai compris.

Faites comme si de rien n'était, Elizabeth, a dit Louis. Elle ne vaut pas la peine que vous vous fatiguiez comme ça. C'est une époque merdique, voilà tout, où chacun fait chier l'autre à son tour. Ne vous inquiétez pas, bientôt elle se lassera.

Il a raison, a dit Jean.

Bien sûr que j'ai raison, a dit Louis. Et son mari, il fait quoi?

Elle est toute seule, a dit Elizabeth. Personne en voudrait.

Samedi

Enfin aujourd'hui du concret. Pendant mon tour d'inspection, repéré deux suspects, déguisés en ouvriers, qui démontaient la rambarde métallique de la fontaine de la Vigne, à l'angle des rues Mayol et Saint-François-d'Assise.

La fontaine est une construction de genre abstrait à base de béton et de faïence rouge. De faux poissons en carrelage se baignent dans des rigoles en spirale, suivant l'axe de rotation et le mouvement des jets d'eau, alternativement vers le haut, vers le bas.

Je remarque que malgré son apparence massive, la fontaine, qui ne fait pas plus d'un mètre cinquante de circonférence pour sa partie centrale, semble tout à fait transportable. Il suffit de la dévisser et de couper l'arrivée d'eau, ce qui a déjà été fait. Deux jets ont déjà été démontés, ainsi que plusieurs dalles.

Première observation : Les ouvriers ne portent

pas de casques. Leurs outils sont rudimentaires et de marque sud-coréenne.

Deuxième observation : S'ils sont réellement là pour réparer la fontaine, pourquoi prennent-ils la peine d'ôter cette rambarde décorative ?

Troisième observation : La fontaine est toute neuve. Elle vient d'être installée. Difficile d'envisager qu'elle nécessite déjà des réparations.

De suite, j'ai pensé à des voleurs. La gestuelle maladroite et fainéante, l'attitude générale. Ces deux-là n'ont pas l'air d'ouvriers. Leurs bleus de travail sont tout neufs, ils ne sont pas à la bonne taille.

Le motif ? La fontaine est certainement la création d'un artiste contemporain en vogue. Un collectionneur leur aura passé commande pour la mettre dans son jardin. Les passants n'ont bien sûr rien remarqué. On ne leur a pas appris à voir. Ils n'ont pas mon habitude.

Je m'assois sur un banc, mine de rien, et fais semblant de manger un croissant. Les deux individus emportent la rambarde dans la camionnette volée (je remarque des traces de tournevis près de la poignée de la portière avant gauche) et remaquillée à l'effigie de la Communauté Urbaine. Près de moi, lentement, un chien remplit de pisse les petits interstices de la grille de protection de l'arbre.

Pour faire distraction, j'ouvre un magazine que j'avais heureusement apporté. Je veux me donner le temps de comprendre comment ils vont procéder.

À dix heures, les malfrats font une pause et s'installent à la terrasse du café, sur la place. Je m'assieds près de leur table. De leur discussion, je retiens qu'un barbecue est prévu dans une maison avec piscine dans quelques jours, et qu'ils sont tous les deux invités à y participer, ainsi que leurs femmes et leurs enfants. Ils prennent bien soin de ne rien dire du lieu ou du nom de leur hôte, ce qui ne fait que conforter mon impression. Pas sorcier de deviner que la maison avec piscine est celle de leur commanditaire.

Ils se remettent ensuite au travail. La partie centrale de la fontaine est dévissée, démontée, soulevée à l'aide d'un monte-charge hydraulique et chargée dans la camionnette.

Le restant des jets d'eau suit ainsi que toutes les dalles, qui ont été préalablement disposées sur palettes. Un périmètre de sûreté est établi autour de l'ancien emplacement de la fontaine. Un passant de temps en temps jette un coup d'œil endormi, sans se douter de ce qui se trame devant lui. L'exécution est parfaite. La camionnette démarre et disparaît à un coin de rue. Je vois déjà le titre dans le journal : «Une fontaine dérobée en plein jour, au nez et à la barbe des passants.»

Je me dis qu'il suffirait d'être un peu équipé et déguisé pour dévaster une rue entière, sous prétexte de travaux de voirie, sans que quiconque ne vienne lever le petit doigt. Les gens ont une confiance aveugle dans les services municipaux. J'ai, par acquit de conscience et par curiosité, mémorisé les faciès de nos truands. Mais je doute qu'ils soient jamais pris.

Lundi

Il y a trop longtemps que je me laisse aller. Nathalie m'a ouvert les yeux. Où est-elle, que fait-elle à présent ? Si au moins j'avais eu l'idée de prendre son numéro de téléphone. Elle a peut-être eu un empêchement. Il paraît qu'il y a une épidémie de gastros en ce moment.

Hier je me suis mis sur un site de rencontre et ça y est, dès le premier jour, j'ai rencontré une femme. On s'est donné rendez-vous pour le week-end prochain. Elle s'appelle Sandra26. De la dynastie des Sandra, comme la France a eu des Louis13, Louis16, Louis18. De quel pays vient-elle ? J'ai hâte de lui parler, de l'avoir devant moi. Comme un truc acheté par correspondance. Oui, nous nous sommes passé commande l'un de l'autre. C'était assez magique. Depuis toutes ces années que je n'avais pas dragué. Internet, trente euros. Premier rendez-vous et je le dis tout de suite, dernière tentative.

Mercredi

Le journal ne fait bien sûr pas état du vol de la fontaine. Après réflexion, je me trouve d'une grande naïveté. Aucun article ne paraîtra, c'est évident. L'affaire aurait provoqué un véritable tollé. La communauté urbaine a dû s'empresser d'étouffer la vérité. D'ailleurs l'affaire est facile à camoufler. Ils n'ont qu'à mettre autre chose à la place. L'artiste ne va pas venir vérifier. Il a été payé, l'œuvre ne lui appartient plus. Si jamais il apprend que son œuvre a été démontée, il suffit de lui dire que des travaux

de voierie en sont la cause. Les travaux de voierie :
l'éternelle excuse, la justification de tout. Personne
n'ira jamais chercher plus loin.

Jeudi 9 octobre

Aujourd'hui, après une longue promenade au
cimetière, je vois bien que je n'ai pas de démarche
au sens propre. En fait je ne marche pas : je fais la
balançoire. Ou bien ce qu'on pourrait rapprocher
du patinage. Je bouge un pied puis l'autre, mais je
ne marche pas. Je ne fais qu'alterner les pieds sans
trouver d'équilibre.

Or la marche est un art qui suppose un équilibre
au-delà des pas, une enfilade de points abstraits que
l'on suit inconsciemment comme un fil de funambule.

Je ne suis pas le seul à avoir ce problème. Beaucoup de gens ont tendance à se dandiner. Ma jambe
droite, plus courte que l'autre, compense sa taille en
tournant légèrement le pied en canard, vers l'extérieur. La gauche reste presque parfaitement alignée.

Pour la course à pied, marcher en canard est un
handicap majeur, en particulier pour le sprint. Je ne
suis pas un sprinter. Je préfère ce qui est course de
fond. Je suis à l'aise pour ramper.

L'armée n'a pas su reconnaître mes capacités
durant ces trente jours. Ils m'ont réformé sans voir
leur intérêt. J'aurais pu être informateur. Je suis
observateur, je m'intéresse aux détails. Peu de gens
ont ce don.

Quand je pense que c'est l'État Français qui va

payer la bévue. Peu importe maintenant. Les choses se mettent en place et se feront en temps voulu.

Vendredi

J'ai appelé la mairie pour savoir où allait être déplacée la fontaine, en arguant qu'en tant qu'amateur d'art contemporain je regrettais cette perte pour le quartier. Le préposé me répond qu'il a été décidé de la remplacer par des ornements floraux qui seront mis en place dès la fin du mois. Il s'est excusé de la part de toute la communauté urbaine pour le désagrément.

Quand je demande plus d'explications, il hésite et me raconte que la fontaine ne convenait pas à la place et qu'on a préféré la remplacer par des espaces verts, en déficit dans le quartier. La mairie vise la troisième marguerite sur le label «ville fleurie». Il me prend pour un con.

Quand je demande ce qu'est devenue la fontaine et où elle sera déplacée, il avoue qu'il ne sait pas, qu'il n'en a aucune idée. Qu'elle est certainement stockée dans les entrepôts communaux.

J'explique que je réalise des aquarelles pour les musées de Paris, et que j'aurais besoin de faire quelques derniers croquis de la fontaine pour terminer mon travail. Il me répond que c'est impossible, que l'accès aux entrepôts est interdit. Je n'insiste pas.

L'affaire me semble assez claire. La fontaine a tout bonnement disparu et cet homme cherche à couvrir ses supérieurs.

Samedi

Sandra26 m'attendait devant la vitrine d'un magasin de la place. Elle s'appelait bien Sandra, ce n'était pas un pseudo. Elle portait une jupe noire, un tailleur noir décoré sur le haut de la poche d'un foulard rouge, avec un col en V. Des chaussures à talon, et des bas. Ses cheveux huilés en arrière. Une frange courte. Elle était plus maigre que sur la photo. Trop maigre.

Le visage creusé. Les yeux soulignés de noir. La peau plaquée sur les os. La mâchoire dure mais fine, pointue. Un vide, un demi-cercle à l'entrejambe. Comme une entrée de tunnel.

On s'est assis pour boire un verre. Je lui ai posé quelques questions. Nous étions tous les deux mal à l'aise.

Elle a baissé les yeux. Non, vraiment, elle ne m'attirait pas. La bouche remontait sans but.

Elle sortait de l'hôpital. Elle avait eu un problème au niveau des reins, elle a dû être opérée. Elle m'a assuré que ça allait mieux.

Elle a encore baissé les yeux.

Je suis divorcée depuis deux ans, et je ne compte pas me remarier. J'ai deux enfants qui sont grands, et je suis conservatrice de musée.

Il y a un abîme entre nous. Je me vois bafouiller quelque chose. Je me rends compte que je n'ai pas quitté mon bureau, et que je la regarde à travers l'écran de mon PC.

J'explique que je dois y aller, que c'était l'heure de ma pause. Elle me dit qu'elle aussi doit y aller.

On se fait la bise et on part chacun de son côté. C'est certainement la dernière fois que l'on se voit, et je suis triste. Nous aurions pu être amis.

Lundi

Alors je lui dis : Tu viens me masser chérie ?

Et elle : D'accord, mais avec un seul doigt, et elle me montre le majeur.

Alexandre a dû commencer tôt aujourd'hui. Il a du mal à mettre un mot devant l'autre. Mais il n'y a personne pour l'interrompre. Il n'y a que moi et Louis pour l'entendre.

Les gens sont marrants, continue-t-il. Ils veulent de l'utopie. C'est juste ça le problème. Vous voulez que je vous dise en une phrase ce dont les gens rêvent ? Les gens rêvent d'un monde meilleur, sans impôts, où personne ne s'ennuierait jamais parce qu'il n'y aurait plus de chômage. Un monde où il y aurait autant de maisons que de couples, et qui obligerait les gens seuls à se trouver un partenaire. En attendant ils logeraient dans des foyers mixtes propices aux rencontres, avec jacuzzi et piscine !

Attends, dit-il, j'ai mieux encore ! Toute la société serait faite de sorte que la violence soit interprétée comme une envie de faire du sport. Le sport tous les jours, tous les après-midi, pour arrêter de se taper dessus et en finir avec les guerres. Le sport pour en finir avec les religions, pour mettre tout le monde d'accord. Vous imaginez le tableau !

Et puis il est parti.

Mardi

Tout est bientôt prêt. Si le plan fonctionne comme prévu, il y aura de la tempête en ville. Ils veulent de l'action, eh bien ils vont en avoir. Il est temps de fêter le IIIe millénaire !

Il est temps de fabriquer des gens simples, avec des repères. Les gens sont trop compliqués, ils ressemblent à leurs télécommandes.

Je suis tel le skieur quelques minutes avant la course, en position, yeux fermés, mentalement dans ma descente, les mains en prière, le corps en boule. Je refais un à un les virages. Je connais toutes les portes par cœur. Je suis prêt. Du départ à l'arrivée, tout le parcours est éclairé.

Combien voient leur vie défiler aussi nettement que le skieur ? Qui anticipe les portes ? Qui connaît même un virage ?

Si l'on sait tout d'avance, pourquoi faire la descente ? Il n'y a vraiment plus rien à apprendre. Mettez-moi sur les traces de mes ancêtres tant qu'à faire ! Non merci. Je préfère faire comme je peux. Je ne veux pas qu'on me mâche le travail.

Je ne crois pas à la mentalité ski de fond. Petite balade, tarte aux myrtilles et bobonne le soir autour de la fondue. Je n'ai pas envie de ça. Ceux qui croient que la vie va de soi, que tout est arrangé. Non. Des remonte-pentes et des descentes. Des chutes, des bras cassés. La société qui se les gèle. L'apesanteur est une immense connerie. Je suis le fils de la Gravité.

Mercredi

Je pense souvent à Auschwitz. En même temps je pense au vieux Noûs assis au milieu des chalets, à son histoire de mine de sel, à cette cathédrale à 300 mètres sous terre, sculptée dans le sel, comme un refuge si près des camps. Les piles de cheveux et la Vierge en cristal.

Chacun, depuis l'extermination, a réservé une place dans son cerveau à ce petit coin de Pologne. À mon avis, cher collègue, la Zone Auschwitz Corticale est plus ou moins développée en chacun de nous.

Quand je me rends dans cette zone, je m'habille en kapo, avec belle moustache et volumineuse bouteille de vodka sortant de la poche de ma veste militaire. Je veux être bien soûl quand j'entre dans le camp. Alors je m'approche au hasard d'un musulman.

Le garçon décharné de dix-sept ans porte une casquette Louis Vuitton marron, des lunettes à monture Lafuma, une veste Nike de jogging blanche ouverte sur un tee-shirt Lacoste vert, un pantalon de jogging Reebok blanc, et des Adidas agressives. Il s'efforce d'avancer, mais son corps est vidé de sang, ses baskets s'enfoncent dans la boue. Je vois à l'intérieur de ses baskets ses pieds à vif, des plaies rouges qui frottent sur le coussin d'air. Il ne porte pas de chaussettes. Il se tient là au milieu d'une immense cour grise. Les autres prisonniers sont massés près des murs. Il est condamné, les gardes s'approchent, poings fermés, et il se laisse battre sans se protéger. Il n'a plus la volonté de vivre, chacun reconnaît la mort en lui et la fuit comme le mal. C'est un homme totalement détruit, aliéné.

Je m'approche de lui pour comprendre justement qui il est, qui est cet homme au bout de la vie, je m'adresse à lui, je lui parle, je veux en recueillir l'essence, qu'il me révèle les secrets de notre humanité, mais il ne peut rien dire car il n'a plus rien d'humain. Il est vide, c'est le sang qui lui manque, la texture, ce mélange de matière qui coule en nous. Il s'est changé en statue, en œuvre d'art au milieu de la place, que les chars puis bientôt les voitures contournent. Il est devenu monument, une fois de plus. Tout devient monument, sarcophage. Il se tient au-delà de son humanité, peau séchée par le vent.

Je quitte le camp par une brèche de barbelés, et me retrouve en pleine rue, près du rond-point. Les gens marchent à leur place, tout est bien en ordre. Les gens vont même chercher du pain et s'en retournent chez eux mais ils ont tous un lobe frontal, un plan derrière la tête. Je le sais, je le sens aussi en moi. D'ailleurs moi j'ai un plan pour que tout s'arrête. Oui je sais enfin où je vais.

Jeudi

Ce que j'aimerais être ? Peut-être un perroquet. C'est assez beau, ça vit longtemps, ce n'est pas un prédateur et ça sait observer. Une amie de Céline avait un perroquet. J'avais demandé de me réincarner en lui. Elle n'était pas contre l'idée. Il faudrait que je retrouve son numéro.

Quand j'étais petit je jouais à être Rintintin. Je me cachais. Ma sœur m'appelait, et je revenais toujours. Comme un bon toutou que j'étais avec elle, tellement amoureux je m'en rends compte maintenant, passionné par ses odeurs.

Un soir nous avons joué à Rintintin avec Céline. Elle était comme ma sœur, elle aimait les gros chiens.

Vendredi
Excellente nuit au jardin électrique.

Ce matin, les passagers du tram avaient la tête verticale, comme étirée aux forceps. Ils se tenaient les uns à côté des autres. Comme des échantillons d'êtres mal accouchés. Ils remplissaient la rame, debout, assis. Des femmes avec des poussettes. Au point que je me suis regardé dans la vitre. Rien d'anormal. Je me suis endormi. Le conducteur m'a réveillé au bout de la ligne. Nous avons tous les deux fait demi-tour et nous sommes repartis.

Samedi 18
Après manger, je suis allé observer Olivier, le nouveau serveur de la Brasserie du Midi, sur l'Avenue, qui passe le balai avec une grâce tout à fait remarquable. Dans une autre vie, cet homme aurait pu être danseur étoile.

Cela faisait un bon tas de mégots. Un client, qui lui tournait le dos, a donné un coup de pied dans un filtre, qui a rejoint la poussière, les cendres, les miettes de sandwich et de coquilles d'œufs, les emballages de cigarettes, de pellicules, de cartons, les sous-bocks imbibés, déchirés. Un paquet de

Camel avait été transformé en confettis, et plusieurs additions découpées en forme de spirale.

Pour s'aider dans sa chorégraphie, Olivier branche son casque de walkman. Il n'y a pas de musique à la Brasserie du Midi, même la radio est proscrite.

Pendant un moment, le tas de mégots avance, suit le comptoir, et enfin disparaît. Olivier tire un paquet de Marlboro de sa poche, et s'accorde une pause. Puis il décide de sortir prendre l'air, change brutalement d'avis et met une pièce dans le flipper. Je me rapproche pour suivre la partie.

Il ne fait pas attention à moi. Ses yeux suivent la boule clignotante rouge, incrustée dans le manche d'une épée médiévale. Il parvient à bloquer la bille et se demande quelle option de tir est la meilleure à cette étape de la partie. Il décide de tenter la clepsydre. Son tir rate, la bille monte une rampe circulaire et finit sa course en prison. Un monstre noir et hirsute la recrache sur un créneau du château et un bonus s'affiche. Les flèches clignotantes lui indiquent qu'il serait intéressant de passer la porte du donjon. Il s'exécute, la bille agile. Maintenant jusqu'à la tour. Une princesse apparaît sur l'écran digital, qui se met à danser de joie. Les bonus pleuvent. Il s'agit encore de toucher la clé qui clignote sur la droite. Olivier rate et la bille disparaît en même temps que toutes ses options allumées. Il était à deux doigts de la délivrer, et j'ai de la peine pour la princesse du flipper.

Mercredi

Plus qu'une semaine. Tout est en place.

Je prends ce matin le métro.

Il est le seul de la rame à avoir un cactus. Il vient sûrement de l'acheter. C'est un cactus-horloge, avec les aiguilles qui se rétractent quand il sonne les heures. Il a une petite fleur jaune au sommet de l'ovale central. Et un pot en série, carré, peint en vert, rien de spécial, et un petit tiroir pour mettre sa gourmette. Les gens dans le métro n'y font pas attention. C'est un modèle fréquent, mais il est pourtant le seul à l'avoir ramené chez lui ce jour-là par cette rame, et je trouve amusant son gros nez et ses yeux rouges, fatigués, tombant sur ses chaussures piétinées.

Je passe au tabac et je sais qu'il m'attend, comme il attend tous ses autres clients d'ailleurs, derrière son stand en plastique rempli de jeux à gratter. Les gens l'appellent le Breton. Sept ans de marine, vingt-cinq de gendarmerie, toujours cette même gueule. Ses écharpes de supporter de Guingamp, ses dents ramassées vers la langue. Et sa femme pour finir toutes ses phrases. Il est en train d'expliquer à un autre flic de client qu'il ne boit que de la bière blanche. Sa femme approuve de la tête et ajoute qu'ils se sont trouvé une brasserie épatante où ils servent de la bière blanche à la pression. Il y a même la clim.

Dimanche

Le téléphone est débranché.

Je me force à faire les exercices de respiration que le docteur m'a montrés. J'ai repris les médicaments.

L'ORL m'a prescrit un traitement à base de Nootropyl. Je n'arrivais plus à dormir. Le sifflement de mon vaisseau spatial m'accompagne jusque dans mon sommeil. Je ne peux plus écraser un moustique sans l'entendre voler plusieurs années après sa mort. Me reviennent les piaillements des roues de caddies des jours de marché.

Le ronronnement de l'ordinateur est devenu un vrai supplice. Hier le voisin a sonné à ma porte pour savoir si tout allait bien. C'était la première fois que je le voyais. Il est nouveau je crois. Peut-être un policier. Peu importe.

Note : Avant mercredi, m'écrire une lettre à moi-même.

Vendredi

Dans la nuit de mercredi à jeudi, explique *Le Progrès* de ce matin, *un individu en état d'ébriété a été interpellé dans le deuxième arrondissement alors qu'il était en train de dévisser la bouche de sortie d'air du système de climatisation d'un magasin de lingerie.*

Pris en flagrant délit, les policiers ont pensé dans un premier temps qu'il voulait pénétrer dans le magasin par la conduite d'air. Mais, constatant l'étroitesse de l'ouverture, ils ont interrogé l'homme afin de connaître ses intentions.

L'individu a expliqué qu'il avait la manie de récupérer les vis. Il semble que le suspect ait des antécédents psychiatriques.

Les policiers ont-ils cru complètement à cette version ? Je ne le pense pas. Ils m'ont transféré dans un hôpital spécialisé pour mieux me surveiller. Je n'y vois aucun inconvénient. Les fumigènes et la plupart des cartouches sont à l'abri dans une nouvelle cachette connue de moi seul. Les retardateurs sont au jardin électrique. J'ai brûlé tous les plans.

Lundi
Puisque je ne vais pas sortir tout de suite, selon le médecin qui s'occupe de moi, j'en profite pour faire des exercices d'abdominaux. Je veux me muscler le ventre au maximum. Ma tête me fait de plus en plus mal.

Mardi 11 novembre 2008
Cher Jean-Daniel,
Je vais tenter d'être le plus honnête possible, malgré la situation. En effet, peut-on encore être honnête quand on est observé jour et nuit par un corps médical dépourvu de pudeur ? Mais passons.
Si je te vexe, ne le prends pas mal. Ton projet est trop important pour que nous nous laissions attendrir.
Tu as raison quand tu dis qu'il n'y a que le réel qui nous permette de sortir du rapport de force continuel, d'envisager un autre mode d'existence. C'est pour cela que, si le louche était un mouvement politique, il serait un mouvement terroriste, mais de nature molle. Un terrorisme de la perception. Ayant pour

fin de faire imploser les esprits, et non pas de les faire exploser en chair et en os.

Les gens ne font pas assez attention au décor de leur vie, c'est-à-dire non seulement aux objets mais aux autres. Le champ d'application de leur pouvoir est si limité. Les gens qui vivent plus loin que ça demeurent souvent invisibles. C'est à cause de cet état de fait que rien ne change, que la politique reste un idéal d'élus payés pour se faire élire.

Maintenant j'en viens au problème fondamental que tu sembles soulever : comment avoir une pensée politique si le monde ne nous impressionne pas, je veux dire au sens premier du terme ?

Le prisonnier Denissovitch dans son journal explique qu'au goulag on prend l'habitude pour survivre de *toujours regarder ce qui ne te regarde pas*. Tu vois ce que je veux dire ? L'expression est marquante et à prendre au pied de la lettre – comme toute chose d'ailleurs ; l'allusion est une fumisterie, si tu veux mon avis.

Le *ce qui ne te regarde pas* n'est pas à prendre au sens figuré (comme les opinions qu'on ne serait pas censé entendre), mais bien au sens propre : *ce qui ne te regarde pas*, c'est une personne, un garde, qui littéralement ne regarde pas dans ta direction et donc sur qui tu peux porter le regard pour en tirer des renseignements, qui seront peut-être utiles plus tard. Denissovitch explique que survivre tient à ces renseignements. Survivre nécessite une surveillance continuelle de la part du zek (le prisonnier).

Le goulag est donc ce monde plein, sans espaces vides, où chacun surveille chacun, où le moindre

détail a son importance, où tout louche sur tout
– l'ordinaire, le pain, les bandages, des bouts de fer,
sont perpétuellement réinventés, rediscutés, réinter-
prétés. Pas d'échappatoire, pas de cinéma, de plaisirs
virtuels, non rien que la réalité et l'obligation de la
regarder en face si on ne veut pas crever.

Une autre formule dans ce journal est frappante. En
cas de grande détresse, le zek ne pense qu'à dormir,
pourvu que la couverture pèse lourd. Le sommeil est
une autre forme de résistance nécessaire à la survie.
Elle s'apparente à une défense passive comparée à
l'activité de surveillance. Il ne faut pas en abuser.
Ceux qui abusent du sommeil sont condamnés. Vous
voilà prévenu.

JD Dugommier

Mardi
Toujours cette chambre d'hôpital. Je vois bien que
ça se détériore, que quelque chose ne va pas. Comme
s'ils avaient déclenché une bombe à retardement dans
ma tête. L'acouphène me sert de signal. Comme le
bip de la rame de métro pour prévenir de la fermeture
imminente des portes. J'écoute l'acouphène, c'est lui
maintenant qui me tient en vie.

Je reste sans bouger, sans manger, à regarder le
plafond. Le temps est un bloc compact et lisse, il
est le mur qui m'entoure. Il ne marque ni pause ni
accélération. Il est d'une matière unie et pleine. Je
me force à respirer. Je suis comme la machine à faire
le temps. Un groupe électrogène sidéral à moi tout
seul.

Je me souviens d'un fracas de verre horrible dans les tympans, et de pas lourds, menaçants, qui se rapprochent. Un homme se penche sur moi. Ça va aller, me dit-il. On va s'occuper de vous. Je reconnais un pompier. Et puis les policiers. Le voisin a dû appeler. Je me souviens lui expliquer que mes oreilles saignent, avant de lui rendre mon corps en tombant devant moi.

Mercredi
Chère Céline,
Je viens de finir d'avoir cette pensée et je t'écris pour te supplier de prendre bien soin de tes parents. Au moment où nous vivions ensemble, je les ai beaucoup appréciés. Ce sont des êtres remarquables. Je ne les verrai certainement plus jamais et toi non plus. À la mort d'Amory, ils n'ont pas compris ma réaction, ils m'en ont beaucoup voulu. J'espère qu'un jour tu leur diras de vive voix ce que je suis en train de te dire. Notre société exclut les vieux, les rejette par peur de se voir en avance. Je t'en prie, ne sois pas comme ça. Occupe-toi d'eux. Nous avons tous besoin que l'on s'occupe de nous.

Il est facile de refouler la mort, de l'oublier. C'est l'illusion de notre immortalité qui nous empêche de nous approcher des mourants. On a même l'impression aujourd'hui qu'il faut cacher la mort aux enfants, ne pas les traumatiser avec ça. J'aurais tellement voulu lui dire au revoir.

Tu sais bien que les gens sont déprimés parce qu'ils ne trouvent pas de sens à leur vie. Mais c'est qu'ils ne cherchent pas le sens où il est : le sens de la vie n'est pas d'ordre individuel. Il n'est pas le fait d'un homme isolé : quand on est seul avec rien autour, la vie n'a pas de sens. Il se constitue au contact des autres, du groupe, en interdépendance. C'est pour ça que les gens trouvent la vie absurde et qu'ils ne savent pas ce qu'ils attendent. Ils cherchent en eux, alors que c'est le groupe qui a une raison d'être.

Tu comprends bien que l'individu n'est rien sans son entourage. Les gens aujourd'hui ont la certitude que leur vie est un destin, qu'ils doivent *s'accomplir* d'une manière ou d'une autre. Alors ils cherchent en eux-mêmes sans succès, car il n'y a rien à voir par là, il faut regarder autour. Tu n'as peut-être pas ce problème, mais des amies à toi sont peut-être dans cette impasse. Conseille-les, dis-leur de s'ouvrir, explique-leur. L'être humain qui veut comprendre doit se tourner vers l'extérieur, à la recherche du sens, et non vers l'intérieur. La psychanalyse, Céline, voilà aussi une des sources du mal. Tous ces gens intelligents qui ont fait croire trop de choses. Ce sont eux qui ont créé la dépression. Avant ça n'existait pas.

Attention. Ne me fais pas dire ce que je n'ai pas dit. Je ne suis pas contre la psychologie. Je crois qu'il faut s'en servir pour s'observer de l'intérieur : comportement, pensées, etc. La psychologie permet une certaine objectivité sur soi-même. Grâce à elle on peut corriger la lentille interne, certains dysfonction-nements, réparer au mieux les pièces cassées. Mais elle ne permet pas de trouver du sens, de comprendre comment la vie fonctionne. Pour ça il faut s'ouvrir au reste.

Je te laisse maintenant, je suis un peu fatigué. N'essaye pas de me répondre, en ce moment je ne suis pas joignable.

Je t'embrasse ma chérie.

Samedi

Aujourd'hui ils ont décidé d'essayer un nouveau jus pour mes veines, une sorte de thé visqueux flottant au-dessus de ma tête. Le néon rond fait des halos, comme des anneaux d'ange. Je demande qu'on l'éteigne mais même dans le noir il continue de s'étaler, grossir sur mes pupilles.

Cette nuit, j'ai refait le même cauchemar que je faisais toujours après la mort d'Amory. L'immeuble a une dizaine d'étages et les balcons donnent côté cour sur une aire de parking pour résidents. Une trentaine d'emplacements sont marqués par des lignes blanches sur l'asphalte bleu foncé, comme neuf. On entend un signal venu de loin. Comme un son de trompette. Toute la population de l'immeuble est maintenant aux balcons, à attendre. Ils regardent devant eux, les enfants comme les parents, les couples sans enfants se tenant par la main, les grand-mères seules, accoudées. Ils regardent tous leur montre, comme s'ils s'étaient concertés à l'avance et qu'il était bientôt l'heure. Soudain chacun s'immobilise. Un autre son de corne résonne au loin. Je remarque les tabourets. Comme d'un seul mouvement, les habitants escaladent l'épais muret de béton et entament leur chute. Les uns se tiennent par la main, d'autres sont seuls en l'air.

Un tas de corps grouillants gît sur l'asphalte. Des

morts, des blessés. Un nourrisson pleure dans les bras de sa mère, couvert de sang, mais bien vivant.

Au loin on entend une sirène et deux camionnettes viennent bientôt se garer à l'entrée du parking. La première se charge des morts, et la seconde des blessés. Les morts sont empilés pêle-mêle, sans distinction. Les vivants se tassent dans le coffre de la camionnette qui ne dispose ni d'assez d'espace ni de sièges. Tout ce monde est finalement emporté soit à l'hôpital, soit au cimetière.

Un camion de la ville pulvérise de l'acide et actionne ses brosses sur la flaque de sang du parking. Les bandes blanches brillent sur l'asphalte. Un jeune est assis dans sa chambre, devant son écran d'ordinateur. Il porte un casque audio sur les oreilles et manipule un joystick. C'est mon fils. Il est le seul à n'avoir pas sauté. Il n'a pas entendu le signal.

Mercredi
Chère mère,
Tout va bien. Toi non plus tu n'es plus parmi nous. Ou bien c'est moi cette fois qui suis déjà parmi vous sans le savoir. Ce serait amusant.

J'ai fait cesser toute activité dérangeante. Le vent me passe sur les entrailles. Tu peux être fier de moi : je suis l'être le plus ouvert du siècle. Quelqu'un a dit il y a longtemps qu'indépendamment de ce qui arrive ou n'arrive pas, c'est l'attente qui est belle. Eh bien cette fois, j'y suis. J'attends, je suis prêt. Je suis tout à l'écoute. Il va se passer de grandes choses, tu vas voir. On va entendre parler de ton fils.

Samedi

Clarifier, jusqu'à la fin. Pour la postérité. Voilà la clé, voilà le plan résumé, voilà notre objectif : *Les Quatre Fromages de la Réalité.*

Je vous laisse le plateau entier. Maintenant, je n'ai plus l'énergie. Plus le goût de continuer. Faites venir la relève. Il reste encore tout à faire.

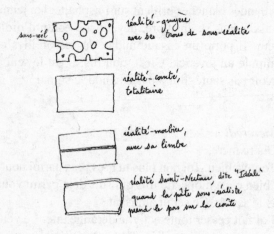

sous-réel ← réalité-gruyère avec ses trous de sous-réalité

réalité-comté, totalitaire

réalité-morbier, avec sa limbe

réalité Saint-Nectaire, dite "Idéale" quand la pâte sous-réaliste prend le pas sur la croûte